VERONIKA PETERS
Die Liebe in Grenzen

Buch

Katia Werner ist rebellisch und unangepasst und hat eine entsprechend bewegte Jugend hinter sich. Doch jetzt, Mitte zwanzig, spürt sie, dass sie ihrem Leben allmählich eine Richtung geben muss. Auf eine Zeitungsannonce hin bewirbt sie sich als Betreuerin in einem psychiatrischen Sanatorium, nicht weit entfernt von ihrem Wohnort in der hessischen Provinz, und findet einen wahrhaft außergewöhnlichen Ort: In der »Goldbachmühle« leben Menschen, die ihr Zusammensein jenseits aller Konventionen eingerichtet haben. Bald entwickeln sich Freundschaften, die weit über das Dienstliche hinausgehen, vor allem zu Konrad, einem der Bewohner, dessen schillerndes Wesen Katia ebenso fasziniert wie verstört. Als ihr bewusst wird, dass sie dabei ist, mit ihm eine Grenze zu überschreiten, ist es längst zu spät – und in den Rätseln, die Konrad ihr aufgibt, werden all ihre Gewissheiten zu offenen Fragen.

Weitere Informationen zu Veronika Peters
sowie zu lieferbaren Titeln der Autorin
finden Sie am Ende des Buches.

Veronika Peters
Die Liebe in Grenzen

Roman

GOLDMANN

Dieses Buch ist auch als E-Book erhältlich.

Verlagsgruppe Random House FSC® N001967
Das FSC®-zertifizierte Papier *Holmen Book Cream* für dieses Buch
liefert Holmen Paper, Hallstavik, Schweden.

1. Auflage
Taschenbuchausgabe Januar 2015
Copyright © der Originalausgabe 2013
by Wilhelm Goldmann Verlag, München,
in der Verlagsgruppe Random House GmbH
Umschlaggestaltung: UNO Werbeagentur München
Umschlagmotiv: Joao Canziani, The Image Bank / getty images
AG · Herstellung: Str.
Druck und Bindung: GGP Media GmbH, Pößneck
Printed in Germany
ISBN 978-3-442-48149-1
www.goldmann-verlag.de

Besuchen Sie den Goldmann Verlag im Netz

Für Norbert Hentschel

Ich bin nicht, was ihr aus mir macht;
was ihr aus mir macht, bestätigt mir nur,
dass ich nicht bin,
was ihr wollt.

G.-A. GOLDSCHMIDT

There is a crack in everything
That's how the light gets in

LEONHARD COHEN

1
Das erste Zeichen

Mit der vom Regen durchweichten Brötchentüte in der Hand stehe ich bei der Rückkehr vom Bäcker im Hausflur, schaue auf den Briefkasten und denke, dass es keinen Sinn hat, ihn zu öffnen, weil montags nie etwas drin ist.

Als ob ich einen Montag bräuchte, um keine Post zu bekommen. Zurzeit ist der Kasten fast immer leer: Für neue Bewerbungen, auf die hin zumindest mit mehr oder weniger freundlichen Absagen zu rechnen wäre, hat mir bislang noch die Kraft gefehlt. Und der einzige Mensch, der altmodisch genug ist, mir Briefe zu schreiben, mein Vater, hat sich erst gestern bereit erklärt, mir trotz meiner inzwischen vierundzwanzig Jahre und einer knapp am Abschluss vorbeigerauschten Berufsausbildung weiterhin das zu finanzieren, was er »eine Orientierungsphase« nennt, telefonisch, auf der Mailbox. Vielleicht hätte ich ihm, als er mir noch geschrieben hat, ab und zu antworten sollen, statt vormittags, wenn er in der Schule unterrichtet, ein paar geschäftsmäßige Sätze aufs Band zu sprechen und das Telefon klingeln zu lassen, wenn er abends zurückrief. Tochterliebe geht anders. Aber ich bin gegenwärtig die Letzte, die Aussagen darüber wagen sollte, wie Liebe geht, egal in welcher Form. Nicht, dass ich früher Wesentliches dazu hätte beitragen können, aber nach dem, was in diesem Jahr passiert ist, sind Zweifel an meiner Kompetenz in Beziehungsfragen mehr als angebracht.

Auch nach drei Monaten Rückzug will ich mit niemandem reden. Mein einsamer Vater hat das nicht verdient, aber sich darüber zu beschweren, ist nicht seine Art. Wahrscheinlich denkt er, seine Briefe sind mir lästig, und hat deswegen das Schreiben eingestellt, nicht weil er gekränkt ist. Gestern auf dem Band klang er jedenfalls wie immer, und auf seine pünktlichen Überweisungen kann ich zählen. Das verschafft mir Zeit.

Auf einmal merke ich, dass ich es tatsächlich schade finde, keine gefütterten Umschläge mehr zu bekommen, mit drei oder vier zusammengefalteten Bogen Büttenpapier darin, auf denen Papa in seiner krakeligen Akademikerhandschrift von besonderen Leseerlebnissen berichtet, von wiederentdeckten Jazzplatten, empfehlenswerten Filmen, Ausstellungen, Zeitungsartikeln, von allem Möglichen, das er mir ans Herz legen will, nur nicht davon, dass er abends allein in Berlin sitzt und darauf wartet, dass ich ihm schreibe oder ihn besuche, um ihm zu erklären, was genau in den vergangenen Monaten passiert ist und was ich jetzt zu tun gedenke, nach meinem Weggang aus Lennau, aus der oberhessischen Provinz. Vielleicht bin ich ihm doch ähnlicher, als ich es wahrhaben will, und vielleicht beschwert sich meine einzige und beste Freundin nicht ganz grundlos, wir seien beide »Kommunikationskrüppel – einer so unfähig, aus sich herauszugehen, wie die andere«.

Aber auch Manu wird mir keinen Brief aus ihrem »Arbeitslager« schicken. Sie benutzt Papier nur im Notfall, ist rund um die Uhr mit Stimmübungen, Gesangsproben und der Abwehr liebeskranker Kollegen beschäftigt, und wenn sie einmal Zeit hat, an mich zu denken, verbringt sie die garantiert damit, sich über meine ausgebliebenen Antworten auf zwei Anrufe und fünf E-Mails allein in einer Woche aufzuregen. Die letzte

Nachricht an mich endete mit der Schlussbemerkung: »Katia, du kannst mich mal!«

Wegen Manu mache ich mir aber nicht ernsthaft Sorgen, sie kennt mich lange genug und kriegt sich immer wieder ein, egal wie wütend sie auf mich ist.

Trotzdem: Es könnte langsam Zeit werden, dass ich aus der Versenkung auftauche und ins wirkliche Leben zurückkehre, bevor auch noch die elektronischen Postfächer leer bleiben.

Die nassen Hosenbeine kleben an meinen Waden, ich sollte trockene Kleider anziehen, Frühstück machen, nicht sinn- und planlos in einem zugigen Hamburger Treppenhaus herumstehen und einen Briefkasten anstarren, der nicht einmal mein eigener ist. Mein Name steht zwar auch darauf, aber mit Bleistift, schnell zu entfernen, wenn es so weit ist.

Weil man aber nie wissen kann, stecke ich den Briefkastenschlüssel ins Schloss wie all die Tage zuvor. Manu würde das jetzt wieder als Indiz werten für einen unterdrückten Wunsch meinerseits, aus der selbst gewählten Isolation gerissen zu werden, und wie jedes Mal würde ich ihr daraufhin verbieten, mir mit ihrer Küchenpsychologie auf die Nerven zu gehen. Es ist sowieso Quatsch: Ich bin im Grunde gern allein, bin es immer gewesen. Schon als Kind habe ich mich lieber in meinem Zimmer oder hinter der Ligusterhecke im Garten versteckt, mich in ein Buch gestürzt, den Rest der Welt um mich herum ausgelöscht, als mit anderen herumzutoben. Die Erwachsenen haben sich Sorgen gemacht über das Mädchen, das Nils Holgersson, Robinson Crusoe oder Michel aus Lönneberga seine Freunde nannte und nicht die Jungen und Mädchen aus der Nachbarschaft. Ich aber war völlig zufrieden in meiner Geschichtenwelt, dichtete mir das Gelesene weiter oder noch besser gleich ganz um, lag im Gras, das ich mal in wildes Buschland, mal in den Ozean verwandelte, schaute den sich im Rhythmus meiner Geschichten verformenden Wolken zu, ließ Nils seine Rückkehr verweigern, damit er noch einmal mit den Gänsen davonfliegen konnte, und sorgte dafür, dass das Schiff ohne Robinson an Bord wieder von der Insel ablegte, weil ich selbst demnächst dort anlanden würde.

Die Briefkastenklappe klemmt, mit einem Ruck springt sie schließlich doch auf. Was ich vorfinde, ist ein Prospekt vom örtlichen Supermarkt: »Angebot der Woche«: Rollbraten, Fleischwurst, Premium Pils, der Kasten für 8,99 Euro. Ich werde ihn der Sozialpädagogin aus dem ersten Stock in die Klappe stopfen, die jedes Mal Ärger macht, wenn ihr selbst gebastelter Aufkleber ignoriert wird: »KEINE WERBUNG! Außer IKEA!«, in Pink, natürlich, direkt unter dem »Free Tibet«- und dem »Amnesty«-Sticker, aber sich strikt weigert, Päckchen für abwesende Hausbewohner entgegenzunehmen. Die stapeln sich dann bei mir, wenn ich denn die Wohnung, die ich dank Manus stipendienbedingter Abwesenheit momentan nutze, als »bei mir« bezeichnen darf.

Als ich das bunte Faltblatt herausnehme, fällt mir eine Ansichtskarte entgegen. Ich hätte gewettet, dass niemand, den ich kenne, noch Postkarten verschickt. Ich drehe die Karte um, ohne genauer das Foto zu betrachten, und mir stockt der Atem: Links oben in der Ecke steht gedruckt »Jardin du Luxembourg«, mit Kugelschreiber unterstrichen, eine leicht schlingernde Linie, die am Ende dünn ausläuft. Ansonsten nur mein Name und die Adresse, nicht ein weiteres Wort, keiner der gewöhnlichen Postkartensätze wie »Am Nachmittag werde ich den Eiffelturm besteigen«, oder »Ich denke an dich«, weder eine von den üblichen Grußformeln noch eine lustige Urlaubskritzelei mit Sonnenuntergang oder Grinsegesicht, nur ein leeres weißes Textfeld. Ich weiß so genau, wer mir diese Leere schickt.

Auf der Bildseite ist eine Parkszene, früh am Morgen aufgenommen: Aufsteigender Dunst, kurz vorher muss es geregnet haben. Unter hohen Kastanien, deren Laub sich schon herbstlich färbt, stehen an die fünfzig Gartenstühle, scheinbar wahllos abgestellt oder wie auf halbem Weg vergessen. Die Sitzflächen spiegeln eine schwache Morgensonne, im Vordergrund eine alte Bank, quer zum Betrachter an einen der Bäume gelehnt. In dem stillen Durcheinander ringsum sieht sie einladend aus. Keine Menschen, keine Tiere, keine Touristenattraktionen, nur abtropfendes Parkmobiliar und alte Bäume.

Ich drehe die Karte erneut um: »Jardin du Luxembourg«. Der, der sie mir hat zukommen lassen, weiß, dass dieser Hinweis genügt, um eine Schublade zu öffnen, die sonst verschlossen ist. Ich kann es hören, sehen, sogar riechen.

Da ist die Szene, wie mein Vater am letzten Tag, an dem wir noch das waren, was er wider besseres Wissen »eine fröhliche Kleinfamilie« nannte, das Gedicht am Frühstückstisch vortrug, die Hand am Marmeladenglas:

Mit einem Dach und seinem Schatten dreht
sich eine kleine Weile der Bestand
von bunten Pferden ...

Und das rote klebrige Glas zog dabei vor meiner Nase Kreise, während er von dem Dichter erzählte, der einen Bildhauer in Paris besuchte und endlos durch die Straßen lief, um Worte zu finden. Ich ignorierte die mütterliche Ermahnung, dass wir beide, mein Vater und ich, zu spät zur Schule kämen, und stellte mir den Dichter vor, wie er mit Block und Stift durch eine Stadt schlenderte, von der ich damals dachte, sie sei von meinem Vater eigens für mich erfunden worden, mit all den Boulevards und Cafés, den alten Bücherständen am Fluss und nicht zuletzt dem Karussell im Park, vor dem der Poet stehen blieb und sein Gedicht schrieb.

... von bunten Pferden, alle aus dem Land,
das lange zögert, eh es untergeht ...

»Schluss jetzt!«, unterbrach uns die Mutter, küsste mich beim Abschied auf den Scheitel, länger als sonst, vielleicht scheint mir das aber auch nur im Nachhinein so. Die Fingerspitzen hatte sie dabei leicht auf meine Schultern gelegt, als hätte sie Sorge, ich könnte darunter zerplatzen. Den Vater ließ sie ungeküsst.

»Macht schnell, es ist höchste Zeit!« Dabei konnte unsere Pünktlichkeit oder Unpünktlichkeit sie zu diesem Zeitpunkt kaum noch interessiert haben. In Gedanken muss sie schon beim Kofferpacken gewesen sein, um uns bei unserer Rückkehr mit ihrer Abwesenheit und einem Zettel am Kühlschrank zu überraschen: »Wenn ich nicht fortgehe, werde ich ewig bereuen, es nicht wenigstens versucht zu haben.«

Die Erdbeermarmelade stand abends noch offen auf dem Tisch. Die ganze Küche roch danach, und Papa antwortete auf meine Frage, wann die Mutter denn zurückkäme, mit einem Kopfschütteln. »Du kannst eines von Nachbars Katzenjungen haben«, sagte er leise und begann die Reste unseres letzten Familienfrühstücks wegzuräumen.

Ich verstand, was ich nicht verstehen konnte, und freute mich trotzdem auf die Katze, während ich gleichzeitig geräuschlos zu weinen versuchte, um Papa nicht noch trauriger zu machen.

Nach zwei Wochen rief sie das erste Mal an, wollte mich sprechen, aber ich drückte das Kätzchen an mich und drehte dem Telefon den Rücken zu. Mein Vater weigerte sich, mich zu zwingen, sagte ruhig, aber bestimmt: »Lass ihr Zeit!«, und: »Nein, das werde ich mit Sicherheit nicht tun!« Dann legte er den Hörer auf, während ich meine Mutter noch darin reden hörte. Diese Härte passte so wenig zu ihm, dass ich Angst bekam. Ich kann nicht genau sagen, aus welchem Grund, aber wir sprachen nie wieder über sie. Vielleicht, weil jeder von uns auf seine Weise zu sehr damit beschäftigt war, ein Verschwinden, das nicht wahr sein durfte, im Alleingang zu überleben.

»Du warst noch ein Kind, er hätte dich mit deinem Verlust nicht dir selbst überlassen dürfen!«, hat Manu einmal gesagt.

Ich habe widersprochen: »Er war wahrscheinlich gelähmt durch seinen eigenen Kummer, und er hat nie viel vom Reden über Probleme gehalten, das stimmt. Aber er war für mich da, und auf seine Art hat er weiteres Unheil von mir ferngehalten, so gut er eben konnte.«

Dass er mich trotz Anraten des Schulpsychologen auch nicht zum Therapeuten schicken wollte, als ich mit elf Jahren anfing, in der Schule zu randalieren, habe ich Manu nicht erzählt, sie hätte es nur gegen ihn verwendet. Aber mein Vater hat letztlich verhindert, dass man mich zum »Sorgenkind« stempelte.

... und kreist und dreht sich nur und hat kein Ziel ...

Eine simple Postkarte, ein kleiner Hinweis, und gleich spult sich in meinem Kopf viel mehr ab als die Zeilen eines Gedichts. Es gibt nur einen, der das so leicht bei mir auslösen kann. Und es kommt auch nicht Papas bedächtiger Pfeifenraucher-Bass angeweht, sondern diese andere Stimme, lauter, schneller, heftiger, die Stimme von dem, den ich seit drei Monaten zu vergessen versuche, der von diesem letzten Familienfrühstück weiß und vom Karussell-Gedicht, weil ich es ihm – und nur ihm – mit sämtlichen Einzelheiten erzählt habe. Als ich mit meiner Geschichte fertig war, unsicher auf seine Reaktion wartend, weil ich es nicht gewohnt war, sie vor jemand anders derart auszubreiten, hatte er einen Gedichtband aus seinem Regal geholt, ihn gezielt aufgeschlagen und mir Rilkes »Das Karussell« vorgelesen, an einem Sonntagmorgen, gar nicht so lange und doch eine Ewigkeit her, seine nackten Knie waren unter dem Buchdeckel angewinkelt, während mir eine erste Ahnung davon kam, dass wir eine Grenze zu viel überschritten hatten.

Sein überspannter Tenor mit scharfer norddeutscher Artikulation dringt jetzt wieder in mein Hirn, breitet sich dort aus, noch bevor ich Zeit finden kann, geeignete Selbstschutzmaßnahmen zu ergreifen:

> *Und hält sich mit der kleinen heißen Hand,*
> *dieweil der Löwe Zähne zeigt und Zunge ...*

Auch das hat er an sich gezogen, sich einverleibt, denn seine Stimme hat die Zeilen mit neuen Klängen überspielt, den Erdbeergeruch daraus vertrieben, das Bild des traurigen Mannes vor dem Kühlschrank ebenfalls, sogar dieses Vermissen, dem ich keinen Namen zu geben bereit gewesen war, um es im Zaum zu halten, hatte er kurzfristig verscheucht, beiseitegeschoben mit seiner alles andere verdrängenden Anwesenheit.

Das war gut gewesen. Und schmerzhaft. Aber gut.

Jetzt, hier vor mir, unverwechselbar seine Schrift: Den Unterschwung beim großen K in der Adresszeile würde ich immer und überall sofort erkennen. Mit dem gleichen schräg nach hinten wegkippenden Buchstaben hat er all die Zettel unterschrieben, die er mir zugespielt hat, nur dass hier auf der Karte die restlichen Buchstaben meines Vornamens angefügt sind statt dieses Kringels hinter seinem K, der mich zuerst an eine Comic-Sprechblase erinnert hatte.

»Einfach normal unterschreiben geht nicht?«, habe ich ihn einmal gefragt, als ich mich über eine allzu kryptische Botschaft von ihm geärgert hatte, und seine Antwort war:

»Die meisten Leute übersehen die Zeichen, die in ihrem Leben ausgestreut sind, aber uns, die wir bereit sind, sie zu lesen, zeigen sie, wenn etwas eigen- oder einzigartig ist.«

»Hä?«

»Was glaubst du, könnten wir beide sein: eigen oder einzig oder beides?«

Ich sah in sein schönes Gesicht, und weil ich mir nicht sicher war, ob ich mich über dieses »Wir« freuen oder es von mir weisen wollte, behauptete ich:

»Ich hab nicht die allergeringste Ahnung, wovon du redest!«

»Verständigung auf dem verschlüsselten Weg, das Zeichen nur für uns zwei lesbar, was ist daran nicht zu verstehen?«, fragte er.

»Mit mir musst du Klartext sprechen«, sagte ich und meinte das auch so.

»Das K ist *unser beider* Buchstabe, schicksalshaft gefügt, einer wurde für den anderen damit markiert, wenn wir es nur zulassen. Der Kreis ist nicht nur ein Sinnbild für die ideale Ordnung, er kann in unserem Fall auch stehen für ...«

»Du bist ja verrückt«, habe ich ihn unterbrochen, weil ich mich dem, was womöglich folgen würde, nicht gewachsen sah.

Er hat mir grinsend entgegnet: »Ja, was denkst du, weshalb ich hier bin?«

Spaltungskonzept, Schwarz-Weiß-Weltsicht, heftige Affekte, professionelle Distanz, bla bla bla ... Ich habe das alles gewusst, die Fachbegriffe in Lehrbüchern nachgeschlagen, es musste mich niemand über bestimmte Symptome und ihre Wirkung auf das Umfeld aufklären, unabhängig davon, ob seine Diagnose nun richtig oder falsch gewesen war.

»Gift«, hat Manu letzten Sommer gewettert, »der Typ ist pures Gift für dich!«

Damals habe ich mit den Schultern gezuckt und gesagt: »Kann sein.«

Zu diesem Zeitpunkt war mir das auch tatsächlich egal.

Niemand außer ihm hat je ein Gedicht für mich auswendig gelernt, es später vor allen Leuten über den Jahrmarkt gebrüllt, nur um einen Anflug von Trauer zu vertreiben:

... und manches Mal ein Lächeln hergewendet ...

Er schaute zu mir herüber, strahlte wie von allem losgelöst, und ich liebte für die Dauer eines Schlagers bedingungslos und angstfrei: Den Mann oder das Bild, das er abgab, das war nicht so wichtig, aber es hat ihn unwiderruflich gegeben, diesen Moment, in dem ich nichts hinterfragt, meinem Glück einmal nicht sofort wieder misstraut habe, mich in der Gewissheit sonnen durfte, von diesem einen Menschen dort drüben auf dem Karussell gemeint und gewollt zu sein. Ich kann ihn auflachen hören, kann ihn sehen, wie er Runde um Runde dreht, die viel zu langen Beine affenartig um den Schimmel aus lackiertem Holz gefaltet, die Strophen für mich deklamierend, während die Mütter besorgt ihre Kleinen vom Karussell wegzerrten und mir der letzte Rest Traurigkeit von der Haut wehte.

*... und verschwendet
an dieses atemlose blinde Spiel ...*

»Lass uns spielen«, hat er dann später zu mir gesagt, »lass uns doch einfach ein bisschen spielen und schauen, ob uns das Spiel gefällt.«
Aber zum Spielen fühlte ich mich auf Dauer ungeeignet, und die Leichtigkeit bekam wieder bleierne Füße.
»Wer spielen will, riskiert, die Kontrolle zu verlieren«, habe ich gesagt, und er hat auf diese eigenartige Weise gelächelt, von der ich nie ganz zu sagen wusste, ob sie mehr aus Spott oder aus Mitleid oder aus Zuwendung bestand.
»Ich mag es nicht, wenn du mich so ansiehst, hörst du?«

»Wie bitte?« Der Rentner aus unserem Stockwerk ist zur Haustür hereingekommen, ohne dass ich ihn bemerkt habe, und schaut mich fragend an.
»Nichts. Ich habe nur laut gedacht.«
»Ach so. Dann schönen Tag noch«, brummt er und steigt die Treppe hinauf.
Ich schaue ihm nach, höre seine schlurfenden Schritte jeden Treppenabsatz unter Mühen erklimmen, dann, wie er oben den Schlüssel ins Schloss steckt und die Wohnungstür hinter sich zuschlägt.
Die Briefkastenklappe steht noch immer offen, da ist diese Karte in meiner Hand, da sind wieder Bilder und Klänge in

meinem Kopf, die eine Weile hinter Schloss und Riegel waren, und ich frage mich, was ich jetzt damit anfangen soll. Wieder einsperren? Mehr als tausend Kilometer und drei Monate Sprachlosigkeit liegen zwischen mir und dem Absender, und dies könnte genauso gut nur eine wortlose Ansichtskarte sein. Um eine direkte Reaktion meinerseits zu bekommen, hätte er mindestens eine Adresse angeben müssen. Da ist aber keine. Alles kann also offen bleiben, wenn ich es will. Für so viel überraschende Rücksicht sollte ich fast schon dankbar sein.

Er wäre aber nicht er, wenn er nicht trotzdem auch genau dies beabsichtigt hätte: Ein stummer Gruß aus Paris, ein einziger Kuli-Strich, und schon wird ein Gedicht aufgeweckt und mit ihm die Erinnerung an einen Morgen, der lange her ist, und an einen weiteren, der kaum vergangen, an eine nicht zum Ziel geführte Reise – es ist alles wieder da, als wäre es eben erst gewesen. Dafür hat er nicht einmal ein persönliches Wort benötigt.

Montagmorgen und ich in nassen Klamotten, das passt so gut dazu, als wäre sogar das eigens von ihm inszeniert worden.

… ein böser roter Löwe geht mit ihnen …

Ich nehme die Karte mit in die Wohnung und stelle sie gegen eine leere Kaffeetasse auf den Küchentisch. Ein Eierbecher spiegelt sich im Hochglanzbild: Der menschenleere Jardin du Luxembourg im frühherbstlichen Morgenlicht, das Foto tausendfach reproduziert, vielleicht aus einem Ständer an der Rue Bonaparte gezogen, frankiert, adressiert, grußlos und doch mit ausreichend Information für mich abgeschickt.

Er ist auf dem Weg. Zu mir hin oder weiter von mir weg, das wird sich herausstellen.

Er spielt wieder.

... und dann und wann ein weißer Elefant ...

Dass sein erstes Lebenszeichen genau zu Beginn des Winters bei mir eintrifft, muss nichts heißen. Aber es ist nicht auszuschließen, dass er auch das bedacht haben könnte.
Dieser durchgeknallte Irre!

Es geht ihm gut.
Mehr brauche ich eigentlich nicht zu wissen.
Ich werde abwarten.

2
Der Anfang

Als wäre es gestern gewesen und gleichzeitig endlos her:
»Wie lange wohnen Sie schon unten im Dorf?«
»Etwas über zwei Jahre.«
»Und Sie wollen sich trotzdem bei uns bewerben?«
»Spricht denn mein Wohnort dagegen?«
»Nicht unbedingt. Es wundert mich nur.«
»Wieso?«
»Wissen Sie, wie unsere Einrichtung von den Dorfbewohnern genannt wird?«
»Irrenmühle, Deppenkarussell, das Dritte hab ich vergessen.«
Die Frau am anderen Ende der Leitung kicherte, wurde dann aber wieder ernst: »Sie haben doch sicher auch einschlägige Geschichten über uns gehört?«
»Ja. Schon.«
»Und?«
»Mich gruselt es nicht so schnell.«
Jetzt lachte sie: »Das ist auf jeden Fall eine gute Voraussetzung. Können Sie heute Nachmittag vorbeikommen?«
»Heute? Ernsthaft?«
»Es ist dann nicht viel los, da könnten wir uns Zeit nehmen.«
»Soll ich nicht erst die Unterlagen schicken? Zeugnisse und so? Müssen Sie das nicht vorher prüfen?«
»Wollen Sie jetzt eine Stelle oder nicht? Dass Sie sich vom Dorftratsch nicht haben beeindrucken lassen, spricht erst mal

für Sie. Den Papierkram können Sie mitbringen, wir schauen uns das schon in Ruhe an, keine Sorge.«

»Danke.«

»Wofür? Ist ja nicht gesagt, dass Sie den Job bekommen. Wir sehen uns gegen vier. Fragen Sie nach Carmen.«

»Carmen?«

»Genau.«

So hatte es angefangen: Ein Anruf von ungefähr vier Minuten, spontan getätigt, um irgendetwas zu versuchen, mehr noch, um später bei Bedarf Manu oder meinem Vater erklären zu können, ich hätte mich bemüht. Nichtsdestoweniger hatte ich ein Vorstellungsgespräch wegen der ausgeschriebenen Stelle für »Erzieher/innen im Anerkennungsjahr mit möglicher späterer Übernahme« in der Goldbachmühle organisiert, das war etwas.

Weil jetzt, wo ich wenigstens noch die Aussicht auf einen Job hatte, der viel bessere Zeitpunkt war als nach einer Absage, rief ich Manu sofort an.

»Stell dir vor, ich werde Erzieherin in der Klapse hier.«

»Ist nicht dein Ernst!«

»Na ja, vielleicht.«

»Dafür bist du so geeignet wie eine Kettensäge zur Nasenkorrektur.«

»Stimmt nicht! Außerdem ist es keine richtige Vollklapse, und mal abgesehen davon, kenne ich jemanden, der mit seiner Kettensäge ziemlich virtuos umgehen kann.«

»Meine Zweifel werden dadurch nicht weniger. Was bedeutet eigentlich ›vielleicht‹?«

»Eben habe ich am Telefon einen Termin ausgemacht, und noch heute stelle ich mich vor.«

»Immerhin hast du etwas unternommen und sogar aus eigenem Antrieb telefoniert, das ist auf jeden Fall positiv zu bewerten.«

»Du klingst wie meine frühere Mentorin. Doch unabhängig davon: Mit dir telefoniere ich doch auch regelmäßig!«

»Nein, Herzchen, *ich* telefoniere mit dir, und meistens quatsche ich die ganze Zeit.«

»Aber jetzt habe ich dich angerufen.«

»Weil du willst, dass ich dich für deine Initiative lobe. Gut, das tue ich hiermit.«

»Du bist blöd!«

Manus Lachen dröhnte so freundlich und böse zugleich aus dem Hörer, dass ich Lust bekam, sofort zu ihr nach Hamburg zu fahren, um sie zu sehen. Aber vorher wollte ich diesen Termin hinter mich bringen, um mir nicht mangelnden Ehrgeiz und Drückebergerei vorwerfen zu lassen.

»Dann viel Glück!«

»Danke, werde ich brauchen.«

Ich war mir nicht sicher, ob wir unter Glück in diesem Zusammenhang das Gleiche verstanden. Jedenfalls rechnete ich nicht ernsthaft damit, dass aus meiner morgendlichen Anwandlung von Aktionismus tatsächlich eine Arbeitsstelle werden würde. Ich war es gewohnt, dass andere die Jobs bekamen, und ich war auch nicht ganz schuldlos daran. Schon während der Ausbildung hatte man zu mir gesagt: »Mit Ihrem Auftreten wird es später nicht leicht werden, einen Arbeitgeber zu finden, Frau Werner, Sie sollten Ihre allzu unkonventionellen Erziehungsauffassungen noch einmal überprüfen oder sie wenigstens hintanstellen, wenn Sie neu in einer Einrichtung sind.«

Ich hatte genickt, und der zuständigen Mentorin war das

Anstoß genug gewesen, persönlicher zu werden: »Außerdem wird von einer Erzieherin auch hinsichtlich ihres Erscheinungsbilds eine gewisse Vorbildfunktion erwartet. Ihres ist im günstigsten Fall eigenwillig zu nennen.«

Wieder nickte ich bloß, aber die Frau verstand, dass es mich nicht im Geringsten kümmerte, wie sie oder andere mein Aussehen nannten, und setzte nach: »Nicht dass es nachher heißt, niemand hätte Sie vor sich selbst gewarnt.«

Ich musste laut lachen, und sie warf mich aus dem Zimmer.

Nach einigen konfliktreichen Praktika in diversen staatlichen Einrichtungen war meine Begeisterung für offene Erziehungskonzepte zwar auf ein relativ unauffälliges Maß geschrumpft, aber von Vorbildfunktion, was mein Äußeres betraf, konnte noch immer keine Rede sein. Obwohl ich seit Beendigung der theoretischen Ausbildung im Sommer zuvor meine Haarfarbe schon zweimal gewechselt hatte, würde wohl auch jetzt niemand meine Erscheinung als mustergültig für eine Erzieherin bezeichnen, es sei denn, es fände sich etwas in der Betreuung von minderjährigen Straßenpunks oder pflegebedürftigen Hippie-Kindern. Meine Chancen auf ein regelmäßiges Einkommen waren dementsprechend bescheiden, sobald die Leute mein Passfoto auf dem Bewerbungsschreiben sahen. Aber ich bestand darauf, dass, wer andere nur aufgrund von Äußerlichkeiten beurteilte, im pädagogischen Bereich sowieso nichts zu suchen hatte. Manu fand das kindisch und erklärte meine Aufmachung abwechselnd zu einem Schutzschild, um Nähe zu verhindern, oder zu einer Kompensation, die damit zu tun hatte, dass die Frau, die meine Mutter hätte sein sollen, abgehauen war. Wenn allerdings jemand anders eine Bemerkung über ihre »Schlampenfreundin« tat, erhielt er von Manu die volle Breitseite: »Du Spießer, guck dir mal dein Quallengesicht an!«, was aus dem Mund einer platinblonden Edelschönheit wirklich Eindruck machte.

Ich selbst betrachtete meine Erscheinungsform eher als Experimentierfeld, es bereitete mir einfach Vergnügen, mich immer wieder zu verändern, andere Bilder von mir zu entwerfen. Das mochten manche vielleicht unreif nennen, ließ sich aber nicht ändern. Manu wollte mich im Grunde auch nicht anders. Sie nannte mich ihre »exzentrische Igel-Freundin«, hatte mich genau so gern, wie ich war, obwohl sie das nur ungern zugab. Ansonsten regte sie sich über mich auf und regte sich wieder ab, so funktionierte unsere Freundschaft seit Schulzeiten. »Die Schöne und das Biest« hatten uns die Lehrer gelegentlich genannt, und auch nach dem Ende der Schule stand unzweifelhaft fest, wer den einen und wer den anderen Part darstellte. Während Manu nach einem hervorragenden Abitur, gesegnet mit ebenso viel Fleiß wie Talent, von drei Musikhochschulen gleichzeitig einen Studienplatz angeboten bekam, lohnte es sich für mich nicht, mit meinem mäßigen Notendurchschnitt und meiner fehlenden Motivation jahrelanges Herumsitzen in Hörsälen und Seminarräumen nur in Erwägung zu ziehen. Die Ausbildung zur Erzieherin war dann anfangs auch eher eine Verlegenheitslösung. Entsprechend war mein Start in die Berufsausbildung kein sonderlicher Erfolg gewesen, und oft genug hatte Manu mein Engagement als »saumäßig« bezeichnet.

Jetzt aber hatte ich mich »richtig und ordentlich« und aus dem Bestreben heraus beworben, ein finanziell unabhängiges Leben zu führen, was selbst in den Augen meiner strengen Freundin ein erwachsenes Vorhaben sein musste.

Vielleicht passte es ja diesmal. Jedenfalls hatte meine Ansprechpartnerin am Telefon einen deutlich unverkrampfteren Eindruck gemacht, als ich das von den Leitern pädagogischer Einrichtungen gewohnt war. Allerdings waren bislang weder ich noch meine Papiere dieser lässigen Carmen unter die Augen gekommen, und wahrscheinlich standen noch diverse normentsprechend aussehende Mitbewerberinnen mit weitaus besseren Zensuren zur Auswahl. Zudem hatte in der Stellenbeschreibung »Mindestalter siebenundzwanzig Jahre« gestanden. Es sprach eine Menge gegen mich.

So machte ich mich denn auch mit ziemlich heruntergeschraubten Erwartungen auf den Weg, nachdem ich eine schmerzliche halbe Stunde mit dem Gebrauch einer nagelneuen Haarbürste verbracht hatte und eigens noch einmal in den Supermarkt gerannt war, um ein Zopfgummi zu kaufen.

Es war einer der ersten Frühlingstage, noch nicht wirklich schön, aber einer, der schon klarstellte, dass der Winter vorbei war. Die Luft roch anders, die Vögel sangen lauter, das sprießende Grün wirkte saftiger. Vorsichtiger Optimismus breitete sich in mir aus. Die nächsten Monate würden so viel einfacher sein, wenn ich diese Stelle bekäme.

Einfacher. Das hatte ich wirklich geglaubt.

Alles, was ich damals wusste, war das: Ich musste bald in Lennau meine Zelte abbrechen, wenn es mir nicht schnellstens gelang, Geld in Form eines regelmäßigen Einkommens aufzutreiben. Meinen Vater hatte ich in diesem Frühjahr schon zweimal angepumpt, und obwohl die Miete für die kleine Einliegerwohnung sehr gering ausfiel, würde ich sie nur noch ein-, maximal zweimal aufbringen können. Ich brauchte einen Job, das hatte höchste Priorität.

»Warum willst du überhaupt in diesem Kaff wohnen bleiben?«, hatte Manu einmal am Telefon verständnislos gefragt, als wir wieder über meine Situation diskutierten, »sozialpädagogische Einrichtungen gibt es in Hamburg wie Sand am Meer.«

»Mir gefällt es hier«, hatte ich geantwortet. »Die Gegend ist schön, das Landleben günstig, und ich kann auf Wiesen liegen, ungestört weite Horizonte abschreiten, das Hirn freiräumen, verstehst du?«

»Kein bisschen!«

Für Manu war es völlig unbegreiflich, dass ich nicht die erste Gelegenheit nutzte, aus Lennau zu fliehen, das aufregende Partyleben wiederaufzunehmen oder wenigstens die freundschaftliche Koexistenz mit ihr. Alles, was nicht Hamburg, Köln oder Berlin war, nannte sie »Exil« und nicht wert, von uns bewohnt zu werden. Mich hatte das großstädtische Dauerfeiern irgendwann gelangweilt, diese immer gleichen künstlichen Aufregungen, diese öffentliche Zurschaustellung von Coolness, die sich um rein gar nichts drehenden Bargespräche, die Müdigkeit am nächsten Morgen, auf all das konnte ich gut verzichten. Dass ich Manu mehr fehlte als sie mir, lag auf der Hand. Wahrscheinlich war sie genau deswegen gekränkt, vielleicht war sie auch der Ansicht, dass ich sie schlicht ein weiteres Mal versetzte.

Zwei Jahre zuvor war es mir nämlich gelungen, meinen Ausbildungsplatz an der Hamburger Käthe-Kollwitz-Fachschule für Sozialpädagogik zu verlieren, nachdem Manu nur wenige Wochen vorher extra wegen mir auf einen Studienplatz für Sologesang am Wiener Konservatorium verzichtet und der hansestädtischen Musikhochschule zugesagt hatte, die sie ebenfalls aufnehmen wollte.

»Ich bin lieber mit dir in Hamburg als ohne dich in Wien«, hatte sie gesagt, und ich war darüber gerührt gewesen. Leider hatte mich das nicht davon abgehalten, auf der Fachschule einen Joint zu rauchen und mich dabei von einem Dozenten erwischen zu lassen. Während Manu also gerade dabei war, den Umzug nach Hamburg zu organisieren, flog ich von der Fachschule. Der Fürsprache meines Vaters hatte ich zu verdanken, dass sich im oberhessischen Alsfeld eine Fachschule fand, die mich nahtlos in den laufenden Erzieher-Lehrgang aufnahm, wo ich einen nicht glanzvollen, aber gültigen Abschluss des theoretischen Ausbildungsabschnitts schaffte.

Die Unterkunft in Lennau, von wo aus ich die Fachschule bequem mit dem Bus oder mit dem Fahrrad erreichen konnte, war mir von Direktor Christian Scherer vermittelt worden, dessen frisch geschiedene Schwester Angelika eine Bewohnerin für die Einliegerwohnung ihres Einfamilienhauses suchte und sich nicht an meiner damals gerade fliederfarbenen Rasta-Frisur störte.

Das friedliche Leben in der Provinz hatte mir also gutgetan, das wollte ich jetzt nicht gleich wieder aufgeben. Und als ich dann zufällig die Stellenanzeige im *Oberhessischen Landboten* entdeckte, dachte ich: Warum nicht dort anrufen?

Angelika, meine Vermieterin, für gewöhnlich eine aufgeschlossene und, mit Ausnahme von ihrem Ex, allen gegenüber freundlich gesinnte Person, hatte ernsthaft besorgt meine Absicht, mich in der Mühle zu bewerben, mit den Worten kommentiert: »Nichts gegen Menschen, die seelische Probleme haben, aber da oben auf dem Hügel möchte ich nicht arbeiten. Als Frau schon gar nicht.«

Von Übergriffen auf das Reinigungspersonal werde im Dorf berichtet, von einem Mädchen, das sich im Wald aufgehängt hatte und zum Glück im letzten Moment von einem Forstarbeiter gerettet worden war, von Ladendiebstählen und blutigen Prügeleien mit der örtlichen Jugend. Mir klang das alles zu sehr nach Vorurteilen und Tratsch. Carmen hatte am Telefon locker geklungen, da lohnte es sich, die Sache einmal näher zu betrachten. Neben den zweifelhaften Dorfgeschichten wusste ich nur, dass sie dort psychisch angeschlagene junge Menschen betreuten.

Vor Monaten war ich zufällig bei einem meiner Spaziergänge auf das Heimgelände geraten, hatte mich am Anblick friedlich grasender Ponys erfreut und mich von einem kräftigen jungen Mann in grüner Latzhose, den ich für den Gärtner hielt, höflich, aber bestimmt auf den öffentlichen Waldweg zurückschicken lassen. Noch lange hatte ich darüber nachgedacht, was für Menschen dort leben. Ich hoffte, dass es dort anders zuging, nicht so, wie es mir von meinem ersten und einzigen Besuch in der geschlossenen Abteilung einer Psychiatrie noch in Erinnerung war. Tamara, die in der Schule im Deutsch-Leistungskurs neben mir gesessen hatte, war dort eingeliefert worden, als ihr Gewicht die Vierzig-Kilo-Marke zu unterschreiten drohte. Wir waren nicht sonderlich befreundet gewesen, aber ich fühlte mich verpflichtet, sie zu besuchen. Etwas unsicher über das, was mich wohl erwarten mochte, klingelte ich an der Stationstür. Es dauerte einige Minuten, bis eine pummelige Krankenschwester erschien, die einen Schlüssel an ihrem Gürtel hängen hatte wie Schwester Ratched in *Einer flog über das Kuckucksnest*. Als sie direkt hinter uns wieder zusperrte, konnte ich nur mühsam einen Fluchtreflex unterdrücken. Die Schwester schien Gedanken lesen zu können, denn sie sagte: »Sobald du wieder gehen möchtest, schließe ich sofort für dich auf.« Es war mir peinlich, wie erleichtert ich über diesen eher augenzwinkernd dahingeworfenen Satz war.

Tamara fand ich im Aufenthaltsraum, in einer hinteren Ecke. Sie stand neben einem sehr jung aussehenden Mädchen, das noch dünner war als sie selbst, die eine Hand um den Infusionsständer geklammert, die andere schlaff herunterhängend, und schaute stumpf in meine Richtung. Das Mädchen neben ihr zeigte ebenfalls keine Regung. Erst als ich Tamara und dann auch das Mädchen begrüßte – es ließ meine ausgestreckte Hand in der Luft stehen –, schlich es mit hängenden Schultern im Zeitlupentempo aus dem Raum.

Es blieb bei diesem einen Besuch, ich sah Tamara nie wieder. Später hörte ich, dass sie nach zwei Monaten Klinik in eine Reha-Einrichtung an der Ostsee gekommen war, dort habe sie sogar das Abitur geschafft. Anschließend sei sie zum Studium ins Ausland gegangen.

An all das dachte ich, während ich zu meinem Vorstellungsgespräch unterwegs war. Und mit jedem Schritt, den ich mich dem Gelände näherte, wuchs meine Unsicherheit. Was hatte ich mir da vorgenommen? Was hatte ich zu erwarten? Todtraurige Gespenster? Aber vielleicht schaffte man es auch in der Goldbachmühle, wieder lebensfähige Menschen aus den Patienten zu machen, so wie es bei Tamara der Fall gewesen war. Wenigstens von der Zielsetzung her und möglichst mit Türen, die zu jeder Tages- und Nachtzeit zu öffnen waren. Doch wie ich mir das konkret vorzustellen hatte, das konnte ich nicht sagen. Die Mühle konnte alles sein: Verwahranstalt von Verhaltensgestörten, Sanatorium für Schizophrene und Paranoiker, Erholungsheim für schräge Vögel aller Art. Ich wünschte mir nur, dass Leute dort wohnten und behandelt wurden, die noch darum kämpften, ihr Leben wieder in die eigenen Hände nehmen zu können, statt resigniert ihren Zustand hinzunehmen, wie ich das bei Tamaras junger Mitpatientin beobachtet hatte.

Hinter dem Ortsschild bog ich auf den Feldweg ein, der längs des Goldbachs bis zum Waldrand führte. Ich lief weiter bis zur Abzweigung hinauf, die ich von meinen Spaziergängen bereits kannte. Rechts befand sich ein Schild mit der Aufschrift: *Privat. Durchfahrt verboten. Anlieger frei.*

Unweit davon setzte ich mich auf einen großen Stein, der am Weg lag, sah auf die Uhr und stellte fest, dass ich noch mehr als genug Zeit hatte. Ich zupfte eine Haarsträhne zurecht und versuchte mich zu überzeugen, dass ich die ganze Sache entspannt angehen könnte. Das Sitzen machte mich aber unruhig, also raffte ich mich wieder auf, ging fünf-, vielleicht auch siebenmal vom Schild in den Wald und wieder zurück, stellte bei jedem Blick auf die Uhr fest, dass der Zeit meine Nervosität gleichgültig war. Schließlich bog ich in die schmale Allee zur Goldbachmühle ein, unschlüssig, ob ich ausnahmsweise vernünftig oder genau das Gegenteil dessen war.

3
Das Gespräch

Rehabilitationshaus für psychiatrieerfahrene Menschen stand auf der Messingtafel am Zaun neben dem weit geöffneten Eisentor.

»Nicht verrückt genug für die Klinik, nicht fit genug fürs richtige Leben«, erklärte Konrad später. Auf mich wirkten die Worte auf der Tafel eher furchteinflößend. Ich fühlte mich unterqualifiziert, was ich mit Sicherheit auch war.

Trotzdem ging ich weiter. Was hatte ich schon zu verlieren?

Ein von Unkraut durchsetzter Kiesweg schlängelte sich vom Eisentor zu einem alten Klinkerbau, der mehr Ähnlichkeit mit einem norddeutschen Herrenhaus als mit einem Sanatorium hatte. Auf der Wiese davor blühten Krokusse, die Beete links und rechts waren frisch gejätet, einige prächtige alte Kastanien sowie ein kleiner Birkenhain gaben dem Ganzen etwas Verwunschenes. Links hinter dem Haus waren zwischen hohen Büschen Treibhäuser zu erkennen, eine Schubkarre mit Harken und Gartenabfällen, aber diesmal weit und breit kein Gärtner. Dahinter mussten sich die Gemüsebeete, die Weiden mit den Ponys und die Ställe anschließen, die ich gesehen hatte, als ich versehentlich das Gelände betreten hatte. Zwischenzeitlich waren die Zäune erneuert worden, sodass man sich nicht mehr so leicht hineinverirrte. Oder hinaus, was der wahrscheinlichere Grund für die Veränderung war.

Ein Specht hämmerte in der Ferne, als plötzlich aus einem

der weit geöffneten Fenster ein synthetischer Popsong aufjaulte, der seit Wochen im Radio gespielt wurde. Jemand versuchte mitzusingen, traf die Töne jedoch nicht einmal annähernd, das aber mit Inbrunst. Im selben Moment fing unmittelbar über mir eine Amsel zu zwitschern an. Ich lächelte ihr zu und entspannte mich ein wenig. Der allererste Eindruck sprach für ein ganz anderes Szenario, als ich es auf Tamaras Station vorgefunden hatte. Egal, was hier sonst noch vor sich geht, dachte ich, es ist ein wunderschöner Ort.

Beim Weitergehen bemerkte ich neben einem Busch eine kauernde Gestalt, die sich in olivgrüner Jacke mit aufgesetzter Kapuze kaum von der Umgebung abhob und völlig in die Beobachtung einer winzigen, für mich unsichtbaren Sache am Boden vertieft war. Da ich nicht rufen wollte, trat ich etwas fester auf den Kies, um meine Schritte deutlich hörbar zu machen. Ich näherte mich bis auf wenige Meter, blieb stehen, hustete.

Keine Reaktion.

»Hallo?«

Nichts.

»Haaallo!«

Die Gestalt schüttelte sich leicht, richtete sich dann sehr langsam auf und entfaltete sich im Zeitlupentempo zu einem erstaunlich großen Jungen. Er sah mich an, schien zu warten, ob ich dem »Hallo« noch etwas hinzufügen wollte.

»Guten Tag. Ich bin Katia Werner.«

Der Junge sagte nichts.

»Ich komme zum Vorstellungsgespräch.«

Er klappte den Mund auf und wieder zu.

»Kannst du mir sagen, wo ich Carmen finde?«

Der Angesprochene straffte die Schultern, steckte beide Hände in die Hosentaschen.

»Na gut, ich sehe mich mal im Haus um. Wollte nicht stören.«

Der Junge atmete schwer, sah vor sich auf den Boden. Ich bereute, ihn angesprochen zu haben, wollte gerade weitergehen, als doch noch etwas aus ihm herauskam, weitaus lauter als angemessen gewesen wäre:

»Grüne Haare!«

Ich fuhr leicht zusammen, lächelte dann bemüht. »Schrill, ich weiß. Es wächst wieder raus, dann probiere ich eine andere Farbe.«

Er nickte wissend.

»Und wer bist du?«

»Posttraumatische Belastungsstörung, sehr kurz vor einem Aggressionsschub«, ratterte es aus dem Mund des großen Jungen wie Gewehrschüsse.

»Was?«

»Ich!«

»Oh. Tatsächlich?«

Mein Gegenüber nickte bekräftigend.

»Das wächst aber irgendwann auch wieder raus, oder?«

Blöd, schoss es mir durch den Kopf, wie total blöd von dir! Also ob man Krankheiten wechseln konnte wie die Haarfarbe. Manu hatte völlig recht mit ihrer Einschätzung gehabt, was meine Eignung für die psychiatrische Erzieherinnenarbeit anlangte. Dieser Junge würde womöglich gleich ausrasten, mich beschimpfen, mir eine scheuern oder wie auch immer sonst der mutmaßlich von meiner mangelnden Sensibilität ausgelöste Aggressionsschub sich zeigen mochte.

Er rastete aber nicht aus, sagte stattdessen in einem mild-geduldigen Ton, der mich regelrecht beschämte: »Posttraumatische Belastungsstörungen wachsen nicht einfach so raus. Solltest du das nicht wissen, wenn du dich hier bewirbst?«

Scheiße, ja, dachte ich und sagte: »Natürlich weiß ich das. Entschuldige, war nicht ernst gemeint.«

Der Junge nannte noch einmal seinen Befund, wobei er jede Silbe einzeln betonte. Diesmal war ich ihm regelrecht dankbar dafür.

»So, jetzt habe ich das aber gespeichert. Versprochen!«

Er schien mit meiner Antwort zufrieden zu sein, bewegte leicht die Mundwinkel, als überlegte er sich, noch zu lächeln. Ich atmete auf und wünschte mir, etwas anderes als die Diagnosen meiner Haarfarbe und seiner Erkrankung aus ihm herauszubringen.

»Wie gesagt, ich bin Katia, aber wie heißt du?«, fragte ich.

Er sah erneut auf den Boden, bohrte erst mit dem Absatz, dann mit der Fußspitze Löcher in den Kies, kratzte im Zeitlupenmodus ein sauberes Halbrund zwischen uns.

»Michael Schulte.«

Fast hatte ich schon nicht mehr damit gerechnet, dass er etwas sagen würde.

»Das ist mein Name!«, fügte er hinzu.

Bei näherer Betrachtung war er vermutlich gar nicht viel jünger als ich.

»Freut mich, dich kennenzulernen, Michael Schulte. Wohnst du schon lange hier?«

Er wich ein Stück zurück, widmete sich wieder dem Boden, stampfte Löcher, zog Halbkreise …

Ich gab es auf.

Als ich schon kurz vor dem Haus war, brüllte es hinter mir so laut, dass ich erschrocken zusammenfuhr: »Grün ist eine gute Farbe! Und Carmen ist meistens im Büro, die Tür am Ende des Gangs. Du kannst dich gar nicht verlaufen.«

»Danke!«

»Kannst Mischa sagen.«
Er strahlte jetzt übers ganze Gesicht.
Ich rief: »Danke, Mischa!«

Es war noch immer zehn Minuten vor der vereinbarten Zeit, aber ich war jetzt etwas zuversichtlicher. Fast schon schwungvoll drückte ich gegen den massiven Knauf an der Haustür. Sie bewegte sich keinen Millimeter. Jetzt stemmte ich mich fester gegen die Tür, sie blieb verschlossen. Verschiedene Namen standen auf den Schildern neben den Klingelknöpfen, einige mehrfach überklebt; keiner sah offiziell aus. Nach kurzer Überlegung entschied ich mich für den obersten. Augenblicklich ließ ein Summen die Tür aufspringen, als hätte jemand meine Ankunft beobachtet. Sicherheitshalber versuchte ich von innen noch einmal die Tür mit der dort angebrachten Klinke zu öffnen: kein Problem.

Drinnen war es so dunkel, dass sich meine Augen erst daran gewöhnen mussten, bevor ich mich einigermaßen orientieren konnte. Ein breiter Flur mit Holzdielen, auf denen ein langer Kokosläufer ausgelegt war, Türen zu beiden Seiten, neben dem Eingang eine große Korkpinnwand, an die Zettel, Notizen und Flyer geheftet waren. Das sah nach Wohnheim aus, weit entfernt von Klinik, Sanatorium oder Irrenanstalt. Auf einem mit Kritzeleien verzierten Computerausdruck stand: *Spüldienst. Wer sich drückt, wird automatisch fürs Unkrautjäten eingeteilt!* Darunter eine Tabelle mit Wochentagen und handschriftlich eingetragenen Namen: *Montag: Ada, Dienstag: Helmut, Mittwoch: Mischa mit Konrad ...* Ich war gerade dabei, den Namen vom Donnerstagsdienst zu entziffern, als eine tiefe männliche Stimme sagte: »Kann ich Ihnen helfen?«

Was ich sah, als ich mich umwandte, war einiges jünger, als die Stimme hatte vermuten lassen, dafür aber entschieden das, was man eine Erscheinung nennen konnte: mittellanges dunkelblondes Haar, ein fein geschnittenes und doch etwas herb wirkendes Gesicht, Augen von genau dem wässrigen Blau, wie ich es so gern bei Männern mochte. Die kräftigen Schultern und die ansonsten schlanke Figur in einem perfekt sitzenden grauen Nadelstreifenanzug einschließlich Weste, dazu eine breite Krawatte, deren blau-gelb-rotes Karomuster lange vor unserer beider Geburt designt worden war, aber auf eine schräge Weise zu dem rosafarbenen Hemd darunter passte. Als ich zu realisieren begann, dass es höchst unangebracht war, ihn so unverhohlen zu mustern, fragte er noch einmal in dem ruhig-interessierten Ton, ob er etwas für mich tun könne. Er ist es gewohnt, dass die Frauen ihn anstarren, dachte ich und dass ich trotz der Mühe, die ich mir gegeben hatte, auf den total falschen Stil gesetzt hatte – von wegen locker und alle nennen sich beim Vornamen. Dieser altmodische und zugleich unglaublich schöne Dressman würde mit einer wie mir nicht einmal ein Bier trinken gehen, geschweige denn einen Vertrag unterschreiben und die nächsten zwölf Monate mit mir zusammenarbeiten wollen.

»Mein Name ist Katia Werner«, erklärte ich viel zu leise. »Ich habe einen Termin zum Vorstellungsgespräch.«

»Einen Termin?«

»Bin etwas zu früh dran. Ich soll nach Carmen fragen.«

Er zog eine Braue hoch: »Nach Carmen?«

Ich stotterte: »Ja, also ... Den Nachnamen weiß ich nicht.«

Super, dachte ich, gleich zu Anfang einen konfusen Eindruck machen, das wird mich in seinen Augen so etwas von kompetent erscheinen lassen.

Aber der Mann im Dreiteiler lächelte nur und sagte: »Sind Sie sicher?«

Ich bejahte, kein bisschen sicher, während sein Grinsen etwas zu jovial geriet und mich zu nerven anfing.

»Wir haben heute Morgen telefoniert«, antwortete ich bestimmt. »Also Carmen und ich.«

Er lachte. »Ach, wirklich?«

»Ich hatte mich aufgrund der Anzeige gemeldet, und sie hat mich zum Vorstellungsgespräch eingeladen.«

»Hat sie das?«

»Ja. Für vier Uhr.«

»Solche Scherze erlaubt Carmen sich öfter.«

Ein Scherz. Natürlich. Typisch, dass ich nicht von selbst darauf gekommen war. Die sich so plötzlich ergebende Möglichkeit, die ungewöhnliche Reaktion, noch am selben Tag einen Termin anzuberaumen, war nichts als ein Witz gewesen! Ich hatte mich hereinlegen lassen, vielleicht von der Putzfrau oder einer Patientin, die zufällig den Hörer abgenommen und sich anschließend totgelacht hatte, dass jemand ihr auf den Leim gegangen war. Und ich hatte mich schon als potenzielle Begleiterin verwundeter Seelen gesehen.

Ich beschloss, meinen Irrtum nicht weiter zu kommentieren, damit die Peinlichkeit nicht noch größer wurde, und wandte mich ab, um das Haus zu verlassen.

»Nun, wenn Sie schon einmal hier sind, können *wir* uns auch unterhalten«, hörte ich den Mann sagen. »Denn die Stelle gibt es, sonst hätte ja nichts davon in der Zeitung gestanden.«

Ich hielt im Gehen inne, drehte mich wieder um und überlegte, ob ich ein weiteres Mal auf den Arm genommen werden sollte. Mein Gegenüber wertete mein Zögern aber als Zustimmung und setzte sich mit festem Schritt in Bewegung, sodass mir nichts anderes übrig blieb, als ihm bis zum Ende des Flurs zu folgen. Dort ließ er mich mit einer höflichen Verneigung durch eine schwarze Tür vorgehen, hinter der sich ein unglaublich chaotisches Büro mit einem riesigen alten Schreibtisch befand.

»Setzen Sie sich doch«, sagte mein Begleiter, »und entschuldigen Sie die Unordnung.«

In das wüste Durcheinander passte ich augenscheinlich so viel besser hinein als dieser groß gewachsene Vorzeigemann, dass ich wahrheitsgemäß antworten konnte: »Das stört mich überhaupt nicht.«

Er räumte einen Stapel Aktenordner von einem Sessel, der vor dem Schreibtisch stand, knöpfte sein Jackett auf und nahm dann selbst hinter dem Tisch auf einem Stuhl Platz. Für den Heimleiterposten sieht er zu jung aus, überlegte ich, aber bei Männern eines bestimmten Typs irrte ich mich oft, was das Alter betraf. Wobei: Einen bestimmten Typ vertrat er nun auch nicht gerade. Noch nie war mir jemand unter dreißig begegnet, der sich auf diese Art kleidete. Selbst ich konnte erkennen, dass weder Schnitt noch Stoff seines Dreiteilers aus dieser oder der letzten Modesaison waren. Der Mann wirkte, als wäre er aus einer vergangenen Epoche gefallen. Allerdings sah er in seiner für einen Pädagogen oder Sozialarbeiter völlig unüblichen Aufmachung fantastisch aus: Ein Wirklichkeit gewordener Romanheld hätte er sein können, der große Gatsby, cremefarbene Cabrios mit Ledersitzen warteten vor seiner weißen Villa darauf, in Seide gehüllte Frauen zu chauffieren, die auf der Veranda träge an langstieligen Gläsern nippten und den Blick über den See schweifen ließen, wo Jachten schaukelten und weiße Schals im Abendwind wehten. In eine solche Kulisse hätte er hineingepasst, aber nicht ins oberhessische Heimwesen.

Der aus der Zeit Gefallene legte die Unterarme auf die mit handschriftlichen Notizen, zerfledderten Pappmappen und Kaugummipapieren zugemüllte Schreibtischplatte und schaute mir, das Kinn leicht nach vorne geschoben, aufmerksam zu, wie ich mich auf der Kante des Polstersessels niederließ und dabei versuchte, weder die auf der Lehne gestapelten Zeitschriften ins Rutschen zu bringen noch eine auf der Sitzfläche achtlos zusammengeknüllte Strickjacke zu plätten, die eindeutig nicht meinem Gegenüber gehörte.

»Sie wollen sich also bei uns bewerben.«

Eine Feststellung, keine Frage, sodass ich mich nicht aufgefordert sah, mehr als mit einem Ja zu antworten. Ich war sowieso noch damit beschäftigt zu überlegen, was hier eigentlich vor sich ging. Irgendein Unterton in seiner Stimme störte mich, aber ich wollte den konfusen Ersteindruck, den er von mir hatte, nicht vertiefen. Und so reichte ich ihm den Ordner mit meinen Unterlagen, den ich aus meinem Rucksack herausholte. Während er darin blätterte, überlegte ich, weshalb er die Wangen zusammenkniff, als würde er das Bedürfnis, in ein Lachen ausbrechen zu wollen, überspielen.

Nach einer Weile, die mir endlos vorkam, blickte er mich vieldeutig an. Danach legte er meinen Ordner zur Seite, wobei er seine rechte Hand besitzergreifend darauf ruhen ließ. Ich wartete, dass er das Gespräch begann, aber er hielt konstant seine blassblauen Augen auf mich gerichtet. Fast wie das Spiel, das Manu und ich früher gespielt haben, dachte ich. Wer zuerst lacht oder wegschaut, hat verloren. Ich schaute weg, schaute wieder hin, er schien nicht einmal geblinzelt zu haben. Nicht, dass mir sein Blick unangenehm gewesen wäre, aber die Situation machte mich zunehmend nervös. Hier war etwas anders als bei den Vorstellungsgesprächen, die ich sonst absolviert hatte, ich konnte dieses Andere nur nicht festmachen. Unverwandt heftete er seine Augen auf mich. Was starrte dieser Mensch mich so lange an? Weil ich grüne Haare hatte und ein Herrenhemd in Übergröße trug? Das zu bemerken, hatte er im Flur Zeit genug gehabt. Abgesehen davon war ich in gewisser Weise auch nicht auffälliger zurechtgemacht als er, nur dass er im Gegensatz zu mir auf der Skala exzentrischer Erscheinungen am eleganten Ende einzuordnen war. Konnte er mir nicht schlicht mitteilen, dass ich seinen Vorstellungen für die ausgeschriebene Stelle nicht entsprach, und mich nach Hause schicken? Ich fühlte mich völlig fehl am Platz.

»Was ist jetzt?«, fragte ich schließlich und vergriff mich eindeutig im Ton.

Wieder hob er auf diese herablassende Art die Brauen, strich sich mit dem Handrücken langsam einen Fussel vom Ärmel und sagte nach einer weiteren Pause doch noch etwas: »Was hat Sie veranlasst, uns Ihre Bewerbung vorzulegen?«

Wir schalten jetzt also auf den Modus der Standardsituation, dachte ich. Das verschaffte mir immerhin etwas Sicherheit. Gerade wollte ich zu einer Antwort ansetzen, als es an der Tür klopfte, die im selben Moment aufgerissen wurde.

»Ach!« Ein kräftiger, nachlässig gekleideter Mann mit schütterem aschblondem Haar, den ich auf Anfang fünfzig schätzte, war schon mitten im Zimmer, als er stutzte und uns überrascht musterte.

»Und was findet hier statt?«

Mein Gesprächspartner strich sich eine Strähne aus dem Gesicht und sagte: »Wonach sieht es denn aus?«

»Klär mich auf.«

»Wir führen ein Vorstellungsgespräch.«

»Ein was …?«

»Du hast schon verstanden. Kann ich sonst noch etwas für dich tun?«

Der dickliche Mann runzelte die Stirn, schaute von einem zum anderen, grinste schließlich, als wäre ein anzüglicher Witz gemacht worden, und hob den Zeigefinger in unsere Richtung.

»Wir reden nachher!«

Dann drehte er sich schwungvoll herum und verließ den Raum.

»War das ein …«, fragte ich, unsicher, welcher Terminus richtig war, »Patient?«

»Nein, kein Patient, aber das wird bei uns leicht durcheinandergebracht. Wo waren wir stehen geblieben?«

»Sie hatten nach dem Grund für meine Bewerbung gefragt.«

»Richtig. Also, noch einmal von vorn: Warum wollen Sie unter geradezu ausbeuterischen Bedingungen bei Irren, Durchgeknallten und Spinnern arbeiten, wo Sie zu festen Arbeitszeiten und moderaten Konditionen entspannt ein Auge auf Kleinkinder in Sandkästen haben könnten?«

Mir blieb die Spucke weg. Wie redete dieser Typ von Menschen, die er genau vor solchen Beschimpfungen zu beschützen hatte? Er konnte doch nicht ernsthaft glauben, dass ich darauf eingehen würde. Wahrscheinlich will er mich bloß herausfordern, überlegte ich. Aber wenn schon die Verantwortlichen der Goldbachmühle sich so eigenartig benahmen, wie würde erst der Rest der Belegschaft sein?

Weil ich etwas erwidern musste, aber nicht auf seine Provokation eingehen wollte, sagte ich: »Im Elementarbereich gibt es immer Ärger mit den Eltern, meist wegen unterschiedlicher Auffassungen von Äußerlichkeiten. Außerdem will ich mehr, als das Ausmalen vorgedruckter Teddybären zu überwachen.«

Er schien sich über meine Antwort zu amüsieren. Dann wurde er schlagartig ernst und fragte scharf: »Das ist alles?«

»Natürlich nicht«, entgegnete ich, lauter als es meine Absicht gewesen war, und fing an, mich ernsthaft über diesen herablassenden Dandy aufzuregen. »Ich für meinen Teil würde mir anvertraute Menschen auch nicht gleich als Irre oder Spinner bezeichnen, egal wie schwerwiegend die Probleme sind, die sie mit sich herumtragen. Nehmen Sie es mir nicht übel, aber da gibt's andere, für die mir solche Wörter viel passender erscheinen.«

Was sich jetzt auf dem Gesicht des Mannes zeigte, sah nicht nach Verärgerung aus, eher nach Erstaunen oder Interesse, aber ich war schon zu sehr in Fahrt, um noch die Kurve zu einem ordnungsgemäßen Bewerbungsgespräch hinzubekommen: »Heutzutage kann es ausreichen, einmal auszurasten, und schon findet man sich in der Klapse wieder. Ich muss Ihnen bestimmt nicht sagen, wie leicht es ist, aus unserer Gesellschaft herauszufallen, Sie haben doch täglich damit zu tun, oder? Ein Absturz – und von da an entscheiden Ärzte und Richter, was man darf und was nicht, weil die sogenannten Normalen angeblich geschützt werden müssen, weil sonst etwas durcheinandergerät, weil die guten Bürger in ihrer Vorgartengemütlichkeit gestört ...«

Mein Gegenüber hob beschwichtigend die Hand, aber ich war noch nicht fertig: »Warum sollte ich nicht lieber mit Menschen arbeiten wollen, die Sie despektierlich Spinner oder Irre nennen, als mit überbehüteten Kleinkindern? Ich kann wahrscheinlich mehr von Ihren Leuten lernen als die von mir. Andersartigkeit ist kein Verbrechen, Herr ... wie auch immer Sie heißen!«

Der Anzugträger saß einen Moment lang regungslos in seinem Schreibtischstuhl. Dann sagte er, diesmal ohne die Spur eines überheblichen Untertons: »Das ist aber eine überaus idealistische Ansicht, die Sie da vertreten, Frau Werner, reichlich naiv noch dazu, möchte ich meinen.«

Ich schluckte, all mein Zorn verpuffte zu einer lächerlichen kleinen Wolke. Er hatte recht, und den Job konnte ich mir auch in den Wind schreiben, denn es war unvorstellbar, dass dieser Mann meiner Mitarbeit zustimmen würde. Vielmehr würde er am Abend zu Hause auf einem antiken Ledersofa Platz nehmen und seiner sicherlich attraktiven Frau bei einem gepflegten Glas Cabernet Sauvignon erzählen: »Heute hatte ich wirklich einen verrückten Vogel auf dem Bewerberstuhl sitzen ...«

Mir blieb nur noch, einen finalen Satz zu finden, mit dem ich mich halbwegs aufrecht verabschieden konnte. Keineswegs wollte ich mich von diesem arroganten Schnösel zu weiteren Peinlichkeiten provozieren lassen.

»Das war's dann wohl ...«

Etwas Besseres war mir nicht eingefallen. Ich stand auf, trat den Rückzug an. Just in diesem Augenblick wurde die Tür ein weiteres Mal aufgerissen, diesmal ohne vorheriges Klopfen, und eine drahtige Mittvierzigerin stürmte herein. Sie schoss, ohne mich zu beachten, an mir vorbei, pfefferte eine grüne Pappmappe auf den Schreibtisch und schnauzte: »Konrad, was soll der Scheiß?!«

Ich blieb mit offenem Mund im Zimmer stehen. Der mit Konrad Angesprochene lehnte sich fein lächelnd zurück wie ein Staatsanwalt, der zufrieden den Gang einer Verhandlung verfolgte, verschränkte die langgliedrigen Hände und ließ seine Fingerknöchel knacken.

Die temperamentvolle Frau verdrehte die Augen und wedelte mit dem Handrücken, als wollte sie eine lästige Fliege vertreiben: »Steh gefälligst auf!« Dann wandte sie sich mir zu und sagte mit einer schlagartig ins Freundliche gewendeten Stimme: »Da hat er Sie ganz schön drangekriegt.«

»Wie bitte?«

»Sie sind Katia Werner, nicht wahr?«

Jetzt, wo sie meinen Namen nannte, erkannte ich ihre Stimme wieder: Das war Carmen. Vom Telefon her hatte ich sie mir jünger vorgestellt. Sie trug einen hellgelben, schlaff herunterhängenden Männerpullover, und es war offensichtlich, dass *sie* in dieses Büro mitsamt der schmuddeligen Strickjacke auf dem Sessel vor dem Schreibtisch gehörte und weder Putzfrau noch Patientin war.

Wer aber war der Mann hinter dem Schreibtisch? Ich schaute von ihr zu ihm, dann wieder zu ihr und murmelte: »Das ist jetzt nicht Ihr Ernst, oder?«

Carmen und Konrad fingen gleichzeitig zu lachen an. Offensichtlich auf meine Kosten. Ich dachte nur noch an Flucht, schob meine Unterlagen in den Rucksack und warf ihn über die Schulter, als eine Hand sich auf meinen Arm legte.

Carmen sagte: »Nu mal langsam. Solche Scherze erlaubt sich Konrad gelegentlich.«

»Das Gleiche hat *er* vorhin auch zu mir gesagt, aber dabei hat er von *Ihnen* gesprochen«, schnaubte ich. »Wer ist denn hier verantwortlich und wer ist etwas anderes?«

Carmen prustete los: »Konrad! Konrad ist auf jeden Fall etwas ganz anderes!«

Ich sah wieder von einem zum anderen, und Konrad sagte: »Ich bin der Irre.«

Dann erhob er sich von dem Stuhl, knöpfte sein Jackett zu und schlenderte zur Tür. Ich hätte ihm gern ein Wort hinterhergeworfen, das ihm das Grinsen aus dem Gesicht nehmen würde, aber er kam mir zuvor: »Du solltest sie einstellen, Carmen. Ernsthaft!«

Mein Protest blieb mir im Hals stecken.

Die Tür klickte hinter ihm ins Schloss. Carmen schaute mehrere Sekunden konsterniert auf die geschlossene Bürotür.

»Sieh mal einer an«, murmelte sie schließlich.

Ich ließ mich erneut in den Sessel sinken, diesmal, ohne Rücksicht auf Zeitschriften und Jacke zu nehmen, und konnte trotz meiner Verwirrung nicht anders, als ebenfalls zu lachen. Was auch immer hier gespielt wurde, ich fühlte mich, als hätte ich gerade einen Test bestanden, wenn ich auch nicht im Geringsten begriff, was für einer es gewesen sein sollte. Verstehe das, wer will, dachte ich, aber der schöne schräge Mensch namens Konrad hat soeben eine klare Empfehlung für mich ausgesprochen! Ich musste doch etwas richtig gemacht haben.

Carmen streckte nun die Hand in meine Richtung aus, ich schlug ein, alles war wieder möglich.

»Deine Unterlagen, bitte, jetzt würde ich sie mir nämlich doch gern ansehen«, sagte sie. »Und wir duzen uns hier übrigens.«

Ich brauchte einen Moment, bis mir einfiel, dass ich die Mappe zurück in den Rucksack gesteckt hatte. Also zog ich sie wieder heraus und reichte sie ihr.

Nachdem sie eine Weile in meiner Mappe geblättert und sich ein paar Notizen gemacht hatte, fragte sie wie nebenbei: »Worüber hat Konrad mit dir gesprochen?«

Kurz überlegte ich, welcher Teil unseres Gesprächs meiner Bewerbung wohl am wenigsten schaden würde, und sagte: »Er hat gefragt, warum ich hier arbeiten möchte.«

»Und was hast du geantwortet?«

»Oje! Ich fürchte, ich habe so viel Blödsinn geredet, dass ich es gar nicht mehr zusammenbringe.«

»Konrad scheint es gefallen zu haben.«

»Er hat mich durcheinandergebracht.«

»Das ist so seine Art.«

»Ich habe ihn für den Heimleiter gehalten. So viel zu meiner Menschenkenntnis.«

»Auch damit bist du nicht die Erste. Also?«

»Also was?«

»Warum möchtest du bei uns arbeiten?«

Jetzt ein paar Standardsätze abzurufen, kam mir verfehlt vor, zumal mir inzwischen klar war, dass ich mich an einem Ort befand, wo man Standards getrost vergessen konnte. Carmen hätte einstudierte Sprechblasen sofort als solche erkannt. Sie drehte ihren Stuhl herum, klemmte sich die Lehne zwischen die Beine und wartete, dass ich etwas von mir gab.

»Ich glaube, ich könnte mich hier gut einbringen.«

Als ob dieser Satz weniger hohl gewesen wäre.

»Einbringen?«

»Ja. Ich meine, die Arbeit, die Sie, die ihr hier macht, damit kann ich was anfangen …«

»Wie stellst du dir denn die Arbeit bei uns vor?«

»Noch gar nicht konkret. Aber ich war mal auf einer geschlossenen Psychiatriestation, um dort eine Patientin zu besuchen, und seitdem interessiere ich mich sehr für alternative Möglichkeiten der Betreuung.«

Carmen beugte sich nochmals über meine Bewerbungsmappe. Sie machte nicht den Eindruck, weitere Ausführungen von mir zu erwarten.

Ich sah mich im Zimmer um. Der ausgestopfte Hirschkopf an der Seitenwand fiel mir erst jetzt auf. Zwölfender, dachte ich, nicht unähnlich dem, der bei einem Großonkel im Wohnzimmer gehangen hatte, nur dass diesem hier irgendein Witzbold Schleifen aus bunten Wollfäden ins Geweih geflochten hatte.

»Viel Erfahrung hast du auch nicht«, sagte Carmen, ohne aufzublicken.

»Ich lerne schnell!«

Carmen lächelte. Sie sah mich jetzt direkt und freundlich an und strich sich das wirre Haar hinter beide Ohren.

»Außerdem bist du ziemlich jung.«

»Ich weiß. Aber ich bin schon eine ganze Weile auf mich allein gestellt, insofern fühle ich mich älter.«

»So, so.«

Ich Idiotin!, dachte ich. Wochenlang habe ich mich zu nichts aufraffen können, habe mich durch die Tage treiben lassen, und dann sitze ich plötzlich in diesem komischen Büro, wo man die Verrückten nicht von den Betreuern unterscheiden kann, und sondere bloß Stuss ab.

Was die Sache noch schlimmer machte, war, dass ich auf einmal diese Arbeitsstelle wirklich haben wollte, ganz unabhängig davon, dass ich dringend Geld und einen Platz für das Anerkennungsjahr brauchte. Gegen alle Vernunft und wider alle Wahrscheinlichkeit wünschte ich mir, mehr Zeit hier verbringen zu dürfen und, ja, mich einzubringen, auch wenn das vielleicht nach Seminarvokabular klang. Bauchgefühl hörte ich Manu sagen und dachte: Ein Grund mehr, misstrauisch zu sein, denn wenn Manu einmal wieder ihrem Bauchgefühl gehorcht hatte, fand ich sie bald danach unter Garantie heulend in ihrem Bett vor, weil ein Kerl ihr Vertrauen missbraucht hatte oder etwas anderes völlig schiefgegangen war. Ich dagegen hielt lieber möglichst lange einen gesunden Abstand aufrecht, denn nur so konnte ich mich rasch wieder davonmachen, bevor es wirklich wehtat. Was ich »gesunde Distanz« nannte, bezeichnete Manu zwar als »kranke Gefühlsarmut«, aber wer von uns beiden mehr Anlässe zum Heulen hatte, das war definitiv sie.

Sei's drum, Carmen würde mich sowieso nicht nehmen. Keine Chance. Um es ihr leichter zu machen, sagte ich: »Dass ich nicht gerade für die Arbeit im psychiatrischen Bereich qualifiziert bin, weiß ich selbst, aber ich könnte …«

»Wir sind kein psychiatrischer Bereich«, fiel sie mir ins Wort, »wir sind so ziemlich das genaue Gegenteil.« Sie kniff leicht die Augen zusammen, als nehme sie Maß an mir. »Du hast nicht die geringste Ahnung von unserer Arbeit, stimmt's?«

»Nicht viel mehr als das, was in der Anzeige stand«, gab ich zu, »aber um mehr zu erfahren, bin ich ja jetzt hier.«

»Wenn ich es mit dir versuchen würde, wäre das nicht gerade eine Entscheidung aus dem Lehrbuch für Personalbeschaffung. Andererseits ist Konrad nicht blöd. Er ist größenwahnsinnig und anmaßend, aber alles andere als blöd.« Carmen seufzte. »Komm, gehen wir ein bisschen herum, dann kannst du sehen, was wir hier so veranstalten, und unterwegs reden wir weiter.«

Ich sprang auf, ließ meinen Rucksack stehen und folgte ihr.

Sie hatte die Tür schon geöffnet, als ich fragte: »Was macht Konrad eigentlich in der Goldbachmühle?«

Carmen sah mich überrascht an. »Wie bitte?«

»Er ist doch kein gewöhnlicher Patient, oder?«

Sie blies hörbar Luft durch die Nase, verschränkte die Arme vor der Brust, kratzte sich dann im Nacken und sagte: »Von all unseren Spezialfällen ist Konrad der speziellste. Er hat hier einen Sonderstatus, aber es würde den gesamten Rest des Nachmittags kosten, wenn ich dir das jetzt im Detail erklären würde. Nur damit eines klar ist: Wir sind weder eine Klinik noch ein Heim, sondern eine Lebensgemeinschaft. Patienten oder gar Insassen gibt es hier nicht. Nur Mitglieder einer Gemeinschaft, von denen die einen Betreuer sind und die anderen mal mehr, mal weniger Betreuung benötigen. Bewusst vermeiden wir jegliche psychiatrische Terminologie, damit die Menschen nicht schon in unseren Köpfen mit Etiketten versehen werden. Diagnosen können ernsthaft krank machen, aber wenigstens davon wirst du ja schon etwas gehört haben. Nicht einmal die Klinikakten, die unsere Leute mitbringen, schaue ich mir an, wenn es sich irgendwie vermeiden lässt. Genau die sind es ja, die sie bei uns hinter sich lassen sollen. In der Therapie wie im alltäglichen Miteinander entscheidet jeder selbst, was er von sich erzählen will.«

Sie ging jetzt einige Schritte den Flur entlang, während ich noch darüber nachsann, dass ich kaum die Hälfte des Gesagten verstanden hatte. Plötzlich stoppte sie so abrupt, dass ich fast in sie reingerannt wäre, und riss eine Tür rechts von uns auf: »Das ist ein Aufenthaltsraum, wo man abends auch ... Ey! Raus hier! Sofort!«

Ich schaute über ihre Schulter und sah gerade noch, wie zwei Menschen erschrocken auseinanderfuhren, die auf einer zerschlissenen alten Couch gelegen hatten.

»Ein für alle Mal – Sex ist nur auf dem eigenen Zimmer gestattet!«

Zwei halbnackte Gestalten, Jeans und Pullover an sich gedrückt, huschten an uns vorbei, rannten polternd die Treppe zum ersten Stock hoch. Carmen schloss grinsend die Tür und sagte: »Halb so wild. Jedes der Mädchen ist über sechzehn und bekommt von mir die Pille verabreicht. Ausnahmslos!«

Ich fragte mich, ob sie das denn so ohne Weiteres anordnen

durfte, verwarf aber die Idee, mich nach der Rechtmäßigkeit dieser Zwangsmedikation zu erkundigen. Carmen sah nicht wie jemand aus, der solche Fragen diskutieren wollte. Als hätte sie meine Gedanken gelesen, fügte sie hinzu: »Man kann über diese Verfahrensweise geteilter Meinung sein, aber anders ist es bei uns nicht machbar. Eine Schwangerschaft wäre für jedes der Mädchen und auch für die verantwortlichen Jungs eine Katastrophe.«

Sie schien keine Erwiderung zu erwarten, also schwieg ich. Carmen ging weiter, öffnete die nächste Tür und führte mich in den Speiseraum, der einen ähnlich schmuddeligen Charme wie der Aufenthaltsraum verströmte und mit mehreren Tischen ausgestattet war, um die je vier alte Holzstühle in unterschiedlichen Farben standen. Jeder Tisch zierte ein rot-weiß kariertes Stoffquadrat, auf dem Wiesenblumen in kleinen Tonvasen arrangiert waren, was dem Ganzen den Anschein einer Gastwirtschaft mit familiärer Atmosphäre gab.

An den Wänden hingen schlicht gerahmte Kunstdrucke, wie man sie unter *Dekoration* in der IKEA-Küchenabteilung finden kann: van Goghs »Die Kartoffelesser«, Renoirs »Das Frühstück der Ruderer« und zwei andere Darstellungen von speisenden Menschen, die ich auch schon einmal irgendwo gesehen hatte.

»Mittagessen wird gemeinsam eingenommen, zum Frühstück und zum Abendessen gibt es ein Büfett«, erklärte Carmen und erzählte von der Problematik gemeinsamer Essenszeiten und einem Selbstversorgertag pro Woche als therapeutische Maßnahme, als wäre ich schon Teil der Belegschaft.

»Kannst du kochen?«, fragte sie und riss mich aus der Betrachtung einer Picknick-Szene mit Menschen in orientalisch anmutenden Gewändern.

»Nicht besonders«, gab ich zu.

»Na, macht nichts. Jedenfalls versuchen wir immer wieder in den unterschiedlichen Lebensbereichen möglichst viel in die Eigenverantwortung der Einzelnen zu legen. Das klappt mal besser, mal schlechter und ab und zu auch gar nicht, aber es ist ein unverzichtbarer Bestandteil unseres Konzepts, wenn die Leute jemals wieder ohne Fremdhilfe zurechtkommen sollen.«

»Wer mir in puncto Kochen ausgeliefert ist, wird ganz schnell eigenverantwortlich«, sagte ich.

»Na, das wäre ja schon mal ein Pluspunkt«, bemerkte Carmen trocken.

Ohne sich weiter mit dem heilpädagogischen Wert meiner nicht vorhandenen Kochkünste aufzuhalten, setzte sie ihre Erläuterungen zum Alltag in der Goldbachmühle fort. »Wie ich schon sagte, in der Hauptsache haben wir es hier mit Menschen zu tun, die wieder lernen müssen, lebensfähige Individuen zu werden. Unsere Aufgabe als begleitende Betreuer ist es, den Jungs und Mädels auf die Sprünge zu helfen, sie möglichst bald unabhängig von den alltagsunterstützenden Maßnahmen zu machen, die wir ihnen hier bieten. Also, so wenig Hilfe wie nötig, so viel Eigenständigkeit wie möglich. Das ist natürlich eine Gratwanderung und kann auch nach hinten losgehen, aber so abgedroschen das klingen mag: Wir alle wachsen mit unseren Aufgaben.«

Fasziniert hatte ich Carmen zugehört. Ihre Stimme, die resolut, aber freundlich war, ihre engagierte und gleichzeitig distanziert-ironische Art gefielen mir. Sie klang, als wüsste sie immer genau, wovon sie sprach und was sie wollte. Immer besser konnte ich mir vorstellen, unter ihrer Leitung zu arbeiten, und beinahe hätte ich ihr das auch so gesagt, wenn sie nicht genau in dem Moment, als ich Luft holte, geflucht hätte.

»Verdammt noch mal!«

Ich sah fragend zu ihr herüber.

Carmen hielt angewidert ein Stück Textil zwischen den Fingerspitzen, das wie eine sehr unwürdig gealterte männliche Tennissocke aussah: »Hast du eine Idee, auf welche Weise man den Typen ein für alle Mal vermitteln könnte, dass Gemeinschaftsräume der Verantwortlichkeit aller unterliegen?«

Wie um mich von einem passenden Antwortsatz zu entbinden, drückte sie mir die Socke in die Hand und sagte: »Schmeiß mal weg, bitte. Ist mir egal, wem die gehört.«

Carmen überreichte mir das ekelige Stück und hastete dann unvermittelt zu einem der Fenster, das sie öffnete, um bedenklich weit herausgelehnt zu rufen: »Martin! Komm mal eben rein!«

In der Ferne war undeutlich eine Stimme zu hören.

»Dann aber gleich danach!«

Schon jetzt kam es mir ungewöhnlich vor, dass es jemanden gab, der eine ihrer Anweisungen nicht umgehend befolgte.

Ich trat neben sie, sah an ihr vorbei auf eine weitläufige Wiese neben dem Haus und erkannte in einiger Entfernung den Mann, der vorhin als Erster in den Raum geplatzt war. Jetzt entfernte er sich in Richtung eines Schuppens, der sich an die Treibhäuser anschloss.

»Das ist Martin«, erklärte Carmen, »mein Mann. Wir sind die beiden Hauptverantwortlichen in der Mühle und wohnen auch hier.«

Ich stöhnte auf: »Ach du Schreck!«

»So schlimm ist das nicht.«

»Das meinte ich nicht.«

»Was denn dann?«

»Dein Mann. Er kam vorhin ins Büro, während des Geprächs mit Konrad, und ich habe ihn für einen Patienten gehalten.«

Carmen stutzte kurz, dann schüttelte sie sich vor Lachen. »Und ich hab geglaubt, die Nummer mit Konrad als Heimleiter sei nicht zu toppen!«

Glücklicherweise entdeckte ich in diesem Moment einen Papierkorb in einer Ecke, trat möglichst gelassen auf ihn zu und entledigte mich der Socke. Dann ging ich wieder zu Carmen und bemerkte, dass sie mich beobachtet hatte.

»Würde die dreckige Wäsche auch zu meinem Aufgabenbereich gehören, falls ...?«, fragte ich.

Carmen schüttelte den Kopf.

Ich überlegte, auf welchen Teil meiner Frage das Kopfschütteln gemünzt war, zögerte, sagte dann: »Ich weiß, mein Auftritt ist bis jetzt keine Glanzleistung gewesen, aber ich habe mehr drauf als die Landung in jedem verfügbaren Fettnapf und die Entsorgung stinkender Socken.«

»Die Entsorgung der Socke war doch schon mal lässig.«

Jetzt lachten wir das erste Mal gemeinsam.

»Gut, setzen wir doch gleich mal konkret hier an: Was hättest du mit so einem rücksichtslos in einem Gemeinschaftsraum zurückgelassenen Ding angefangen, wenn du es während deiner Dienstzeit vorgefunden hättest?«

Ich zögerte keine Sekunde und sagte: »Den Besitzer ermittelt und sie über die entsprechende Türklinke gezogen.«

Carmen grinste: »Steigerungsform bei Wiederholungstat?«

»Hmmh, lass mich überlegen ... Wäre vor versammelter Mannschaft beim Abendessen auf den Teller knallen zu brutal?«

Sie kicherte. »Das hängt davon ab, wen es treffen würde – aber nee, passt schon.« Dann wurde sie wieder ernst: »Ich sehe, du reagierst schnell. Aber dir ist klar, dass wir es in der Regel mit anderen Schwierigkeiten zu tun haben als mit solchem Kleinkram? Situationen, wo du mit Schlagfertigkeit allein nicht weiterkommst?«

»Ich habe dir vorhin gut zugehört.«

Sie lächelte: »Ja, das habe ich bemerkt.«

Carmen zog nun an einem der Tische zwei Stühle heraus, deutete einladend auf den einen und nahm selbst auf dem anderen Platz. Dann nahm sie mich ohne Vorwarnung in die Zange. Sie benötigte nicht einmal zehn Minuten, um die Information aus mir herauszulocken, dass meine Mutter die Familie früh verlassen hatte, und weitere zehn, um meine Motivation für diesen Beruf noch einmal gründlich abzuklopfen. Als mir später einmal eine Mühlenbewohnerin nach einer Therapiestunde bei Carmen berichtete, sie fühle sich, als wäre sie erst von einem Lastwagen überfahren und anschließend von einem schweren Sack Steine befreit worden, alles tue ihr weh, aber alles sei auch leichter, wusste ich genau, was sie meinte. Nach einer halben Stunde hatte ich Carmen jedenfalls so viel über mich preisgegeben, dass ich nach Luft schnappte vor Anstrengung und Staunen über mich selbst.

Carmen lehnte sich lässig gegen die Stuhllehne und sagte: »Okay, ich bin jetzt im Bilde. Du brauchst übrigens vor mir gar nicht so abgebrüht zu tun. Ich kann an dem Wunsch, mit seiner Arbeits- und Lebenskraft anderen zu helfen, nichts Uncooles finden, also spiel es nicht herunter.«

Ich war von ihren Worten peinlich berührt, aber auch angetan, obwohl ich mich meiner Ansicht nach nicht einmal ein bisschen abgebrüht gegeben hatte.

Carmen ging dann übergangslos und ohne weiter in mich

einzudringen dazu über, äußerst sachlich zu erklären, was meine Aufgaben im Haus wären, sollte ich diese Stelle bekommen: Frühdienst, Mittagsdienst, Spätdienst, Nachtdienst nur in Ausnahmefällen. Ob ich denn einen Führerschein hätte, fragte sie. Ich bejahte, danach zählte sie weitere Tätigkeiten auf: Begleitung bei Arztbesuchen, Freizeitaktivitäten, Stadtgang. Im Fall von Personalknappheit, was mehr oder weniger Regelzustand sei, auch Küchendienst, Garteneinsätze, Reinigungsaktionen. »Du wärst Chauffeur, Dienstmädchen, Putzfrau, Kummerkastentante, Aufpasser, Motivationstrainer, Moralapostel, Küchenmagd, je nachdem, was gerade benötigt wird.«

Ich war mit allem einverstanden.

In diesem Moment öffnete sich die Tür, und der Mann, von dem ich inzwischen wusste, dass er Martin hieß und das genaue Gegenteil von einem Patienten war, trat ein.

»Hier seid ihr«, sagte er. »Seit wann werden Vorstellungsgespräche im Speisesaal geführt? Na, mich wundert gar nichts mehr.« Er steuerte direkt auf mich zu, streckte mir die Hand entgegen, als hätte er mich noch nie zuvor gesehen: »Ich bin Martin, freut mich, dich kennenzulernen.«

»Katia. Freut mich auch!«

»Konrad hat übrigens gemeint, wir sollen sie nehmen«, bemerkte Carmen.

»Hat er das?«

Sie nickte und zuckte gleichzeitig mit den Schultern.

Martin musterte mich von oben bis unten, schließlich sagte er: »Erstaunlich.«

»Allerdings.«

Ich war unsicher, wie und ob ich überhaupt darauf reagieren sollte, aber Martin enthob mich der Notwendigkeit mit einem aufmunternden Lächeln, wandte sich dann seiner Frau zu und meinte: »Gut. Lad sie zum Abendessen ein, und wenn sie danach immer noch will, ist im Anschluss Teamsitzung, da können wir es gleich entscheiden.«

Bevor er zu Ende gesprochen hatte, war er schon wieder zur Tür geeilt, die er mit einem freundlichen »Bis später, ich muss noch nach den Setzlingen sehen!« hinter sich zuzog.

»Martin erholt sich gern beim Gemüse«, sagte Carmen mehr zu sich selbst. Sie trat ans Fenster, das weit geöffnet war. Während sie es schloss, stand ich ebenfalls auf und tat einige Schritte, um nicht allein am Tisch zu sitzen.

An der Stirnwand des Speiseraums war eine Durchreiche, die den Blick auf eine mutmaßlich jahrzehntealte Küche freigab.

Carmen sammelte herumliegende Zeitschriften ein und legte sie zu einem Stapel zusammen, während sie über die Undurchsetzbarkeit von festen Regelarbeitszeiten für die Mitarbeiter sprach. Vor einem quadratischen Bilderrahmen, auf den ich aufmerksam geworden war, weil er mit seiner breiten Goldleiste so gar nicht zu den anderen modernen Rahmen passte, blieb ich stehen. Die kleine Zeichnung darin wurde von einem dunkelbraunen Passepartout fast erschlagen: Drei ausgemergelte Gestalten wickelten ihre Körper umeinander, Arme und Beine von unnatürlicher Länge wanden sich schlangenartig um Hälse, Gliedmaßen, Köpfe. Münder wie zum Schrei geöffnet, spinnenartige Finger krallten sich hinein, rissen an Kiefern, verzerrten die Gesichter zu Fratzen. Unwillkürlich hielt ich den Atem an angesichts von so viel Enge, Entsetzen und nackter Brutalität.

Carmen war neben mich getreten, schaute mit zusammengekniffenen Augen auf die Zeichnung, als sähe sie sie zum ersten Mal.

»Gruselig, oder? Wenn man jeden Tag daran vorbeiläuft,

nimmt man es irgendwann nicht mehr wahr. Aber gewöhnen werde ich mich an dieses Bild bestimmt nie. Glücklicherweise sehe ich ohne Brille unscharf. Beim nächsten Tag der offenen Tür muss ich es aber abhängen.«

»Ich finde es großartig«, sagte ich.

Carmen sah mich irritiert an. »Es ist aber doch auch sehr furchteinflößend.«

»Furchteinflößend *und* großartig.«

»Das wird ihm gefallen!«

»Wem?«

»Konrad.«

»Hat er das Bild aufgehängt?«

»Er hat es gemalt. Vermutlich glaubt er, von einem, den die sogenannten Experten als Borderliner eingestuft haben, wird so krankes Zeug erwartet. Aber möglicherweise wollte er mich auch bloß ärgern.«

»Ist er das denn, ein Borderliner?«

»Er spielt ab und zu mit diesem Begriff, nennt sich dann selbst Irrer, zeichnet solches Zeugs, verstört andere mit seinem Auftreten ... Du hattest ja eine Kostprobe davon. Ich bin mir aber sicher, dass er das kontrolliert und ganz gezielt einsetzt. Also, nein, kein Borderliner, wenn du mich fragst. Von Dr. Albrecht – das ist hier der behandelnde Arzt – würdest du vermutlich eine andere Meinung hören. Doch der lässt sich von Konrads Vater vor den Karren spannen. Wie auch immer, das tut hier nichts zur Sache. Ich habe dir erklärt, dass wir in der Mühle mit diesen Begrifflichkeiten nicht operieren, du solltest dich auch daran halten. Konrad ist Konrad, das genügt. Er hatte in seinem Leben einige schwerwiegende Probleme, die er inzwischen recht gut im Griff hat, auf seine spezielle Weise zwar, aber er kommt klar. Dass er noch immer auf diesem

Gelände wohnt, liegt daran, dass es so besser für ihn ist. Im Übrigen kümmert er sich weitgehend um sich selbst, deshalb der Sonderstatus. Das ist alles, was du für den Anfang über ihn wissen musst.«

Erst starrte ich Carmen, dann wieder die verschlungenen Gliedmaßen auf der kleinen Zeichnung an. Ich wusste nicht, wie ich diese Informationen einordnen sollte. Dieser speziellste aller hiesigen Spezialfälle, gekleidet in feines Tuch, war ohne Zweifel mehr als ein Hobbyzeichner. Kaum konnte ich meine Augen von dem Bild lösen, und keine Sekunde lang glaubte ich, es sei aus einer rein provokanten Absicht entstanden. Dafür war es zu gut, traf den Betrachter zu tief. Aber was war das für ein Mensch, der mit derart umwerfender Präzision tödliche Enge, nackte Angst und pure Atemnot auf ein kleines Stück Papier bannen konnte und dann dieses Abbild eines Alptraums, Ausdruck eines absolut wehrlosen Seelenzustands, einfach in einen öffentlich zugänglichen Raum hing? Hätte ich so etwas auf Papier bringen können, ich hätte es in einen Safe gepackt, weit hinten, damit es nie jemand zu Gesicht bekommt.

Carmen marschierte bereits Richtung Ausgang und erzählte etwas über Belegpläne für Therapieräume. Rasch musste ich ihr folgen, um nicht den Anschluss zu verlieren. Besagte Therapieräume führte sie mir umgehend vor, während ich versuchte, mich wieder auf die Situation zu konzentrieren. Auf jeden Fall, das spürte ich, sollte ich sie ohne weitere Fragen nach Konrad hinter mich bringen.

Es gab zwei kleine Zimmer mit gemütlichen Sitzecken und Aussicht auf den Wald, die, wie Carmen mir erklärte, für Gespräche oder für Übungen genutzt werden konnten. Unter bewusster Vermeidung des Wortes »Krankheit« wollte ich daraufhin von ihr wissen, mit welchen Problemen die Menschen hier eingeliefert wurden.

»Hier wird niemand eingeliefert«, bemerkte Carmen streng. »Jeder ist freiwillig und auf eigenen Wunsch da! Wir haben eine lange Warteliste.«

»Entschuldige, ich werde es schon kapieren.«

Carmen legte mir die Hand auf die Schulter: »Macht nichts, du fängst ja erst an.«

»Tue ich das?«

»Ist nicht allein meine Entscheidung.«

»Verstehe.«

»Eines musst du wissen – hier zu arbeiten ist nichts für Leute mit schwachen Nerven, und wir haben auch weder Kraft noch Zeit für Sentimentalitäten oder andere Empfindlichkeiten seitens der Betreuer.«

Ich nickte und dachte, dass ich weniger von mir hätte erzählen sollen. Laut sagte ich: »Trotz der Sache mit meiner Mutter bin ich nicht labil, weich oder gefühlig, falls du das meinst. Ich hatte einen Vater, der nicht zugelassen hat, dass ich mit einem sogenannten Mutterloch aufwachse. Ich kann was aushalten.«

»Es muss nicht von Nachteil sein«, erklärte Carmen ernst, »wenn du erfahren hast, was Angst, Verlassenwerden und seelisches Elend sind, gerade im Umgang mit unseren Leuten. Vielleicht war es das, was Konrad hinter deiner Fassade gesehen hat.«

Ich schluckte, hätte mich gern gegen das Wort »Fassade« gewehrt, konnte aber auf die Schnelle keine Formulierung finden, die ausgedrückt hätte, was ich sagen wollte.

»Dir muss nur klar sein, dass wir hier nicht selten mit Rückschlägen umgehen müssen, auch mit sehr harten«, sagte Carmen, ohne weiter darauf einzugehen, was Konrad in mir gesehen haben mochte. »Aber ab und zu geht mal einer aufrecht und leidlich überlebensfähig hier raus, dafür lohnt es sich, alles andere auszuhalten.«

Ich hatte immer noch diesen Kloß im Hals. Aus einem der beiden Therapiezimmer schaute ich aus dem Fenster, sah das frische helle Grün, das die Bäume seit wenigen Tagen überzog, und fragte mich, ob ich wohl noch hier sein würde, wenn das Laub wieder fiel.

»Wollen wir weiter?«

»Ja«, erwiderte ich knapp.

Resolut führte Carmen mich hinauf in den Oberstock.

Das schwere, mit Holzschnitzereien verzierte Treppengeländer wurde von mir bewundert, und Carmen erklärte, es stamme noch aus den Zeiten, als das Haus eine Försterei gewesen sei, daher die Motive, also die Vögel und das Eichenlaub. Von Angelika hatte ich erfahren, dass der Name »Goldbachmühle« von der alten Mühle herrührte, die früher etwas weiter unten am Goldbach gestanden hatte. Nach ihrer Stilllegung hatte der Wald sie verschluckt, und heute soll davon nur noch eine zugewucherte Ruine übrig geblieben sein, die ich bislang allerdings vergeblich auf meinen Spaziergängen gesucht hatte.

»Das Gebäude war übrigens früher Martins und Hajos Elternhaus, aber das werden dir die beiden bestimmt noch selbst erzählen.«

»Wer ist Hajo?«

»Professor Doktor Hans-Joachim Albrecht. Ich hatte ihn schon kurz erwähnt, er ist der für uns zuständige klinische Psychiater, außerdem Martins Bruder.«

»Klinischer Psychiater? Ich dachte ...«

»Ganz ohne Anbindung geht es nicht, sonst gibt's keine Kassenübernahme, und wir könnten nur Leute mit Geld aufnehmen. Hajo solltest du übrigens erst mal siezen, und wenn du ihm eine besondere Freude machen willst, sagst du Herr Professor zu ihm.«

Der Flur im Oberstock ähnelte dem im Erdgeschoss, allerdings waren die Zimmertüren individuell gestaltet und mit Namensschildern versehen. Im Vorbeigehen las ich: *A. BAUMANN, M. SCHULTE, S. BACH, M. RICHTER, B. EVERSEN, H. JASPERSEN*. Keiner mit einem K. vor dem Nachnamen, stellte ich fest und schob die sich aufdrängende Frage beiseite. Konzentriere dich auf das Gespräch mit Carmen, wies ich mich zurecht, statt Ausschau nach diesem rätselhaften Zeichner zu halten.

»Bis auf Konrad sind alle Bewohner hier im ersten Stock untergebracht«, fuhr Carmen fort, als hätte sie wieder einmal meine Gedanken erraten. »Martin und ich wohnen unterm Dach, wo es auch noch ein Erzieherapartment und ein Zimmer für mögliche Praktikantinnen gibt. Du kannst dir das Praktikantenzimmer ansehen, aber auch im Dorf bleiben.«

Ich hätte nur freudig nicken müssen, weil das sehr nach einer Zusage klang, fragte jedoch stattdessen: »Und wo wohnt Konrad?«

Carmen blieb abrupt stehen und sah mich erstaunt an. »Konrad hat ein Apartment mit separatem Zugang. Geht man links ums Haus herum, gelangt man zu einer ziemlich steilen Holztreppe. Die führt zu seiner Klause. Er mag es übrigens nicht, wenn man ihn unaufgefordert besucht.«

»Das habe ich auch nicht vor.«

»Aus welchem Grund fragst du dann?«

»Nur so. Wegen dem Spezialfall.«

»Interessiert er dich?«

»Er ist nicht gerade die Art Bewohner, die man an einem Ort wie diesem erwarten würde.«

»Was für Menschen erwartest du denn?«

Ich wusste nicht gleich eine Antwort auf die Frage. Was hatte ich eigentlich vorzufinden geglaubt? Leute wie Mischa draußen auf dem Kiesweg? So ungefähr. Aber nirgendwo, an überhaupt keinem Ort der Welt, hätte ich einen wie Konrad erwartet. Einer wie er würde, egal ob krank oder gesund, vermutlich überall einen Sonderstatus einnehmen, mit seinem Aussehen, seiner Stimme, seinem Blick, seiner Begabung ... Carmen sah mich auffordernd an.

»Ich weiß nicht, was ich erwartet habe. Eigentlich vermeide ich es, mir im Voraus ein Bild von Menschen zu machen. Konrad ist ... Entschuldige, ich kann es nur schwer in Worte fassen.«

Sie gab ein Geräusch von sich, das alles Mögliche bedeuten konnte: Erheiterung, Gehässigkeit, Resignation, Ärger – oder gar eine Mischung aus allem. Ich beschloss mal wieder, das Thema nicht weiter zu verfolgen und unserer Unterhaltung eine andere Wendung zu geben. So erkundigte ich mich nach der durchschnittlichen Aufenthaltsdauer der Bewohner.

»Das kommt ganz darauf an«, sagte Carmen.

4
Lichtsignale

Gegen sieben betraten Carmen und ich den Speiseraum. Inzwischen war dort das bescheiden aussehende Abendbrotbüfett auf einem überdimensioniert wirkenden Servierwagen hergerichtet. Etwa ein halbes Dutzend Menschen in Jeans, Pullovern und farbigen T-Shirts hatte sich an den Tischen niedergelassen, die meisten miteinander ins Gespräch vertieft. Einige verstummten und sahen zu mir herüber, als Carmen mich durch die Tür schob. Konrad war nirgends zu entdecken.

»Leute, das ist Katia. Sie möchte ihr Anerkennungsjahr bei uns machen«, stellte Carmen mich vor.

Ich grüßte in die Runde und bemerkte skeptische, aber auch drei oder vier freundliche und interessiert wirkende Gesichter. Vom ersten Eindruck her hatte diese Tischgesellschaft nichts mit dem Bild zu tun, das ich noch von meinem Psychiatriebesuch bei Tamara in mir herumtrug. Es war vollkommen entgegengesetzt. Erfreulich also.

»Ich hab's dir gesagt, Hammer-Haare!«, hörte ich eine Stimme aus einer Ecke, die nicht mehr halb so belastungsgestört klang wie noch am Nachmittag.

»Hallo, Mischa«, sagte ich, erstaunt, dass er anscheinend unsere Begegnung für bemerkenswert genug gehalten hatte, um den anderen von mir zu erzählen.

»Guten Abend, Katia«, antwortete er ohne die geringste Verzögerung.

»Ihr kennt euch?«, fragte Carmen in einem Ton, als wäre das etwas Anstößiges.

»Nicht wirklich. Wir haben uns heute Nachmittag im Garten getroffen.«

»Sie hat nach dem Weg gefragt«, erklärte Mischa weiter.

»Und er hat gleich mit dir geredet, seinen Namen gesagt, einfach so?«, fragte Carmen, ohne darauf Rücksicht zu nehmen, dass sie über jemanden sprach, der im Raum anwesend war.

»Ja, warum denn nicht, er ist ja nicht bescheuert. Also ... ich meine ... Pardon!«

Hinter uns ertönte ein Gelächter, das ich an diesem Tag schon mehrmals gehört hatte. Martin kam herein und tätschelte meinen Arm, als wären wir bereits alte Bekannte.

»Das ist echt gut! Hast du gehört, Mischa? Du und nicht bescheuert ... Wenn Professor Albrecht das hört, streicht er dir den Betreuungsplatz.«

Carmen fuhr ihn an: »Martin, wie kannst du!«

Mischa sprang von seinem Sitz hoch, riss wie in Panik die Augen auf und schrie: »Das machst du nicht, sag, dass du das nicht machst!«

»Scherz, Mann!«

Mischa ließ sich zurück auf seinen Stuhl fallen, schnappte nach Luft. Ein dünnes Mädchen, das neben ihm saß, strich beruhigend über seine Hand und warf Martin dabei hasserfüllte Blicke zu. Eine beängstigende Wildheit ging von ihr aus. Am Nachbartisch glückste jemand, ein anderer murmelte: »Die hat ja Ahnung.«

Carmen wurde laut: »Noch ein Wort und ich löse das Ganze auf!«

Aber niemand machte den Eindruck, ernsthaft beunruhigt

ob dieser Drohung zu sein, nicht einmal Mischa, der wieder friedlich auf seinem Platz hockte. Martin war zu ihm hingetreten und sprach leise auf ihn ein.

Ich beobachtete die Szene, dachte darüber nach, was ich mit meiner unüberlegten Bemerkung ausgelöst hatte, fühlte, wie mir dabei die Hitze in die Wangen stieg, und biss mir auf die Lippen. Wahrscheinlich wirkte ich gerade eher wie eine Hilfsbedürftige denn wie eine potenzielle Helferin, was die Situation nicht besser machte.

Ein freundlich aussehender Mann an einem der vorderen Tische lächelte mir aufmunternd zu und erklärte: »Wir hier sind nicht so irre wie die Stationären beim Professor, wir sind nur ein bisschen komisch, also einige von uns. Unfälle eben.«

»Als komisch haben mich auch schon viele bezeichnet, vielleicht würde das ja ganz gut passen«, sagte ich, weil mir nichts Besseres einfiel und mich die Art, wie der Mann von sich und seinen Mitstreitern redete, anrührte.

Martin prustete los: »Glaub mir, jeder, der hier ein und aus geht, ist schon für mehr als nur komisch gehalten worden.«

»Martin, muss das sein?« Carmens Lippen waren nur noch ein dünner Strich.

»Ist sie auch ein Unfall?«, fragte jemand.

»Wenn ja, dann ist er wohl ihrem Friseur passiert«, sagte eine andere Person. Von hinten wieder Kichern.

Besorgt sah ich zu Carmen. Meine Andersartigkeit mit einer ärztlich diagnostizierten Krankheit zu vergleichen, war nicht meine Absicht gewesen. Ich hatte nur etwas Nettes sagen wollen. Aber Carmen schien mich gar nicht mehr zu beachten, machte sich stattdessen über das Büfett her, knallte Brot und Aufschnitt derart heftig auf einen Teller, als müsste die Wurst noch einmal eigens totgeschlagen werden. Der freundliche Mann mit dem runden Gesicht unter einer kastanienbraunen Igelfrisur streckte mir seine rechte Hand entgegen und sagte: »Darf ich mich vorstellen? Jaspersen, Helmut Jaspersen. Du siehst zwar wirklich fast aus wie eine von uns, aber trotzdem: sehr erfreut!«

Ich schlug ein: »Werner, Katia. Ganz meinerseits, Herr Jaspersen.«

»Ich bin Helmut.«

»Okay, ganz meinerseits, Helmut.«

Das dünne Mädchen neben Mischa stöhnte entnervt auf.

»Was gibt es da schon wieder mit den Augen zu rollen, Suse?«, fragte Carmen.

»Nichts«, sagte das Mädchen, »wenn Mischa sie kennt und in Ordnung findet, stimme ich nicht gegen sie.«

»So weit sind wir noch nicht.« Dann wandte sich Carmen an mich: »Katia, hol dir was zu essen und setz dich zu uns.«

Als ich zum Servierwagen ging, wurde ich das Gefühl nicht los, dass jeder meiner Schritte, jeder Handgriff begutachtet wurde. Ein Stück Brot, eine Scheibe Käse, einen Apfel, mehr schaffte ich nicht.

»Komm schon«, sagte Martin, der neben mich getreten war und anfing, seinen Teller üppig zu beladen, »das kann doch nicht alles sein. Kein Wunder, dass du so anorektisch aussiehst.«

Jedem anderen hätte ich diese Bemerkung übel genommen, aber er brachte sie mit so viel Wärme hervor, dass es mir seltsamerweise fast schon guttat.

»Zu Mittag hatte ich eine Überdosis Nudeln mit Tomatensoße«, log ich, um ihn von seiner Magersucht-Fährte abzubringen, und begab mich zu dem freien Platz neben Carmen.

Als hätte ich damit das Kommando gegeben, fingen die, die bereits einen gefüllten Teller vor sich hatten, mit dem Essen an. Andere standen auf, um sich zu bedienen, allgemeines Gerede und Stühlescharren setzte ein, um mich kümmerte sich niemand mehr. Ich aß mein Käsebrot, biss danach in den Apfel und überlegte, ob von mir erwartet wurde, herumzugehen und die Leute aktiv kennenzulernen. Bitte nicht, dachte ich und blickte zu Carmen herüber, die von ihrem Wurstbrot vollkommen absorbiert war und keinerlei Signal in meine Richtung sandte.

Als plötzlich die Tür mit einem kräftigen Stoß aufging, wurde es wie auf Knopfdruck still, alle starrten in die gleiche Richtung. Konrad blieb eine Sekunde lang auf der Schwelle stehen, dann ging er sehr aufrecht durch den Raum, sagte nichts, sah niemanden an, trat an das Büfett, nahm sich Salat aus einer großen Plastikschüssel, legte zwei Scheiben Brot dazu und verließ genauso grußlos den Speisesaal, wie er eingetreten war. Meine Hand hing noch halb in der Luft, als er die Tür hinter sich zuzog, und ich fragte mich, warum er kein Zeichen des Wiedererkennens von sich gegeben hatte. Seine Aufforderung, mich einzustellen, war ja vermutlich der Grund, warum ich auch nach drei Stunden immer noch hier war.

»Der ist sich heute wohl zu fein, um Guten Abend zu sagen«, platzte die etwas schrille Stimme einer jungen Frau, der ein dicker blonder Zopf über die breiten Schultern fiel, in das Schweigen.

Kurz darauf aßen die anderen weiter oder führten ihre Gespräche fort. Ich bemerkte, dass ich während Konrads Auftritt die ganze Zeit die Luft angehalten hatte.

»Stimmt er etwa nicht mit ab?«, fragte Suse, das dünne, wilde Mädchen neben Mischa, und zeigte auf die geschlossene Tür.

»Hat er schon«, sagte Carmen, ohne von ihrem Essen aufzusehen.

»Und?«

Carmen zuckte mit den Schultern. »Er will sie unbedingt.«

Ich versuchte, unbeteiligt auszusehen, und umklammerte den angebissenen Apfel mit beiden Händen. Dass mich jemand »unbedingt« haben wollte, war nichts, was ich zu hören gewohnt war.

»Da kann sie sich ja was von kaufen«, hörte ich weiter hinten jemanden sagen. Augenblicklich war ich ernüchtert.

Martin, der sich mit einem freundlichen »Darf ich?« auf den Platz neben mir gesetzt und einen gefüllten Teebecher vor meinem Teller abgestellt hatte, ergriff jetzt das Wort mit überraschender Festigkeit: »So, ihr Lieben, lasst uns mal nicht so tun, als bräuchten wir nicht dringend jemanden, der bereit ist, sich von uns schikanieren zu lassen. Wir sollten Katia dankbar sein, dass sie sich bei uns engagieren will. Wenn Konrad auch dieser Meinung ist, umso besser.«

Bei diesen Worten verschluckte ich mich an einem Stück Apfelschale. Carmen klopfte mir fest auf den Rücken, ließ dann ihre Hand zwischen meinen Schulterblättern liegen und fragte: »Alles in Ordnung?«

Martin wartete mein Nicken ab, dann fuhr er fort: »Also, Katia, wir sind froh, dass du bei uns mitarbeiten möchtest. Von mir aus bist du herzlich willkommen.«

»Stimmen wir diesmal denn gar nicht ab?«, fragte die junge Frau mit dem blonden Zopf, die sich über Konrad beschwert hatte.

»Wer ist dagegen?« Carmens Stimme hatte einen leicht ungehaltenen Unterton. Niemand hob die Hand. »Dann wäre das ja geklärt.«

»Und was ist mit Hajo?« Martin wandte sich an seine Frau.

»Weiß jemand, ob Professor Albrecht heute Abend im Haus ist?« Carmen blickte in die Runde. Keiner fühlte sich angesprochen. »Dann erlischt hiermit sein Stimmrecht.«

»Und Lena?«

»Hat frei. Und Theos Dienst ist schon vorbei. Da ich auch für Katia bin, können wir uns die Teamsitzung im Anschluss ersparen.«

»Ihr macht euch die Regeln gerade so, wie ihr es brauchen könnt, oder?«, fragte Suse.

»Wenn es dich stört, wie wir hier unsere Sachen regeln, kannst du jederzeit gehen.«

Das dünne Mädchen neben Mischa zuckte zusammen wie nach einem Schlag, ihre strähnigen langen Haare fielen ihr dabei ins Gesicht. Sie murmelte etwas Unverständliches, das sehr bitter klang.

Helmut fuhr Carmen an: »Das ist nicht fair, und das weißt du auch.«

Am liebsten hätte ich Helmut ausdrücklich zugestimmt, fing aber rechtzeitig ein Zeichen von Martin auf, der den Zeigefinger nur für mich sichtbar in seinem Schoß warnend bewegte. Zu meiner Überraschung wehrte sich Carmen nicht gegen den Vorwurf. Immerhin war sie soeben von einem Bewohner, der auf sie angewiesen war, scharf kritisiert worden.

»Tut mir leid, Suse«, sagte sie sogar. »War nicht so gemeint, mich nervt dein Gemecker manchmal, und wie leicht man die Geduld verlieren kann, verstehst du sicher besser als alle anderen.«

Suse stand auf, eilte Richtung Tür, wurde aber auf halbem Weg von Helmut am Pullover festgehalten.

»Bleib hier, sie hat doch gesagt, dass es ihr leidtut.«

»Wie man's nimmt. Ich scheiß eh auf das, was sie sagt!«

Sie wehrte ihn ab, kehrte dann aber wieder an ihren Platz neben Mischa zurück.

Während der nächsten Viertelstunde wurde nicht gesprochen.

Martin schien das alles nicht weiter zu berühren. Er verspeiste erst in Ruhe sein Abendbrot, wischte sich dann mit dem Handrücken über den Mund, erhob sich und klopfte gegen seine Teetasse, obwohl es immer noch totenstill war. »Bevor ihr alle wieder auf euren Zimmern verschwindet, würde ich gern eine erste Vorstellungsrunde anregen, damit Katia einen Eindruck bekommt, mit wem sie es hier zu tun hat.«

Allgemeines Genörgel erhob sich, Mischa stierte auf seinen leeren Teller und drehte ihn auf der Stelle. Suse hatte für Martin offenbar nur ihren verächtlichen Blick übrig. Als ich sie später näher kennenlernte, verstand ich, dass ihr Zorn eher grundsätzlicher Art und nicht persönlich gemeint war. Außer Mischa traf er so gut wie jeden von uns.

Nach einem Suizidversuch und mehreren gewalttätig-hysterischen Ausbrüchen Lehrern, Ärzten, Eltern und Geschwistern gegenüber, die allesamt mit einer Einweisung endeten, hatte Suse in der Goldbachmühle eine letzte Chance bekommen. Ihr drohte die Einlieferung in ein Landeskrankenhaus, doch Martin beharrte auf seiner Überzeugung, das Mädchen sei nicht krank, sondern hypersensibel. Was sie brauche, sei emotionale Stabilität und die Möglichkeit, wieder etwas Vertrauen zu sich selbst zu gewinnen.

»Wenn einem so empfindsamen Mädchen die eigene Mutter ständig vermittelt, dass es nichts wert ist, dann schlägt es irgendwann um sich oder resigniert«, erklärte mir Martin später, und Carmen fügte hinzu: »Mir ist es lieber, sie schlägt um sich, als dass sie wieder abtaucht und allein in den Wald geht. Wir müssen ihr helfen, ihren Zorn umzulenken, dann kann sie ihn als Motor nutzen.«

Des Öfteren sollte ich noch überlegen, ob Carmen vielleicht deshalb gelegentlich so hart zu Suse war, weil sie glaubte, weniger Angst um sie haben zu müssen, wenn sie im Zustand der Wehrhaftigkeit war. An diesem Abend dachte ich nur: Reichlich Sprengstoff, der hier so ungesichert herumliegt.

Carmen zog ihren Mann auf seinen Stuhl und sagte: »Lass mich das mal mit dem Vorstellen machen, Schatz.«

Martin klappte den Mund zu und sah seine Frau so irritiert an, dass ich mich fragte, ob allein die unter Eheleuten nicht unübliche Anrede der Grund dafür sein konnte. Was für eine Art Paar stellten die beiden überhaupt dar? Sie lebten zusammen, sie arbeiteten zusammen, und das vermutlich schon seit längerer Zeit. Sie mussten auf einer Ebene, die ich vom ersten Anschein nicht gleich benennen konnte, gut harmonieren. Anders konnte man ein solches Engagement nicht bewältigen. Meine eigenen Eltern hatten, soweit ich mich an sie als Paar überhaupt erinnere, kaum einen Tag freiwillig miteinander verbracht. Selbst im Urlaub war meine Mutter lieber Reiten oder zum Yoga gegangen, als meinem Vater Gesellschaft zu leisten. Und Manu hatte einmal behauptet, unter Garantie würde sie mit einem Mann Streit beginnen, würden sie sich auch im Job sehen. »Gemeinsames Bett, getrennte Arbeit«, sagte sie öfter, und bei mir, die es meist schon störte, wenn ein Typ zum Frühstück bleiben wollte, ohne dass er eigens dazu eingeladen worden war, löste die Vorstellung von einem gemeinsamen Wohnen *und* Arbeiten unmittelbar Fluchtreflexe aus.

Während ich noch über die beiden nachsann, die womöglich für die nächsten zwölf Monate meine Vorgesetzten sein würden, fiel mir auf, dass Carmen mich scharf musterte, als sähe sie, was mir durch den Kopf ging. Ich grinste verlegen, fühlte mich ertappt. Im selben Augenblick versuchte ich den Ausdruck professionellen Interesses abzurufen, den ich so oft vor dem Spiegel geübt hatte. Carmen verzog spöttisch die Mundwinkel, begann dann aber ihre Vorstellungsrede, indem sie mit ausholender Geste in die Runde wies: »Also, dahinten links sitzt Ada Baumann, seit sechs Monaten bei uns.«

Ada erhob sich kurz von ihrem Platz, ließ sich aber gleich wieder sinken. Trotz ihres offensichtlich starken Übergewichts war sie mir bislang nicht aufgefallen, eine Unsichtbare von über neunzig Kilo, das war an sich schon bemerkenswert. Sie nickte in meine Richtung, ohne einen Blickkontakt herzustellen.

Carmen fuhr mit der Vorstellung fort: »Mischa kennst du ja schon. Er ist etwa neun Monate bei uns und macht das ganz wunderbar.«

Mischa winkte mir zu, sichtlich beglückt über Carmens Lob, und ich winkte zurück. Von wegen posttraumatischer Belastungsstörung kurz vor dem Schub, dachte ich, der hat mir sicher auch Quatsch erzählt.

»Und die Dame neben Mischa, die alles, was ich sage, blöde findet, heißt Susanne Bach. Sie erfreut uns seit drei Monaten mit ihrer Anwesenheit.«

Suse brachte den gequälten Ansatz eines Lächelns zustande, dann nahm sie wieder ihren gekränkt-finsteren Gesichtsausdruck an. Ich gab mir Mühe, ein weniger angestrengtes Lächeln zu erwidern, hätte mich aber ebenso gut um Kontaktaufnahme mit einem Brotkorb bemühen können. Aber ich war hier auf der Suche nach einem Job und nicht nach neuen besten Freunden. Über »gesunde Distanz den uns Anvertrauten gegenüber« hatte ich eine Seminararbeit geschrieben. Freundlich sein, sich engagieren, aber nicht zu nah an die Leute herankommen, das war ganz in meinem Sinne gewesen.

»Rechts am Nachbartisch sitzt Manfred Richter, schon fast zwei Jahre Mühlenbewohner, und links von ihm Beate Eversen, die gerade ihre Eingewöhnungsphase abgeschlossen hat, nach sieben Wochen.«

Ich nickte Beate zu. Sie warf ihren Zopf auf die andere Schulter, nickte zurück, eher kühl, aber nicht feindselig.

»Bea wird im Übrigen noch lernen, intime Begegnungen diskret auf ihrem Zimmer abzuwickeln oder sich wenigstens nicht von mir dabei erwischen zu lassen, sonst nutzt ihr die frisch überstandene Probezeit auch nichts. Kapiert?«

Beate wollte hochfahren, aber Carmen stoppte sie mit hochgezogenen Augenbrauen. »Helmut«, fuhr sie schließlich fort, »der sich bereits selbst vorgestellt hat, müsste diese Regel als Mühlenbewohner der ersten Stunde besser kennen. Er wird deshalb für den Rest der Woche Suses Spüldienst übernehmen.«

Helmut wurde rot, strahlte aber, als der bärenartige Mensch mit Namen Manfred einen Pfiff ausstieß: »Mit der Bea! Respekt, Alter!«

Beates Stimme schrillte durch den Raum und entband mich so von der Notwendigkeit, etwas auf das zu erwidern, was Carmen gerade erzählt hatte: »Ich gehe mit dir zum Spülen, Helmut, ich helfe dir, egal, was die da dazu sagt!«

»Die da findet, dass das eine gute Idee ist. Hiermit halbiere ich den Strafspüldienst für Helmut«, sagte Carmen und wirkte mit sich und der Situation äußerst zufrieden.

Beate war offenkundig zu beleidigt, um Carmens Worte als Friedensangebot zu verstehen. Was hätten meine Lehrer wohl zu solch einer pädagogischen Maßnahme, was hätten sie zu alldem hier gesagt? Ich schaute in die Runde, als wäre diese Form der Vorstellung das Normalste der Welt, machte dabei innerlich eine Liste, wen ich auf meine Seite schreiben konnte. Ich entschied mich, Beate und Suse erst einmal mit Vorsicht zu begegnen, mit dem Rest, von Konrad abgesehen, den ich nicht einordnen konnte, würde ich schon klarkommen.

»Nun bleibt mir noch«, fuhr Carmen fort, »euch Katia Werner vorzustellen: Katia ist in Berlin geboren, wohnt aber seit einiger Zeit unten in Lennau. Freut euch, dass der Ruf, den die Goldbachmühle dank eurer tatkräftigen Mitarbeit im Dorf genießt, sie nicht von ihrer Bewerbung abgehalten hat.«

»So wie die uns behandeln, brauchen sie sich auch nicht zu wundern«, nörgelte Helmut.

Carmen schien das nicht weiter kommentieren zu wollen, denn sie redete einfach weiter: »Katia ist neunundzwanzig ...«

»Ähm ...« Ich hob den Zeigefinger, wollte ihre Aussage richtigstellen, aber Carmen schmetterte meinen Einwand einfach ab.

»Katia ist neun-und-zwan-zig«, wiederholte sie, dieses Mal betonte sie jede einzelne Silbe und hielt mich mit strengem Blick in Schach. »Und was sollten wir noch über dich wissen?« Jetzt sah sie mich wieder freundlich und ermutigend an.

»Also«, sagte ich. »Lernt mich doch einfach kennen und findet es selbst heraus.«

»So machen wir das«, sagten Carmen und Martin unisono und erklärten dann den »offiziellen Teil des Abends« für beendet.

Da die beiden Heimleiter zunächst am Tisch sitzen blieben, erhob ich mich ebenfalls nicht, als die anderen nach und nach den Raum verließen. Suse rauschte als Erste hinaus, Mischa folgte ihr und winkte mir noch einmal zu. Manfred und Helmut verabredeten sich zum Fernsehen, Beate schloss sich ihnen an. Wie Ada aus dem Zimmer gekommen war, konnte ich nicht sagen. Die kann ihre Masse vielleicht bei Bedarf auflösen und sich an einem anderen Ort wieder materialisieren, schoss es mir durch den Kopf – und ich schämte mich sofort für diesen Gedanken. Ada war stark übergewichtig, aber sie hatte auf mich wie eine liebe, völlig eingeschüchterte junge Frau gewirkt. Und als solche lernte ich sie später auch kennen.

Seit früher Kindheit galt sie als bindungsgestört, auch als depressiv, verbunden mit autistischen Zügen. Ihre besorgten Eltern hatten sie, dem Rat des Arztes folgend, mit acht Jahren in eine Kinderpsychiatrie einweisen lassen, angeblich suizidgefährdet. Seitdem war sie mit kurzen Unterbrechungen von einer Anstalt in die nächste weitergereicht worden. Als schließlich Dr. Albrecht sie seinem Bruder vorstellte, hatte sie sich eingekapselt, war völlig verstummt. Dieser Zustand war nicht gerade ein Ausweis dafür gewesen, um sich für einen Platz in der Mühle zu qualifizieren. Aber Martin und Hajo Albrecht hatten keine Selbst- und erst recht keine Fremdgefährdung von ihr ausgehen sehen und dem stillen Mädchen eine Chance auf ein Leben außerhalb der Klinik geben wollen, sei es nur für eine kurze Phase. Ada hatte dann in dem halben Jahr, in dem sie im ehemaligen Försterhaus war, mehr mit anderen kommuniziert als in den zehn Jahren zuvor. Ich bewunderte später noch oft ihre seltsame Fähigkeit, sich unbemerkt aus Situationen und Kontexten herauszustehlen, und hätte gern herausgefunden, wie sie das anstellte, kam dem Geheimnis ihrer Unsichtbarkeit aber nie ganz auf die Spur.

Nun saßen wir zu dritt in dem chaotischen Büro, nachdem wir den Speisesaal als Letzte verlassen hatten, um »den notwendigen Papierkram zu erledigen«, wie Carmen und Martin es genannt hatten.

»Was war eigentlich genau mit Unfällen gemeint?«, fragte ich, weil ich gerade an Helmuts Ausspruch denken musste, als er mir den Unterschied von Mühlenbewohnern und stationär zu Behandelnden verdeutlichen wollte.

Martin wand sich ein wenig, bevor er antwortete: »Das ist eine von unseren mittelgeglückten internen Bezeichnungen. Wir meinen das nicht abfällig. Klang es für dich abfällig?«

Sicherheitshalber verneinte ich.

»Zum Verständnis müsste ich dir etwas über die Entstehungsgeschichte der Goldbachmühle erzählen«, mischte sich Carmen ein.

»Wenn ihr noch so viel Zeit habt«, erwiderte ich.

»Da du hier ein Jahr arbeiten wirst, solltest du es wissen. Also nehmen wir uns die Zeit. Der Vater von Hajo und Martin war der berühmte Psychiater Florian Albrecht, Spezialist auf dem Gebiet der paranoiden Schizophrenie im Kindes- und Jugendalter.« Nach diesem Satz holte sie tief Luft, stieß sie aus, als müsste sie Dampf ablassen, und drehte einen Kugelschreiber zwischen den Fingern. »Ohne ihn wäre Hajo nie Chefarzt der Hedwig-Beimer-Klinik geworden, die sein Vater einst leitete, und ohne seinen Chefarztposten hätten wir nie mit den Unfällen zu tun bekommen. Ohne die Unfälle wiederum ...«

»Wären wir nicht hier. So sieht's aus«, vervollständigte Martin die Gedanken seiner Frau.

Carmen nickte bestätigend. »Teil unserer Vorgeschichte jedenfalls ist die Tatsache, dass Martin sich den Erwartungen seines Vaters hinsichtlich eines Medizinstudiums mit Facharztausbildung in Psychiatrie verweigerte und dadurch zunächst einmal aus dem familiären Rahmen herausfiel, während sein Bruder Hajo in die Bresche beziehungsweise in die etwas zu großen Fußstapfen des Alten sprang. Martin war sozusagen das schwarze Schaf, auch wenn das, nüchtern betrachtet, totaler Quatsch ist. Na ja. Vielleicht hat er deshalb auch so viel Verständnis für Konrads Situation ...«

»Ganz so schlimm wie bei Reichenbachs war es bei uns nun doch nicht«, protestierte Martin.

»Das sehe ich anders. Der Alte hat dich wie einen Aussätzigen behandelt, nicht anders macht es der Graf heute mit Konrad. Ein Wunder, dass wenigstens du relativ heil da rausgekommen bist.«

Gespannt lauschte ich Carmens Worten, hoffte, mehr über die Familiengeschichte des offenbar auch noch adeligen Dandys mit den Röntgenaugen und dem beängstigenden Zeichentalent zu erfahren, dem ich womöglich meine Einstellung verdankte.

Sie wartete kurz, ob ihr Mann etwas auf ihre Bemerkung erwidern wollte, was dann aber nicht der Fall war. Schließlich fuhr sie mit ihrem Bericht fort.

»Während Hajo zum Lieblingssohn und später zum Chefarzt avancierte, reiste Martin durch Südamerika, engagierte sich in einem Projekt zur Rehabilitation drogenabhängiger Jugendlicher, bis er sich bei einer Fachhochschule für Pädagogik einschrieb.«

»Müssen wir das so ausbreiten, Carmen?«

»Wer erzählt, du oder ich?«

»Ich meine nur, wenn Katia vor Mitternacht hier raus sein will ...«

»... solltest du mich nicht andauernd unterbrechen.«

Martin wandte sich ab, ging zu einem Schränkchen hinter dem Schreibtisch, holte eine Flasche mit goldgelber Flüssigkeit hervor und hielt sie in meine Richtung: »Auch ein Glas?«

Mir fielen die eindringlichen Sätze ein, die meine Mentorin zum Thema »Annahme von angebotenem Alkohol bei Bewerbungen« von sich gegeben hatte.

»Nein danke, ich trinke nicht.«

Carmen und Martin grinsten einander an und sagten: »Sie hat ihre Hausaufgaben gemacht.«

Ich fühlte mich wieder einmal ertappt. Um das zu überspielen, fragte ich: »Und wie ging es mit der Geschichte weiter?«

»Martin hatte also Pädagogik studiert«, fuhr Carmen fort, »sich dabei aber seit seiner Zwischenprüfung zunehmend mit Themen beschäftigt, die den psychiatrischen Bereich betrafen. Eines Tages, Florian Albrecht war seit einigen Monaten tot, und die Klinik lief schon eine Weile unter Hajos Leitung, wollte Martin seinen Bruder abholen. Dabei lernte er ein Mädchen kennen, das dort seit fünf Jahren erfolglos behandelt worden war. Sie stand kurz vor der Einweisung in ein Landeskrankenhaus, will sagen, Endstation, und das mit neunzehn Jahren. Martin interessierte sich für den Fall, und sein Bruder, der mit seinem Schulmedizinerlatein am Ende war, gab ihm in einem Anfall von Ratlosigkeit oder Weitsicht, wie man's nimmt, Einblick in die Krankenakte des Mädchens, was selbstverständlich nicht legal war. Zielsicher legte er den Finger auf die wunden Punkte. Er machte Hajo klar, was er zu verantworten habe, wenn das Mädchen nicht bald in ein nicht-klinisches Umfeld gebracht würde. Die Brüder kamen intensiv ins Gespräch, und da der Fall der jungen Frau kein Einzelfall war, überlegten sie, was man konkret tun könne, um solche diagnostischen Fehler wieder rückgängig zu machen.«

Martin hatte sich auf dem Sofa hinter mir niedergelassen und blätterte in einer Zeitschrift, als ginge ihn die Geschichte nichts mehr an. Mir war es unangenehm, in seinem Beisein so viele persönliche Informationen über ihn und sein Leben zu erfahren, während Carmen sich selbst aus ihrem Bericht bislang herausgehalten hatte. Gleichzeitig gefiel mir Martins Vorgehen, konsequent war er seinen eigenen Weg gegangen, und womöglich hatte er erst dadurch seine besondere Fähigkeit entwickelt, den Menschen hinter dem aufgeklebten Etikett zu sehen und sich für seine Befreiung von ebendieser Etikettierung einzusetzen. Es musste befriedigend sein, eine solche Begabung zu haben, dachte ich. Was ich dann später aber auch feststellen musste, war: Der Befriedigung war eine nicht minder große Frustration beigesellt: Er konnte nicht alle retten, und was er trotz aller Mühen nicht ändern konnte, schmerzte ihn doppelt.

»In einer einzigen Nacht kasperten Martin und Hajo die Idee mit dem Rehabilitationshaus für psychiatrieerfahrene Menschen aus.« Carmen hatte wieder zu erzählen begonnen. »Es sollte eine Art Zwischenstation sein, in der junge Leute, die teilweise jahrelang in einer Klinik gelebt hatten, sich wieder in ein normales Leben einüben konnten.«

»Das klang besser als Auffanglager für diagnostische Unfälle«, warf Martin ein, der doch genauer zuhörte, als es den Anschein hatte.

»Wie dem auch sei«, fuhr seine Frau fort, »mit einer solchen Einrichtung konnte Hajo einige seiner Fehldiagnosen auf elegante Weise in die ›nachklinische Rehabilitation‹ entsorgen. Ein Job für Martins damalige Freundin, also mich, sprang dabei auch noch heraus, das war praktisch und machte uns zu schlecht bezahlten Doppelverdienern. Immerhin.«

»Du brachtest beste Qualifikationen mit, wir wären blöd gewesen, dich als Therapeutin nicht mit einzubeziehen«, warf Martin ein, und Carmen sah mit einem Mal viel milder aus.

»Für die Einrichtung hatte man die Idee, das leer stehende Elternhaus zu verwenden. Es wurde geplant, saniert, Gelder wurden eingeworben, eine Stiftung gegründet, und vor etwa sieben Jahren eröffneten wir das Rehabilitationshaus, pro forma als Außenstelle der Hedwig-Beimer-Klinik ausgewiesen, und nahmen die ersten Bewohner auf.« Damit hatte Carmen ihren Bericht beendet.

Martin stand auf einmal auf, öffnete eine Schreibtischschublade, kramte darin herum, zog schließlich ein halbes Dutzend zusammengefalteter Formblätter heraus und sagte unvermittelt: »Willkommen im Team der Goldbachmühle!«

»Danke«, stotterte ich, griff nach dem Kugelschreiber und unterschrieb den Vertrag.

Mein Glück konnte ich kaum fassen: Keine zwölf Stunden nachdem ich die Telefonnummer aus der Anzeige gewählt hatte, war ich eingestellt.

Beschwingt von meinem Erfolg bog ich, sobald Martin die Haustür hinter mir geschlossen hatte, spontan nach links, ging um das Gebäude herum, statt geradeaus den Weg zum Tor zu nehmen. Deutlich war zu erkennen, dass die Holztreppe, die zu einer Tür unter dem Giebel führte, nachträglich angebaut worden war. Aus einem der Fenster direkt unter dem Dach schimmerte gedämpftes Licht, es musste sich um Konrads Wohnung handeln. Ich stellte mich auf die Zehenspitzen und überlegte einen Moment lang, die Stufen hinaufzusteigen und durch die Scheibe zu sehen, mich vielleicht sogar bei ihm zu bedanken. Beinahe hatte ich den Fuß auf die unterste Stufe gesetzt, da ging das Licht hinter dem Fenster aus, und eine Außenlampe erstrahlte über der Treppe. Wie auf einer Theaterbühne wurde ich direkt beleuchtet. Ich schreckte zurück, stolperte über einen Zierstein an der Rasenkante und landete auf dem Hintern. Dann wurde das Licht über der Treppe wieder ausgeschaltet. Niemand ließ sich blicken, und ich machte mich eiligst auf den Rückweg durch die Dunkelheit.

5
Das zweite Zeichen

Weihnachten steht vor der Tür. Wir sitzen in der Küche beim Frühstück und essen Kekse mit Nutella. Es klingelt, und Manu ruft: »Der Postmann!«, als wäre das die Nachricht des Tages. Sie rennt zum Türöffner und drückt den Knopf. Dabei trällert sie eine ihrer nervtötenden Tonübungen. Ihre gute Laune am Morgen kann ich nur mit Mühe aushalten, nur unter Zuhilfenahme von starkem schwarzem Kaffee.

Seit drei Tagen ist sie zurück in Hamburg, hat das Stipendium mit Bravour hinter sich gebracht und hofft nun auf ein festes Engagement, am liebsten im Hamburger Sängerensemble, wie es ihr ein Mann, der sich bei einer Party in Berlin als deren künftiger Intendant präsentierte, in Aussicht gestellt hat. Ihre Koffer waren noch keine sechzig Sekunden abgestellt, als sie schon verkündete, mir »einfach alles« von ihrer Berliner Zeit erzählen zu müssen: »Von der Plackerei, den hysterischen Kollegen und von all dem, wonach du mich nicht gefragt hast und nie fragen wirst, du asoziales Subjekt!«

»Du wolltest da unbedingt hin«, erwiderte ich. »Du musstest nur singen, also mach nicht so ein Gewese darum.«

»Von wegen nur singen. Ausbeutung war das, Frondienst für willenlose Sklaven!«

Mir war nichts anderes übrig geblieben, als mich zu ergeben und Manus ausufernden Erzählungen zuzuhören, bei denen in jedem dritten Satz ein Bewunderer irgendein Engagement oder eine Empfehlung in Aussicht stellte.

»Die wollten dich bloß alle ins Bett kriegen.« Ich versuchte die Geschichten in ein realistischeres Licht zu rücken, aber meine Freundin verpasste mir eine Kopfnuss.

»Na und? Das eine schließt das andere nicht aus!«

Die darauffolgenden zwei Tage verbrachten wir mit dem Abarbeiten der Wäscheberge und der »Restrukturierung meines kleinen Apartments«, wie Manu es nannte. Ohne dass wir darüber gesprochen hatten, war sie davon ausgegangen, dass jetzt, wo sie ihr Schlafzimmer wieder selbst benötigte, ihr vollgerümpeltes Gästezimmer in eine vorläufige Bleibe für mich umzurüsten war. So selbstverständlich hatte ich das nicht gesehen, war aber froh, dass ich mir keine Alternative einfallen lassen musste.

Bis in die Nacht hinein stopften wir alles Mögliche in Kleidersäcke, stellten mit Krempel gefüllte Holzkisten und Bücherkartons zum Mitnehmen auf den Bürgersteig und sortierten einen beachtlichen Berg von Schuhen aus.

»Das ist Folter!«, jaulte Manu bei jedem Paar auf, das ich für unbrauchbar erklärte und in einen weiteren Karton warf.

»Ich muss mir von einer, die mit zwei Paar Turnschuhen auskommt, gar nichts sagen lassen«, jammerte sie weiter.

Doch ich kenne sie zu gut, um nicht zu wissen, wie viel Spaß sie an der Aktion hatte und wie gleichgültig ihr die abgetragenen Sandaletten und Pumps im Grunde waren. Und weil Manu nach getaner Arbeit, gegen Mitternacht, noch unbedingt den Obstbrand aus dem Weihnachtspaket ihres Vaters probieren und mindestens zwei Folgen einer amerikanischen Fantasy-Serie ansehen musste, sitze ich nun schlapp und verkatert am Küchentisch, während Manu keine Spuren unseres nächtlichen Gelages erkennen lässt.

Der Briefträger hat längst mitbekommen, dass sie zurück ist, deshalb bringt er die Post wieder persönlich zu uns in den vierten Stock. Er klingelt noch einmal an der Wohnungstür, nachdem er vorher an der Haustür geläutet hatte. Manu bereitet ihm den Gefallen, in Unterhemd und Shorts zu öffnen, und weil beinahe schon Feiertag ist, darf der Postmann sich einen Keks von ihrem Teller nehmen. Ich höre, wie sie ihn bittet, ihr einfach etwas unter den Arm zu stecken, und wenn mich der gurrende Ton in der Stimme des Briefträgers nicht täuscht, hat sie damit seinen Tag nachhaltig bereichert.

»Was unternehmen wir heute Schönes?«, fragt Manu, als sie in die Küche zurückkehrt, den Keksteller mit der rechten Hand balancierend, einen kleinen Stapel Briefe in der linken, eine Büchersendung unter die linke Achsel geklemmt. Sie gähnt und räkelt sich zugleich, ohne etwas fallen zu lassen, was ihr selbstverständlich gelingt, weil das zu ihren Sonderbegabungen gehört. Vollgepackt mit Weihnachtspost, ungeduscht und in verwaschenen Shorts, mit Krümeln auf der Oberlippe und Schokoladenflecken im Mundwinkel, bleibt sie immer noch eine Lady, die alles im Griff hat. Unsereins hätte bloß eine lächerliche Figur abgegeben.

»Müssen wir denn etwas unternehmen?«, frage ich und merke augenblicklich, dass ich den Wunsch, wieder ins Bett gehen zu können, aufgeben kann.

»Auf jeden Fall! Es ist kurz vor Weihnachten!«

Manu lässt den Briefstapel auf den Tisch fallen, mit einer eleganten Drehung ihres Oberkörpers, die Büchersendung obendrauf, ohne die Post näher zu beachten. Ich frage mich, wo ihr Kater bleibt. Meiner meldet sich unmittelbar hinter der Stirn mit klopfendem Druck, will gepflegt oder wenigstens in Ruhe gelassen werden.

»Was geht mich Weihnachten an? Ich hasse Weihnachten.«

»Tust du nicht.«

»Tu ich doch, schon immer. Alle machen auf Gefühlsduselei, und überall läuft dämliche Musik.«

»Denk, was du willst, trotzdem musst du mir etwas schenken. Deinetwegen habe ich auf eine gigantische Hauptstadtparty verzichtet.«

»Habe ich dich darum gebeten, hier aufzukreuzen? Nein! Lauf zum Bahnhof, nimm den nächsten Zug nach Berlin, geh auf dein Wahnsinnsfest, ich komme allein zurecht.«

»Kommst du nicht! Und du freust dich jetzt gefälligst, dass ich da bin.«

Sie zieht das Nutella-Glas zu sich heran und versenkt einen weiteren Keks darin. Es wird das Beste sein, überlege ich, mich nicht in eine längere Diskussion mit ihr einzulassen.

»Klar freue ich mich. Wie konnte ich es nur ohne Krümel in der Schokocreme aushalten?«

Manu wirft ihre Serviette nach mir, sieht dabei aber fröhlich aus.

Beim Versuch, dem Wurf meinerseits auszuweichen, streift ihr Arm das Posthäufchen auf dem Tisch. Die Ecke eines Briefs, der mich aufmerken lässt, kommt unter einer Werbesendung zum Vorschein. Ich beuge mich vor, sehe genauer hin, lese den Absender: *K. R., L'aître Saint-Maclou, Rouen, Frankreich.*

Grüne Tinte, etwas verwischt, nur ein schlichter Punkt hinter dem K, aber kein Zweifel möglich.

Mir fährt etwas in die Magengegend, ein Faustschlag von zu viel Kaffee und Schokolade auf alkoholverätzte Innereien. Ich schaue weg, schaue wieder hin, die grüne Schrift bleibt da, wo sie ist, bleibt, was sie ist: eine rudimentäre Adresse. Ein

Zeichen. Vier Tage nach der Karte aus dem Jardin du Luxembourg. Mir wird übel.

Rouen. Ich versuche mir Frankreich im Atlas vor Augen zu führen, sehe unsere Finger, die auf der Karte herumwandern, suchend, tastend, sich ineinander verschlingend: »Hier entlang, dann dorthin und danach einen Abstecher nach Westen, bis wir ...« Schulter an Schulter planten wir, gebeugt über Straßenkarten, eine Reise, die ich zunächst für nichts als eine Tagträumerei gehalten hatte.

Rouen lag nicht auf unserer Route, wenn ich mich recht entsinne, jedenfalls hatten wir dort keinen Stopp vorgesehen. Vielleicht ist er, anders als wir es ursprünglich vorgehabt hatten, von Paris aus geradewegs Richtung Meer gefahren. Jetzt macht er Halt in Rouen, um später der Küstenlinie zu folgen. Möglicherweise ist er aber auch ganz woanders und der merkwürdige Absender nur Teil des Spiels.

Was will er von mir?

Nichts. Oder alles. Nie etwas dazwischen.

Mit einer weiteren wortlosen Karte hatte ich gerechnet, wenn auch nicht so bald, es hätte gepasst, wenn er eine Spur gelegt hätte, eine Spur von Bildern, für mich oder wegen mir, aus Trotz. Er hätte dann ein Versprechen gehalten, um das ich ihn nicht gebeten hatte: Kein Wort mehr an mich zu richten, bis ich eines an ihn richte. Vor die Wahl gestellt zwischen alles oder nichts, hatte ich mich für das Nichts entschieden. So waren wir vor drei Monaten auseinandergegangen. Es würde keine weiteren Worte zwischen uns geben, egal in welcher Form, davon war ich ausgegangen.

Dann diese Karte. Ohne Worte. Aber auch so hat sie alles wieder aufgerissen.

Und nun das hier: seine Schrift, seine Tinte, ein Brief,

eine Nachricht aus Rouen, wo wir nie zusammen hatten hin wollen.

Ich strecke die Hand nach dem Poststapel aus, halte inne, ziehe die Hand wieder zurück. Der Gedanke an das, was Manu sagen wird, wenn sie merkt, von wem der Brief ist ... Ich werde einer Erklärung ausweichen müssen, weil ich es ihr nicht erklären kann, noch nicht. Oder niemals. Oder ...

»Hey, ich rede mit dir!«

»Hast du was gesagt?«

»Ja, stell dir vor!«

»Entschuldige, ich bin müde und habe Kopfweh. Wieso bist du eigentlich so unerträglich ausgeschlafen?«

Manu stopft sich den Rest ihres Kekses in den Mund, gibt ein schmatzendes Protestgeräusch von sich, bei dem Schokokrümel über den Tisch fliegen. Ich nutze die Zeit, die sie zum Aufessen benötigt, und sage: »Ob ich auch Weihnachtspost bekommen habe?«

Wie beiläufig lasse ich den Blick auf dem Stapel ruhen.

»Das Päckchen, das dein Vater mir vor einer Woche in Berlin aushändigte, hab ich auftragsgemäß in meinem Koffer versteckt. Und ich bin bei dir, wer sollte dir also schreiben?«

»Es gibt schließlich noch mehr Menschen auf der Welt«, sage ich möglichst neutral, aber Manu schaut mich plötzlich stirnrunzelnd an, als wolle sie meinen Fieberstand prüfen. Sie stellt ihren Teller beiseite, beginnt Werbesendungen und Briefe durchzusehen, wobei sie mehrmals zu mir aufschaut, bis mir ihr Gehabe zu viel wird.

»Was nun, habe ich Post oder nicht?«

»Sag du's mir!«

Als Manu bei dem Umschlag mit der grünen Tinte angelangt

ist, hält sie ihn einen Moment in der Hand, dann schiebt sie ihn mir kommentarlos zu. Sie steht auf und beginnt den Tisch abzuräumen. Sie hat schon eine Weile mit dem Geschirr hantiert, als sie sich zu mir umdreht.

»Worauf wartest du?« Meine Freundin hat bemerkt, dass ich den Brief immer noch ungeöffnet vor mir liegen habe. Ich bin mir sicher, dass das nicht die Frage ist, die sie ursprünglich hat stellen wollen.

Ich zucke mit den Schultern.

Was hat es mit Rouen auf sich, was macht er da? Ich kann meine Überlegungen nicht stoppen, muss immer wieder darüber nachdenken. Rouen ist die Stadt, in der Johanna von Orléans verbrannt wurde, neunzehnjährig. Das erzählte er mir an dem Abend, nachdem ich ihm zum ersten Mal Modell gesessen hatte.

»Eine Fanatikerin«, sagte ich.

Er schüttelte ärgerlich den Kopf. »Du verstehst gar nichts!«

Die Art, wie er mit mir sprach, als wäre ich eine dumme Göre, die von seinen überragenden Gedanken überfordert ist, machte mich wütend.

Den ganzen Nachmittag bis in den Abend hinein war ich zum Stillhalten aufgefordert worden, während er zeichnete. Schon das hatte mich nervös gemacht: Was würde er in ein Portrait von mir legen, was in meinem Gesicht entdecken und womöglich ungeschützt zu Papier bringen, für jeden sichtbar? Als es zum Zeichnen zu dunkel geworden war, hatte er eine Kerze angezündet und sie so dicht vor mich hingestellt, dass ich vor der Hitze der Flamme zurückweichen musste.

»Wehe, du zeichnest meine Nase nicht ein bisschen kleiner, als sie in Wirklichkeit ist.« Ich hatte versucht, witzig zu sein, um seine merkwürdig-feierliche Stimmung zu entschärfen, es war aber keine Reaktion von ihm gekommen.

Endlich hatte er mir das Blatt hingehalten und gesagt: »Schau!«

Ich traute meinen Augen nicht.

»Was hab ich da für ein komisches Ding auf dem Kopf?«

»Guck halt hin!«

»Soll das ein Ritterhelm sein?«

Er nickte.

»Und das da in der Hand, ist das ein Schwert?«

Er nickte wieder.

»Du hast mich als Ritterin gemalt? Wozu?«

»Das ist Johanna von Orléans. Frankreichs Nationalheldin.«

»Natürlich weiß ich, wer sie ist, aber wieso hat sie mein Gesicht?«

»Eine nicht unübliche Praxis in der Malerei. Du musst das nicht persönlich nehmen.«

Ich fühlte mich nicht wohl, wollte dieses Gespräch beenden, mochte aber auch nicht auf mir sitzen lassen, dass er mein Gesicht benutzte für das Bild einer Person, die man auf dem Scheiterhaufen verbrannt hatte.

»Johanna war eine Frau, die nicht in ihre Zeit passte«, fuhr Konrad ohne Umschweife fort. »Sie verweigerte sich den an sie gestellten Erwartungen und ging ihren eigenen Weg, koste es, was es wolle. So wie ich, so wie du.«

»Ich passe ganz gut in unsere Zeit«, antwortete ich. »Und um mich gegen die Erwartungen anderer zu stemmen, würde ich nie so weit gehen, eine Waffe in die Hand zu nehmen.«

»Sie hat nicht für sich, sondern für ihre Vision gekämpft.«

»Noch schlimmer!«

Einen Heiligenzyklus wolle er zeichnen, erzählte Konrad dann, die weiblichen Figuren mit meinen Gesichtszügen, die männlichen mit …

Da hatte ich ihn nicht weiterreden lassen, ihn barsch unterbrochen: »Hör auf! Ich will mein Gesicht nicht für deine überspannten Visionen hergeben, such dir jemand anders, den du mit Schwertern oder Büßerhemden drapieren kannst.«

Ich hatte nicht so aufgeregt klingen wollen, nicht so wirr, aber seine in vielerlei Hinsicht atemberaubenden Zeichnungen zu betrachten war das eine, meine Gesichtszüge in seine Fantasien eingebaut zu sehen, etwas ganz anderes. Ich wollte nicht Teil seiner Bilderwelt werden, weder als Heilige noch als Kriegerin noch als Visionärin. Aber genauso wenig wollte ich zulassen, dass er etwas freilegte, von dem ich entschieden hatte, es zu verbergen. Vielleicht hatte ich an diesem Abend aber auch zum ersten Mal Angst, dass ich seinen Vorstellungen ohnehin nie würde entsprechen können.

Ist es das, woran er mich mit seinem Brief aus Rouen erinnern will? Hatte er das bemerkt, bevor es mir richtig klar wurde? Ich habe es ihm jedenfalls nicht erzählt, weder an diesem Abend noch sonst irgendwann, habe lediglich weitere Modellsitzungen verweigert. Und er hat das, zumindest dem Anschein nach, widerspruchslos akzeptiert.

Oder was sonst könnte der Grund für einen Brief aus der Stadt von Johanna von Orléans sein? Eine Postkarte der Kathedrale hätte ausgereicht, um mich dieses verunglückten Abends zu entsinnen – außer, er hatte das Schweigen seinerseits für beendet erklärt. In dem Umschlag, Leinenoptik, gefüttert, muss etwas von ihm sein, ein Wort, viele Worte, etwas, das kein anderer zu Gesicht bekommen soll. Er wird keinen leeren Umschlag durch die Gegend schicken.

Andererseits ...

Zwei kleine Hinweise, einer davon nicht einmal entschlüsselt, und schon hat er mich wieder am Haken.

Hat er nicht. Ich muss mich nicht darauf einlassen.

Solange ich den Brief nicht lese, besteht das Schweigen weiter.

Und selbst wenn …

Manu kommt näher, macht Anstalten, nach dem Brief zu greifen, lässt es dann aber doch, legt stattdessen ihre Hand auf meine Schulter.

»Hey …«

Ich schüttle sie ab, überlege, ob ich sie bitten soll, mich einfach in Ruhe zu lassen, aber das würde nur das Gegenteil bewirken.

»Hat nichts zu bedeuten«, murmele ich, obwohl ich davon ausgehe, dass Manu mich gleich mit einer Tirade überziehen wird, weil ich lüge.

Doch sie schwingt bloß ihren Hintern auf die Tischkante, neben den Brief, und sagt: »Das sehe ich. Aber ganz wie du willst, dann werde ich dich eben auf andere Gedanken bringen: Wir gehen raus!«

»Ich weiß nicht so recht, ob mir danach ist.«

»Komm schon! Wie lange sind wir nicht mehr unseren Lieblingsweg gegangen? Du sagst doch immer, wie gut es dir tut, das Hirn auszulüften.«

Ich nicke, weil ich sie sowieso nicht abwimmeln kann.

»Wunderbar!«, jubelt Manu. »Erst spazieren, dann shoppen. Bis mittags sind noch alle Läden offen. Und wie gesagt, du musst mir etwas schenken, das ist deine Aufgabe für heute. Ich will aber nichts Selbstgebasteltes.« Ich lache nun doch, und Manu stößt mir in die Seite: »Auf geht's!«

Sie hechtet vom Tisch und verzieht sich ins Bad.

»Ich weiß, womit man Morgentraurigkeit im Keim ersticken kann«, sagt sie noch, bevor sie die Tür verschließt.

»Bilde dir nichts ein. Außerdem bin ich nicht traurig.«

»Klar, dir geht's super.«

»Keine Problemgespräche, sonst bleibe ich hier!«

Gut dreißig Minuten später sind wir auf dem Weg in die Innenstadt, ich im Parka, sie im Wollmantel mit Kunstpelzkragen. Der Brief bleibt ungeöffnet auf dem Küchentisch liegen.

Während ich versuche, mich auf ihr betont nebensächliches Geplauder zu konzentrieren, spazieren wir an der Alster durch die Kälte, mindestens eine Stunde lang. Dann zerrt Manu mich in ein Café mit der Drohung, sie würde auf der Stelle tot umfallen, bekäme sie nicht augenblicklich etwas Heißes und Kalorienhaltiges zu trinken.

In dem nach Zimt duftenden Raum sitzen Menschen vor Tassen und Kuchentellern zwischen üppiger Weihnachtsdekoration. Unter jedem Stuhl warten unzählige prall gefüllte Plastiktüten darauf, in Richtung Gabentisch getragen zu werden, während die Leute, die den Kampf der letzten Einkaufsmöglichkeit für eine Kaffeepause unterbrochen haben, vor Erschöpfung in sich zusammengesunken auf ihren Stühlen der süßen Sachen harren. Manu und ich sehen uns an, schütteln beide gleichzeitig den Kopf über die sich uns darbietende Szenerie. Wir kichern wie zwei Teenager. Das funktioniert also noch.

Die Bedienung weist uns einen Tisch zu, stellt wenig später Tee und Kakao vor uns ab. Manu wartet, bis sie gegangen ist, und sagt, statt ihre durch die Kellnerin unterbrochene Geschichte vom Besuch eines Berliner Jazzclubs wiederaufzunehmen: »Ich kenne den Absender.«

Ich brauche einige Sekunden, bis ich mich von dem Schrecken erholt habe.

»Was?«

»Ich meine den Ort, Saint-Maclou. Ich weiß, was das ist.«

»Das ist ein Ort?«, sage ich gedehnt, um Zeit zu gewinnen. »Ich dachte, Rouen wäre der Ort und Saint Dingsbums die Straße.«

Manu schüttelt den Kopf: »Nicht Ort im Sinne von Dorf oder Stadt.«

»Wie soll ich das denn jetzt verstehen?«

»Saint-Maclou ist in Rouen, ein Beinhaus, in dem man die Gebeine von Toten aufbewahrt. Außerdem haben sie dort Pestkranke gepflegt. Jan, der Freund, den du auch kennst, war letztes Jahr in dem Beinhaus gewesen. Ist gruselig dort, aber auch schön, jedenfalls hat er das gesagt.«

»Ein Sanatorium für Pestkranke?«

Ich bin zu laut geworden, vom Nachbartisch schaut eine ältere Frau mit Filzhut irritiert zu uns herüber.

Manu senkt die Stimme: »Heutzutage natürlich nicht mehr. Jetzt ist eine Kunstschule darin. Deswegen hatte Jan sich das alles angeschaut. Er zeigte mir auch Fotos, Totentanzszenen in Holz geschnitzt und so was. Es muss ziemlich speziell sein, in diesem Gebäude Kunst zu studieren, wenn du mich fragst.«

»Dann passt's ja.«

Manu schaut mich über den Rand ihrer Kakaotasse an, ein Klecks Sahne klebt auf ihrer Nase, sie sieht lieb aus und besorgt. Fehler, denke ich. Ihn zu erwähnen, ist die Vorlage für ein Gespräch über das, was mit uns gewesen ist, und das ist das Letzte, das ich in diesem Augenblick will.

»Vergiss es einfach.«

Vielleicht bohrt sie einmal nicht nach, doch wenn ich die

Signale ihrer Augen und Mundwinkel richtig deute, ist sie ernsthaft beunruhigt.

»Es ist nicht der erste Brief von ihm, oder?«

»Doch.«

»Lüg nicht!«

»Tue ich auch nicht. Denn wenn es ein Brief ist, was da bei dir auf dem Küchentisch liegt, dann wäre es der erste. Seit ...«

»Was sollte es denn sonst sein, wenn nicht ein Brief? Und woher weiß er überhaupt, dass du bei mir bist?«

Ich trinke meinen Tee aus, stelle die Tasse auf das kleine silberne Tablett mit der Sanduhr und dem Milchkännchen und stehe auf.

»Keine Ahnung, wirklich. Er findet Sachen einfach heraus, darin ist er ein Meister.«

»Setz dich wieder hin, Katia!«

Ich sehe zu ihr hinunter. »Wenn du auf einem Weihnachtsgeschenk bestehst, muss ich jetzt los.«

»Sei nicht albern, das mit dem Geschenk war nicht ernst gemeint. Nimm wieder Platz und erzähl mir, was los ist. Bitte!«

Ich gehe, ohne meine Freundin anzusehen.

Als ich am frühen Abend die Wohnung betrete, liegt der Umschlag noch immer auf dem Esstisch, nicht um einen Millimeter verschoben.

Manu steht am Herd, den Rücken mir zugewandt. Sie dreht sich nicht um, sondern sagt mit leichtem Vorwurf in der Stimme: »Wir bekommen gleich Gäste.«

»Was für Gäste?«

Manu bückt sich, schaut in den Backofen, dann in die Töpfe.

»Okay, es ist deine Wohnung, du musst mir also nicht erzählen, wer zum Essen erscheint.«

Manu fährt zu mir herum und faucht mich an: »Meinst du nicht, dass es für heute reicht? Du hast dich so was von bescheuert aufgeführt. Mitten im Gespräch haust du ab, tauchst Stunden später wieder auf, ohne dass du dich einen Dreck darum geschert hast, ob sich jemand Gedanken um dich machen könnte. Die Mitbewohnerin darf nur hoffen, dass du wieder auftauchst und dich nicht in die Alster gestürzt hast.«

»Manu, du kennst mich, deine Sorgen kannst du dir sparen.«

»Ja, klar, Katia kommt am besten allein zurecht, miteinander sprechen hält sie für maßlos überschätzt, und deshalb darf die beste Freundin auch mitten im Satz sitzen gelassen werden.«

»Manu, so war das nicht gemeint.«

»Du kannst nicht immer alles mit dir ausmachen, niemand schafft das auf Dauer.«

Warum sage ich ihr nicht, dass sie die Erste wäre, mit der ich reden würde, wenn ich denn reden wollte, dass ich aber manchmal ein Schweigen brauche und Platz, viel Platz, zwischen mir und den Dingen, die wehtun? Fange ich zu sprechen an, verliere ich vielleicht den Faden und mich gleich mit. Dass es Manu, die ständig über alles, was sie bewegt, diskutieren will, im Großen und Ganzen damit besser geht, bezweifle ich nicht zum ersten Mal.

In diesem Moment klingelt es mehrmals hintereinander. Manu läuft an mir vorbei und drückt im Flur den Türöffner.

»Ich habe Isabell, Jan und Robert eingeladen«, erklärt sie. »Iss mit uns oder geh wieder, es ist mir egal.«

Wo soll ich denn hin, nach diesem von Traum und Alptraum durchsetzten Jahr, in dem ich gründlich dafür gesorgt habe, dass fast alle, die mir etwas bedeuten, von mir enttäuscht sind?

Von der Wohnungstür her höre ich Stimmen, kurz darauf schiebt sich mir ein Meer von knisternder Plastikfolie entgegen, der faulig-süße Duft von Schnittblumen, die zu lange im Wasser gestanden haben, dann ein schweres, sandelholzlastiges Parfum, als Isabell, eine brünette Gazelle, mir um den Hals fällt, obwohl wir uns kaum kennen.

»Sind wir zu früh?«, fragt sie.

»Macht nichts, wir müssen nur noch den Tisch decken«, antwortet Manu.

Jan und Robert, beide betont lässig in Jeans und Kapuzenpullis, habe ich bislang auch nur selten getroffen. Sie begrüßen mich erfreulicherweise nur per Handschlag. Und während ich frage, ob sie etwas trinken möchten, spüre ich einen leichten Druck zwischen den Schulterblättern, dann Papier, das mir von hinten in die Hand geschoben wird.

Augenblicklich verlasse ich die Küche, renne fast in mein Zimmer, stecke, ohne zu zögern, an der Seite des Umschlags den Daumen hinein und reiße ihn auf.

Manu ist mir nachgegangen, sie steht in der offenen Tür.

»Soll ich gehen?«, fragt sie.

Doch ich habe die Fähigkeit verloren, ihre Frage auch nur zu verstehen. In dem gefütterten Umschlag ist nämlich kein Brief, sondern ein Foto, ein Hochglanzabzug in Farbe, genauso ohne Worte versehen wie die Postkarte vor vier Tagen. Von einer weichgezeichneten Parklandschaft aber diesmal keine Spur.

Aus der Küche klingt Gelächter.

Manu wippt mit den Fußballen auf und nieder, wartet auf eine Antwort, eine Information, doch die zu geben, auch dazu bin ich nicht in der Lage. Denn was ich sehe, ist die Aufnahme einer halb mumifizierten, halb skelettierten Katze, staubig, räudig, die Zähne gebleckt, vorstehende Rippen, die ausgedörrten Gliedmaßen mit einer Kordel zusammengebunden, ein strangulierter Zombie im Haustierformat, absolut widerlich.

Stumm reiche ich Manu das Foto, sie nimmt es, betrachtet es eine gefühlte Ewigkeit, sagt dann heiser: »Das ist eine eindeutige Drohung. Ich ruf die Bullen an!«

»Was ist los?«

Wir beide haben Jan nicht kommen hören, der jetzt hinter Manu im Flur steht. Als wir auf seine Frage nicht eingehen, wird er lauter: »Redet ihr bitte mit mir? Wer bedroht euch? Braucht ihr Hilfe?«

Ehe ich es verhindern kann, hält Manu ihm das Foto unter die Nase. Jan wirft einen Blick darauf und sagt eher belustigt: »Das ist die Katze vom Pesthof, ja und?«

Manu fällt die Kinnlade runter, ich fange an zu lachen.

»Was ist eigentlich euer Problem?« Jan sieht verwirrt aus.

Manu fängt sich als Erste und sagt: »Katia hat einen Ex-Lover, der ihr derartige Horrorsachen zu Weihnachten schickt.«

»Tote Katzen?«

»Das Foto einer gefesselten toten Katze, ebendieses hier.«

Noch immer bin ich nicht fähig, mich am Gespräch zu beteiligen. Erst langsam begreife ich, dass es keinen Brief gibt, keine Worte, keine Sätze, keine Äußerungen der Enttäuschung, keine der Sehnsucht, keine des Bedauerns über den Verlust unserer Liebe und erst recht keine Aufforderung zurückzukommen. Nur ein Bild. Nicht gerade ein schöner Anblick, sicher, aber es ist nichts weiter als ein Foto, von ihm oder von jemand anders aufgenommen. Und wenn ich gar nicht erst versuche, einen Sinnzusammenhang zwischen der bedauernswerten Kreatur und einer möglicherweise daraus folgenden Botschaft an mich herzustellen, muss ich nicht einmal über eine Form der Antwort nachdenken.

»Aber ein krankes Arschloch ist er dennoch!« Manu ist wirklich empört.

Jan zuckt mit den Schultern. »Wieso? Die Katzenmumie hängt in Saint-Maclou in einer Vitrine neben dem Eingang. Und sie ist nicht gefesselt, sondern, wie man auch auf der Aufnahme erkennen kann, an einer alten Kordel in der Mauer befestigt. Jeder fotografiert das, ich war da keine Ausnahme, es gibt sogar Postkarten davon. Soweit ich weiß, hat man im Mittelalter öfter mal was Lebendiges eingemauert, sogenannte Bauopfer. Sollten schlimmes Unheil abwenden.«

Manu schüttelt den Kopf. »Ich bleibe dabei, das ist irre.«

»Es ist vielleicht nicht gerade die geschmackvollste Art, jemandem Weihnachtswünsche zu schicken«, Jan bemüht sich weiter um Verständnis, »aber vom Symbolgehalt her kann man das auch positiv sehen. Eine tote Katze vertreibt böse Geister und hält Krankheiten fern. Die alten Ägypter haben sogar Katzen für ihre Gräber mumifiziert. Bei diesem Tier in Saint-Maclou ist noch immer ein Hauch des alten Grauens zu erahnen, aber wenn man im Innenhof sitzt, überkommt einen ein eigenartiger Frieden. Das ist schwer zu vermitteln, wenn man nicht selbst dort gewesen ist.«

»Frieden, ja?«, hake ich nach.

»Doch. Als ich da war, habe ich lange auf einer Bank gesessen und den Ort auf mich wirken lassen. Durch die Studenten herrscht heutzutage sowieso eine ganz eigene Atmosphäre dort: Staffeleien stehen in den Fenstern, ab und zu hört man ein Radio, und alle, mit denen man ins Gespräch kommt, sind froh, dass sie die Räumlichkeiten zur Verfügung haben. An die Pest denken nur die Feriengäste oder die Nekrophilen unter den Malern. Aber was treibt Katias Liebhaber eigentlich da?«

»Ex«, sagt Manu, »angeblich.« Dabei klatscht sie mir das Foto vor die Brust. »Mehr weiß ich auch nicht.«

Ich greife nicht rechtzeitig zu, und das Foto segelt zu Boden, schlittert einige Zentimeter übers Parkett, bis ich es mit zwei hastigen Schritten erreiche und an mich nehme. Wenn Konrad die Katze gezeichnet hätte, denke ich, dann wäre es wirklich grauenhaft geworden, dann hätte man geglaubt, die Katze noch schreien zu hören, ihren Todeskampf unmittelbar mitzuerleben. Die Aussichtslosigkeit des letzten Aufbäumens wäre in ihrer ganzen Brutalität zu sehen gewesen, und man hätte lange gebraucht, um sich von diesem Anblick zu erholen.

Als ich mich wieder aufrichte, ist Manu fort, wohl zurück in die Küche gegangen.

Jan steht noch in der Tür. Er flüstert: »Hab ich was Falsches gesagt?«

»Nein«, antworte ich. »Im Gegenteil, du warst eine große Hilfe.«

6
Keimbedingungen

An einem Montagmorgen um sieben begann mein erster regulärer Arbeitstag in der Goldbachmühle. Frühstücksdienst. Eine detaillierte Einweisung sei nicht nötig, hatte Carmen gesagt, ich solle mich in der Küche bei Helga melden, der diensthabende Erzieher sei Theo, er werde etwas später kommen. »Alles Weitere ergibt sich, wenn du da bist. Vor neun tauchen in der Regel nur die Bewohner auf, die Gesprächstherapie haben, aber montags steht keine auf dem Plan, du wirst also genug Zeit haben, dir alles anzuschauen und erklären zu lassen und selbst noch in Ruhe einen Kaffee zu trinken, bevor jemand über dich herfällt.«

Die letzte Bemerkung war mit Sicherheit scherzhaft gemeint, was sie aber darüber hinaus konkret bedeuten könnte, beunruhigte mich trotzdem ein bisschen. Niemand dort würde mir an die Gurgel gehen, das war klar, aber mit jedem Schritt, den ich mich nach der Vertragsunterschrift weiter vom Gelände entfernt hatte, waren auch die Zweifel an meiner tatsächlichen Eignung für diese Arbeit wieder größer geworden.

Martin hatte mir mit dem Arbeitsvertrag einen Schlüsselbund ausgehändigt und alles Gute für den Start gewünscht. So stand ich also an diesem Morgen, gerade einmal fünf Tage nach meiner unverhofft erfolgreichen Bewerbung, erneut vor dem alten Klinkerbau, diesmal ermächtigt, die schwere Holztür selbst zu öffnen. Ich betätigte vorsichtig das Schloss, um möglichst wenig Lärm zu machen, trat in den Flur und tastete nach einem Lichtschalter. Nachdem ich es geschafft hatte, Licht zu machen, sah ich mich nach allen Seiten um, damit ich von niemandem überrascht würde. Vor dem Betreten des Hauses hatte ich zwar links um die Ecke geschaut und die Fenster des Außenapartments dunkel und mit Vorhängen zugezogen vorgefunden, dennoch war nicht auszuschließen, dass er mich im Schein der Laterne hatte kommen sehen und über eine direkte Verbindung ins Haupthaus gelangt war, ohne dass ich es bemerkt hatte. Obwohl ich mich selbst ermahnte, diesem eigenartigen Mann keine allzu große Aufmerksamkeit zu schenken und erst recht keine Mutmaßungen darüber anzustellen, was er von mir hielt, wollte ich gewappnet sein. Wogegen genau, konnte ich jedoch nicht sagen.

Im Flur war niemand. Aus der Küche drang das Scheppern von Blech, dazu Radiomusik, irgendein Klassik-Sender, dann der Gong für die Sieben-Uhr-Nachrichten. Ich klopfte, wartete. Nichts tat sich. Ich klopfte noch einmal.

»Geh einfach rein, sie hört dich nicht.«

Erschrocken fuhr ich zusammen und drehte mich der Stimme zu, die ich hinter mir gehört hatte.

Das dünne blonde Mädchen mit den tiefen Schatten unter den Augen sah an diesem Morgen noch verhungerter und erschöpfter aus als vor ein paar Tagen. Trübe schaute sie auf einen Punkt, der sich etwa zehn Zentimeter rechts von mir befand.

»Guten Morgen, Suse. Freut mich, dass schon jemand auf den Beinen ist. Heute ist meine erste Schicht, und ich bin sehr gespannt, wie das alles so läuft bei euch«, sagte ich in bester Absicht.

Suse beeindruckten meine Worte wenig bis gar nicht. Sie

schüttelte den Kopf und schlurfte davon. Auf dem Absatz zur Treppe, die ins Obergeschoss führte, blieb sie stehen und blaffte mich über die Schulter hinweg an: »Schicht nennst du das? Die Erzieher sind also schon beim Fabrikvokabular angekommen, das ist ja ermutigend. Ich hab 'ne Schraube locker, und du drehst sie in deiner Schicht wieder rein, da kann ich mich aber freuen.«

»Das ist Schwachsinn.«

Unreflektiert, unnötig heftig, zu laut, dachte ich und stellte mir die sorgfältig alle Fehler protokollierende Gestalt meiner ehemaligen Mentorin vor.

Suse zuckte kurz zusammen, warf dann aber mit einer heftigen Bewegung des Kopfs ihre Haare nach hinten und schob das Kinn trotzig vor. Alles Trübe in ihrem Blick war schlagartig einer schneidenden Schärfe gewichen.

»Du wagst es, mich schwachsinnig zu nennen?«

Sieben Uhr morgens war entschieden zu früh, um die erlernten Deeskalationstechniken auch nur in Erwägung zu ziehen, also schoss ich zurück: »Schwachsinn nenne ich nur das, was du gerade von dir gegeben hast. Ich kann mir so einen Mist am frühen Morgen nicht anhören! Schönen Tag noch!«

Suse schnellte herum und stürmte die Treppe hinauf. Oben knallte eine Tür, jemand schrie: »Ruhe, verdammt!«

Was für ein Auftakt!

Aus meiner Hosentasche kramte ich einen Gummiring, band mir mein Haargewirr im Nacken zusammen, das zu bürsten ich in der Eile des frühmorgendlichen Aufbruchs vergessen hatte. In den nächsten Stunden, das nahm ich mir wenigstens vor, wollte ich ruhig und besonnen bleiben und vor allem nichts persönlich nehmen, was immer passieren mochte.

»Es besteht auch beim geschulten Fachpersonal die stete Gefahr, dass die Rationalität zugunsten der Emotionalität verloren geht«, hatte mein Lehrbuch aus dem ersten Semester mich wissen lassen. »Daher ist es unter allen Umständen geboten, an seine eigene Rationalität zu appellieren, um eine unnötige Emotionalisierung der jeweiligen Situation zu vermeiden.« Die Prüfung darüber hatte ich ein halbes Jahr zuvor erfolgreich abgelegt. An diesem Morgen aber wäre ich mit Getöse durchgefallen.

Energisch griff ich nach der Klinke. Die Küchentür ging viel leichter auf, als ich anhand ihres massiven Aussehens vermutet hatte, sodass ich förmlich in den Raum hineinfiel. Eine stattliche Mittfünfzigerin in weißer Arbeitsschürze und mit Kopftuch hantierte mit einem Kaffeefilter von der Größe eines Ochsenkopfs herum. Dampf zischte aus einem Kessel, der auf der Kochstelle stand, und tauchte die Frau in wabernde Nebel. Im Radio verkündete ein Sprecher Sonnenschein und frühlingshafte Temperaturen bis zu vierzehn Grad.

»Frühstück gibt's, wenn ich es sage!« Die Köchin warf einen kurzen Blick über die Schulter, fuhr dann ganz zu mir herum und sagte: »Du lieber Himmel!«

»Was denn?«

Sie deutete auf ihr Kopftuch, dann auf mich: »Du siehst aus wie die große Schwester vom kleinen Wassermann.«

»Ach so das ...«

Sie fiel mir ins Wort: »Macht ja nix. Meine Kinder haben den kleinen Wassermann sehr gemocht. Neu hier?«

»Ja, mein erster Tag heute.«

»Bulimie?«

»Was? Äh ... nein ... ich ...«

»Nicht schlimm. Hier wirst du essen und normal sein oder wieder zurück in die Klinik gehen, so einfach ist das.«

»Ich komme nicht aus der Klinik, ich arbeite hier.«

Sie sah mich über den Rand ihrer vom Dampf beschlagenen Brille an, aus dem Radio dudelte jetzt die Titelmusik von *Titanic*.

»Kein Witz?«

»Vielleicht wird's ein Witz, aber fürs Erste habe ich einen ernst gemeinten Arbeitsvertrag unterschrieben«, entgegnete ich, vielleicht eine Spur trotziger, als es ihrem Alter angemessen war.

Sie drehte sich wieder zum Kessel, wuchtete den Riesenfilter auf einen verbeulten, sich nach oben hin verjüngenden Thermobehälter mit Ablasshahn, der auf einem Servierwagen neben der Kochstelle stand. Außerdem waren an die zehn Warmhaltekannen bereitgestellt, aus denen es ebenfalls dampfte.

»Helga Schäfer mein Name.«

»Du bist sicher die Köchin.«

»Ich könnte deine Mutter sein, also duz mich nicht einfach.«

Während sie redete, griff sie nach einer Büchse von ebenfalls riesigen Ausmaßen, die sich über ihr im Regal befand. Mit Schwung kippte sie eine großzügig bemessene Menge Kaffee in den Filter, hielt kurz inne, schüttete noch etwas nach.

»Ich dachte, hier duzen sich bis auf den Professor alle.«

Helga Schäfer stöhnte entnervt auf: »Hier macht jeder, was er will.«

»Wie auch immer, ich bin Katia, die neue Jahrespraktikantin.« Ich lächelte und streckte die Hand aus.

Einen Augenblick lang betrachtete die Köchin mich mit zusammengekniffenen Augen und spöttisch gekräuselten Lippen, dann glätteten sich ihre Gesichtszüge, und sie schlug ein: »Was soll's. Ich bin Helga. Freut mich, dass du hier bist, auch wenn mir ruhig mal jemand hätte Bescheid sagen können, dass du kommst. Hoffentlich hast du nicht zwei linke Hände wie dieser Theo, ich könnte nämlich Hilfe brauchen.«

Mein Arm wurde durchgeschüttelt.

Martin hielt mich später dazu an, auch die Köchin als Teil des pädagogischen Personals zu betrachten. Er sagte, er wolle keine Hierarchie unter den Mitarbeitern. Im Übrigen stecke er die einst als Hysteriker diagnostizierten Neuzugänge während ihrer Probezeit regelmäßig zum Hilfsdienst in die Küche. Hätten sie sich ein paar Tage an Helgas ruppiger Art abgearbeitet, ohne die Nerven zu verlieren, seien sie Mühlen-tauglich.

Diese »Einbindung von lebenspraktisch statt nur psychologisch-pädagogisch geschultem Personal in den Betreuungs- und Behandlungsplan«, wie es in der offiziellen Beschreibung für Stifter und Spender hieß, war nur eine von vielen »alternativen Methoden«, die in der Goldbachmühle zur Anwendung kamen und um derentwillen Martin sich in regelmäßigen Abständen Verbalschlachten mit seinem Bruder lieferte.

Theo, der Erzieher, hatte am Morgen meines ersten Dienstes verschlafen, wie sich bald herausstellte, und so blieben Helga und ich mit dem Frühstücksdienst zunächst allein.

»Was kann ich tun?«, fragte ich.

Die Köchin warf mir eine frische Schürze vor die Brust und sagte: »Der Frühstücksdienst macht immer die Kalte Küche, zweiter Kühlschrank links, Fleisch und Milchprodukte bitte auf getrennten Platten anrichten.«

Zwanzig Minuten später schob ich einen Servierwagen mit Aufschnitt, Käse, Brot, Quark und Marmeladengläsern in den von der Morgensonne durchfluteten Speiseraum. Ich richtete Tellerstapel und Besteck, stapelte Tassen auf einem weiteren

Wagen, auf dem schon der Wärmebehälter mit dem für Heimverhältnisse erstaunlich starken Kaffee und die Kannen mit Teewasser abgestellt waren. Meine erste feste Stelle als pädagogische Fachkraft begann also als Kaltmamsell, was mir allerdings richtig Freude machte.

Gegen halb neun ging ich zu einem der Fenster, eine Tasse Kaffee in der Hand, den Blick auf die Treibhäuser gerichtet. Die Schubkarre mit den Gartenabfällen und die Harke standen noch genauso malerisch in der Gegend herum wie fünf Tage zuvor. Ich fühlte mich wohl, und die Zweifel an meiner Kompetenz zogen sich wieder in ihre Löcher zurück, während ich die Schönheit der Aussicht genoss. Die Wiese vor dem Haus glitzerte feucht, eine Krähe stolzierte über den Kiesweg, die Pferdekoppeln hinter den Treibhäusern waren leer und von Dunstschwaden verhangen. Carmen wollte mir heute den Garten und das übrige Gelände zeigen, aufgrund der hereingebrochenen Dunkelheit hatte ich all das bei meinem letzten Hiersein nicht mehr zu sehen bekommen. Ich fragte mich, ob ich sie daran erinnern durfte, wenn sie nicht von sich aus daran dachte.

In der Küche wurde die Spülmaschine zugeknallt, danach hörte ich Helga rufen: »Vergiss nicht, die Therme an die Steckdose anzuschließen, der Kaffee wird sonst kalt.«

»Hab ich bereits gemacht.«

»Mal jemand, der mitdenkt. Sehr schön!«

Dankbar für das Lob beschloss ich, weitere Hilfe in der Küche anzubieten und die Köchin ein wenig auszufragen. So könnte ich mir einen Wissensvorsprung verschaffen, der mich vor dem einen oder anderen Fehlgriff bewahrte. Beschwingt von meiner Idee, drehte ich mich auf dem Absatz herum.

Da sah ich ihn. Lässig stand er an den Türrahmen gelehnt, in schwarzer Jeans und blütenweißem T-Shirt, mit einem Handtuch um den Hals, auf das sein noch vom Duschen feuchtes Haar fiel. Seine Augen waren auf mich gerichtet, glitten aber sofort weg, als unsere Blicke sich trafen. Ich fragte mich, wie lange er schon so dagestanden hatte und ob ich vielleicht etwas Bescheuertes gemacht oder womöglich vor mich hingemurmelt hatte. Drückte der Zug um seinen Mund nicht einen Hauch Verachtung aus?

»Guten Morgen, Konrad«, sagte ich knapp, um ihn meine Unsicherheit nicht spüren zu lassen.

Er nickte vage, löste sich vom Türrahmen und setzte sich langsam in Bewegung. Scheinbar ohne sich auch nur im Geringsten mit mir beschäftigen zu wollen, schlenderte er zur Küchendurchreiche, lehnte sich mit beiden Ellenbogen auf die Holzplatte und steckte seinen Kopf durch die Öffnung.

»Grüß dich, Helga! Alles klar bei dir?«, rief er mit einer Ungezwungenheit, die ich ihm nicht zugetraut hätte.

Ich hörte, wie die Köchin den Gruß gut gelaunt erwiderte, sah, wie er ihr durch die Öffnung zuwinkte und sich dann wieder zu voller Größe aufrichtete. Danach ging er noch immer mit der gleichen provozierenden Langsamkeit zum Servierwagen, fischte sich ein Brötchen aus dem Korb und wandte sich nun an mich.

»Sieh mal einer an, die neue Mitarbeiterin so früh am Tag schon so emsig bei der Arbeit. Aber was tut sie da genau? Meditiert sie? Denkt sie über die Ungerechtigkeit der Welt nach? Löst sie ein Rätsel der Menschheit?«

Sein herablassender Ton klang definitiv nach Beleidigung.

»Ich habe fünf Minuten Pause gemacht, weil in der Küche alles erledigt war.« Dass ich mich ihm gegenüber verteidigte, ärgerte mich fast mehr als sein hochnäsiges Gerede.

»Ah, sie ruht sich nur von ihrem schweren körperlichen Einsatz aus. Sind die Eier denn hart oder weich?«

Arroganter Arsch, dachte ich und beobachtete, wie er seine Finger in das Brötchen grub, es in der Mitte aufriss und eine Kugel aus weichem weißem Teig formte.

»Ich habe die Eier weder probiert noch gekocht«, gab ich nicht eben freundlich zurück und rauschte an ihm vorbei, um ihm nicht auch noch die Inszenierung eines lässigen Abgangs zu gönnen. Ich wusste selbst nicht, warum er mich so schnell auf die Palme brachte. Aber nachdem ich gehofft hatte, in ihm einen Verbündeten zu finden, so etwas wie einen Türöffner zu den anderen, zu Erziehern und Bewohnern gleichermaßen, war mir die Art, wie er an diesem Morgen mit mir sprach, schwer erträglich. Er hatte Carmen doch zugeredet, mich einzustellen, war von meiner Eignung für den Job überzeugt gewesen, hatte sich für mich interessiert, ein ganzes Vorstellungsgespräch in Szene gesetzt. Und jetzt sprach er mit mir, als wäre ich eine ihm untergebene Reinigungskraft.

In der Tür stieß ich heftig mit Mischa zusammen, der aufschrie und einen Satz nach hinten tat.

»Was willst du von mir? ... Was denn?«, stotterte Mischa und hielt die Arme vor sich, als rechnete er mit weiteren Angriffen meinerseits.

»Pardon, ich habe dich nicht gesehen, das ist alles.«

»Kannst du nicht aufpassen? Du hast mir wehgetan! Warum machst du das? Warum?« Mischas Stimme kippte, er atmete schnell und rasselnd, starrte den Boden an, wobei er heftig den Kopf schüttelte.

»Ich habe dich nicht mit Absicht angerempelt.«

Noch immer schüttelte er in diesem irren Tempo seinen Kopf, wie ein Roboter mit Funktionsstörung, zischte unverständliche Worte vor sich hin, war leichenblass. Ich hatte Sorge, er könnte einfach umfallen oder auf mich losgehen, sobald er in die Gegenwart zurückkehrte. Beides schien im Bereich des Möglichen zu liegen, und ich wusste weder, welche Variante schlimmer wäre, noch, was ich jetzt tun sollte.

»Hey, Alter! Ganz ruhig, beruhige dich. Sie hat sich entschuldigt, alles halb so wild, komm wieder runter. So ist es gut.«

Ich wusste nicht, wie er das machte, es grenzte an Zauberei. Konrad gab seiner Stimme einen dunklen, samtenen Ton, der, obwohl sehr leise, vor allem zu Mischa durchdrang. Dessen Anspannung ließ augenblicklich nach. Seine Schultern und Arme lockerten sich, er rieb sich verlegen die Ellenbogen, bekam sogar wieder Farbe im Gesicht. Dann schaute er mich verlegen lächelnd an.

»Hab mich bloß erschrocken. Das passiert mir öfter. Tut mir leid, Katia.«

»Mir tut es leid, Mischa, ich wollte dir keine Angst einjagen.«

»Hab 'ne Macke, was das angeht, musst du wissen.«

»Ich bin voll in dich reingerannt, da braucht man keine Macke zu haben, um Panik zu bekommen.«

Mischa verzog den Mund zu etwas wie einem Grinsen. »Geht mir schon wieder gut.«

Gerade wollte ich mich zu Konrad wenden, um ihm zu danken, da spürte ich ihn. Er war viel zu nah, näher als es in dem verhältnismäßig breiten Türrahmen des Speisesaals hätte sein müssen. Er strich an mir vorbei, und ich war im ersten Moment so überrascht, dass ich nicht einschätzen konnte, ob er tatsächlich einen Finger meinen Rücken entlanggleiten ließ oder ob ich mir die Berührung nur einbildete.

»Dann mal weiterhin einen guten ersten Arbeitstag«, sagte er, als wäre nicht das Geringste vorgefallen.

Auf dem Treppenabsatz gegenüber standen Beate und Helmut, die die Szene verfolgt hatten und mich mit offenen Mündern anstarrten.

»Was ist?«, fragte ich, nachdem die Haustür hinter Konrad zugefallen war.

»Nichts, man wird sich ja wohl noch wundern dürfen«, sagte Beate.

»Worüber wundert ihr euch denn?«, wollte ich wissen.

Helmut antwortete mit einer Gegenfrage: »Wieso läuft Konrad so früh am Morgen hier rum?«

»Er hat sich ein Brötchen geholt«, erwiderte ich.

»Seit wann frühstückt er etwas?«

»Woher soll ich das wissen, ich bin neu hier.«

Helmut nickte, kam dann mit ausgestreckter Hand auf mich zu und sagte: »Ach ja, richtig. Herzlich willkommen!«

Ich erwiderte die Begrüßung, während Beate stumm blieb, als sie an mir vorbei den Speisesaal betrat.

»Weißt du, ob der Kaffee fertig ist?«, fragte Helmut, obwohl der ganze Raum bereits danach duftete.

»Seit einer halben Stunde.«

»Dann hol ich mir mal einen.«

Ich überlegte, wie viel erzieherischer Einsatz gleich zu Beginn von mir erwartet wurde. Aber da Theo, der mich bezüglich der weiteren pädagogischen Betätigungsfelder hätte anweisen können, noch immer nicht aufgetaucht war, entschied ich, Carmens Ausführungen zur Förderung von Autonomie und Eigenverantwortung der Mühlenbewohner dahingehend auszulegen, dass ich sie selbst bestimmen ließ, wie und auf welche Weise sie auf mich zukommen wollten. Ohne mich um irgendetwas oder irgendwen zu kümmern, begab auch ich mich wieder in den Speiseraum, holte mir eine weitere Tasse Kaffee. Dabei fiel mein Blick auf die Stelle, wo vor fünf Tagen noch Konrads Zeichnung gehangen hatte. Jemand hatte sie gegen eine andere ausgetauscht. Statt des monströs-verformten Körpergewirrs befand sich jetzt die Skizze eines vom Wind gebeugten Baums in dem kleinen Goldrahmen. Für einen kurzen Moment dachte ich, dass dieser Wechsel etwas mit meinem Auftauchen zu tun hatte, gleich darauf erklärte ich mich aber für völlig überspannt.

Am Fenster setzte ich mich auf einen Platz, wobei ich darauf achtete, dass ich mit einem Auge die Tür im Blick behielt.

Helmut kam mit einem voll beladenen Tablett näher, fragte: »Kann ich mich zu dir setzen?«, und ließ sich mir gegenüber am Tisch nieder, ohne auf mein Einverständnis zu warten. Zum Glück waren er, Beate und Mischa nicht an einer Frühstückskonversation interessiert, sodass ich in Ruhe beobachten konnte, wie nach und nach die anderen Bewohner auftauchten, mehr oder weniger verschlafen, und sich über den Servierwagen hermachten.

Manfred, der mich bei unserer ersten Begegnung an einen gutmütigen alten Tanzbären erinnert hatte, nahm mich eher achselzuckend zur Kenntnis, Ada grüßte, ohne einen Augenkontakt herzustellen, Suse ließ sich wider Erwarten zu einem trägen »Hey« herab. Bei allen war eine gewisse Wachsamkeit zu spüren, in den Blicken und Gesten, in der verhaltenen Art, wie sie ihre Gespräche anfingen.

Gerade war ich bei meiner vierten Tasse Kaffee angelangt, als ein zerknittert aussehender Mann in den Dreißigern hereinstürmte, fahrig in die Runde winkte, sich einen Becher vom Servierwagen schnappte und ihn bis oben hin mit schwarzem

Kaffee füllte. Noch vor der Therme stehend schlürfte er geräuschvoll etwas vom Rand ab, steuerte dann auf mich zu, wobei er eine Spur von Kaffeetropfen hinter sich herzog. Er stellte seine übergeschwappte Tasse neben meiner ab, grinste mich an und reichte mir ohne Umschweife eine schweißwarme Hand.

»Du bist sicher die Neue. Guten Morgen, ich bin Theo Heinemann. Wie ich sehe, seid ihr ohne meine Hilfe klargekommen. Super, mach weiter so!«

Das war alles, was Theo mir zu meiner Arbeitseinführung erzählte. Der Erzieher hatte eine halbe Stelle, die er notdürftig mit Anwesenheit zwischen sieben und elf ableistete, in der Regel damit beschäftigt, nach dem Frühstück im Erzieherbüro das selten klingelnde Telefon zu bedienen und dem Hirsch neue Wollfäden ins Geweih zu flechten. Carmen und Martin ließen ihn gewähren, froh, die morgendliche Aufsicht damit zumindest formal abgegeben zu haben. Für die Einhaltung der jeweiligen Therapietermine oder sonstiger tagesstrukturierender Maßnahmen hatte ich zu sorgen, sofern ich morgens bereits im Dienst war, ansonsten musste es auch so laufen. Die meisten Therapien begannen sowieso erst ab elf, und wer etwas außerhalb der Mühle zu erledigen hatte, musste ohnehin gelernt haben, den Tag ohne Anschub durch die Betreuer zu gestalten.

Man dürfe Theo keinen Druck machen, instruierte mich Martin später, der habe es schwer genug gehabt in seinem bisherigen Leben. Ich solle ihn einfach gewähren lassen, seinen Anweisungen folgen, sofern sie mir sinnvoll erschienen, und mich im Zweifel an Helga oder notfalls auch an Konrad wenden. Nur wenn ich den Eindruck hätte, Theo verhalte sich besonders merkwürdig, solle ich umgehend Bescheid geben, sofort ihn oder Carmen aufsuchen, selbst wenn ich sie dafür wecken müsse.

»Verhält Theo sich denn gelegentlich merkwürdig?«, fragte ich.

»Seit ungefähr vierzehn Monaten nicht mehr. Wir mussten Hajo trotzdem versprechen, ihn im Auge zu behalten. Sozialkontrolle, du verstehst schon ...«

»Nicht wirklich.«

»Theo ist trockener Alkoholiker, ich erwähne das bloß für alle Fälle. Er hat das aber im Griff.«

Theo durfte nur unter der Bedingung, dass er nicht trank und einer geregelten Arbeit nachging, alle vierzehn Tage am Wochenende seine beiden Kinder sehen. Die zuständige Dame vom Alsfelder Jugendamt, die auch mit der Hedwig-Beimer-Klinik und der Goldbachmühle zusammenarbeitete, hatte Martin vor etwa anderthalb Jahren Theos Schicksal dargelegt, nachdem vom Förderverein gerade eine halbe Erzieherstelle bewilligt worden war. Martin hatte darin eine Möglichkeit zur Rettung einer weiteren Person gesehen. Am Tag vor Theos Entlassung aus der Entzugsklinik war er bei ihm aufgetaucht, hatte ihn in der Mühle durch die Abstimmung geschleust und den protestierenden Hajo vor vollendete Tatsachen gestellt. Ich war also nicht die Einzige, deren Anstellung ohne den Segen des Herrn Professor stattgefunden hatte. Konrad vertrat die Ansicht, dass Theo genauso ein Pflegefall wie alle anderen sei, nur dass er auf der Gehaltsliste stünde.

Mit Lena, der Gärtnerin und Arbeitstherapeutin, die in einem Bauwagen hinter den Treibhäusern lebte, verhielt es sich ähnlich, abgesehen davon, dass sie hervorragende Arbeit machte und längst unentbehrlich für den Heimalltag geworden war.

Auf die eine oder andere Weise waren die meisten von uns

angeschlagen, hatten ihre »ganz eigene Geschichte«, um es mit Carmen zu sagen, aber vielleicht qualifizierte uns gerade das für die Tätigkeit in der Mühle. Jedenfalls schloss ich nicht aus, dass Carmen und Martin bewusst diese Ansicht vertraten und dementsprechend ihre Personalentscheidungen trafen. Martin sagte einmal: »Die Klarmacher und Durchstarter, die sofort zu allem eine Meinung beitragen können, sind bei uns falsch. Wir bewegen uns auf dünnem Eis, und wer da allzu fest mit dem Fuß aufstampft, wird es eher zum Einbrechen bringen als einer, der sich behutsam vortastet.«

Lena lernte ich gegen Mittag kennen, als ich mit Carmen über das Gelände ging. Sie hatte sich daran erinnert, dass sie es mir zeigen wollte, ich musste gar nicht darum bitten. Lena longierte gerade ein braun-weiß geschecktes Pony auf der Reitbahn, die sich neben den Ställen an der vom Haus abgewandten Seite der Treibhäuser befand. Als sie uns entdeckte, stoppte sie das Pony auf Zuruf. Es gehorchte augenblicklich, kam direkt auf sie zugetrabt und holte sich eine Belohnung ab. Lena lief über die Koppel zu uns herüber, das dicke Pony folgte ihr auf den Fersen.

»Das ist Katia, von der ich dir erzählt habe«, stellte Carmen mich vor.

Lena legte eine Hand an den Hals des Tieres, wischte sich die andere an der Latzhose ab und reichte sie mir mit den Worten: »Freut mich, dass du bei uns mitmachst. Ich kümmere mich ein bisschen um die Tiere und den Garten und wohne auch auf dem Gelände. Mein Wagen steht dort drüben.«

Sie zeigte in Richtung des größeren der beiden Treibhäuser. Ich folgte ihrer Hand, und in der Ferne konnte ich so etwas wie eine Bretterwand durch das Glas schimmern sehen.

Lena lachte. »Ja, den meine ich. Ich mag keine feststehenden Häuser, sie machen mir Angst. Aber im Wagen lasse ich es mir gut gehen, der pure Luxus, alles Handarbeit, schau es dir gelegentlich an.«

»Mache ich auf jeden Fall!«

Lena war mir mit ihren unter einer dicken Wollmütze hervorquellenden Locken und der geflickten Latzhose über einem karierten Holzfällerhemd vom ersten Moment an sympathisch. Ich bin also optisch nicht der einzige Freak hier, dachte ich. Mit dieser Arbeitsstelle schien ich tatsächlich am richtigen Ort gelandet zu sein.

»Von wegen, sie kümmert sich ein *bisschen* um Tiere und Garten«, sagte Carmen. »Glaub ihr kein Wort. Lena ist eine der Säulen unseres Betriebs: Tiergestützte Therapie, Motopädagogik, Beschäftigungstherapie, Tier- und Landschaftspflege, das geht alles auf ihr Konto.«

»Nur weil du in deinem Hochglanzprospekt mit schicken Vokabeln angeben wolltest und ich leidlich mit Viechern und Blumen umgehen kann, musst du mich vor der Kollegin nicht als arbeitssüchtig darstellen«, versuchte Lena abzuschwächen.

Carmen aber setzte ihre Lobeshymne fort: »Sie kann hexen, alles, was sie anfasst, fängt bald darauf an zu wuchern oder zu blühen. Es würde mich nicht wundern, wenn sie heimlich sogar die Wachstumsrichtung der Pflanzen beeinflusst, so perfekt stehen sie immer da.«

Lena zeigte Carmen einen Vogel, was Carmen noch mehr ansporante: »Und als Therapeutin ist sie ein Genie. Du hättest dabei sein sollen, wie sie Ada zum Reden brachte. Dieser zu Fels erstarrte Koloss, der sich plötzlich in ein kleines Mädchen verwandelte, das sein Gesicht in der Mähne eines Ponys vergrub und von seinen Ängsten zu erzählen begann …

Ich bekomme noch heute eine Gänsehaut, wenn ich nur daran denke.«

Carmen schloss mit der dann ziemlich nüchtern vorgebrachten Äußerung, was für ein Glück sie gehabt hätten, dass Lena sich beim Drogenhandel habe erwischen lassen. Ohne die folgende Haftstrafe hätte sie mit ihren Qualifikationen ganz andere Möglichkeiten gehabt.

Mir fiel die Kinnlade runter. Wie konnte Carmen so ungeniert vor einer neuen Mitarbeiterin von Lenas Gefängnisaufenthalt sprechen? Aber die beiden Frauen lachten darüber wie über einen gelungenen Witz.

»Ihr verarscht mich doch, oder?«

»Nun tu mal nicht so unbedarft«, sagte Carmen schnippisch. »Für eine, die vor nicht allzu langer Zeit selbst wegen Drogenkonsums aus einer Hamburger Fachschule geflogen ist, klingt das etwas befremdlich.«

»Ich wollte doch gar nichts sagen ... Ich meine ... Woher weißt du das überhaupt?«

Carmen wurde sofort milder, als sie meine Bestürzung sah.

»Selbstverständlich habe ich mich bei Direktor Scherer erkundigt, warum es nötig war, dich mitten im laufenden Schuljahr aufzunehmen. Glaubst du, ich kaufe die Katze im Sack?« Dann wandte sie sich Lena zu: »Sie hat auf dem Schulhof gekifft.«

Lena kicherte: »So was Bescheuertes!«

Ich wollte protestieren, ließ es aber bleiben, als ich in Carmens Gesicht schaute.

»Jetzt guck nicht so, du hast deine zweite Chance ja genutzt. Aber eins sag ich dir, auf dem Mühlengelände wird nicht gekifft, ist das klar?«

Ich nickte, unfähig, ein Wort zu sagen.

»Willkommen im Club!«, feixte Lena und schlug mir so fest auf den Rücken, dass ich beinahe das noch immer seelenruhig auf weitere Anweisungen wartende Pony rempelte.

»Dann hätten wir das auch geklärt«, sagte Carmen aufgeräumt. »Und nun zeigt uns Lena vielleicht ihr Reich?«

Wir überquerten die Reitbahn und die daran angrenzende Wiese, das Pony ging einfach mit. Ich brauchte eine Weile, bis ich meine Sprache wiedergefunden hatte, nicht weil Carmen mich mit ihrer unverblümten Art schockiert hätte, im Gegenteil: Ich war hingerissen! Von Carmen, von Lena, von der Art, wie sie miteinander und mit mir umgingen, von der Aussicht auf all das, was in den nächsten Monaten auf mich wartete, und sogar von dem lustigen dicken Schecken, der so unbeirrt neben seiner Chefin trottete.

»Der Kollege hier heißt übrigens Bobby, meine beste Fachkraft«, erklärte Lena. »Mit ihm habe ich noch jeden aufs Pferd bekommen. Die anderen tierischen Mitarbeiter sind dort drüben, ich werde euch mal bekannt machen.«

Sie führte uns zu einer Gruppe von Pferden und Ponys, die sich alle als äußerst zugänglich erwiesen. Eine schlanke Fuchsstute rieb den Kopf an meinem Arm, ich kraulte ihr die Mähne, rupfte eine Handvoll frisches Gras, gab es dem Tier, dessen weiche Nüstern in meiner Handfläche kitzelten.

»Du hast nicht das erste Mal mit Pferden zu tun, oder?«, fragte Lena.

»Meine Mutter war eine begeisterte Reiterin.« Damit hatte ich ihre Frage nicht beantwortet. Aber kaum hatte ich es ausgesprochen, hätte ich die Äußerung gern wieder zurückgenommen. Auf keinen Fall wollte ich etwas Persönliches von ihr erzählen, von dieser Frau, die hauptsächlich als Fehlstelle existierte, wenn denn eine Fehlstelle überhaupt existieren konnte. Ich fing einen Seitenblick von Carmen auf, vermied aber, ihn zu deuten.

»Du selbst reitest nicht?«, fragte Lena.

»Seit meinem zehnten Lebensjahr habe ich auf keinem Pferd mehr gesessen.«

Zu meiner Erleichterung ließen sowohl Lena als auch Carmen das Thema fallen.

Lena führte Bobby zu den anderen Ponys auf die Weide und brachte uns nun zu den Treibhäusern, zwei lang gestreckten Glasbauten. Im Kalthaus wurden Gemüse, Salat und Schnittblumen angebaut, das Warmhaus erschien mir wie der direkte Ableger des Garten Eden, und das sagte ich Lena auch. Sie erwiderte: »Ach was, das ist ein ganz normales, ziemlich unordentliches Gewächshaus.«

Von den dicht mit Töpfen unterschiedlichster Größe vollgestellten Brettern und übereinandergestapelten Holzkisten wucherte es in allen Grünschattierungen wie in einem tropischen Wald. Dazwischen waren Regale montiert, auf denen Hunderte von kleinen Töpfen nach Farbe der Blüten sortiert standen, kleine Inseln in Gelb, Blau, Pink, Lila oder Feuerrot.

»Demnächst pflanzen wir alles aus«, erklärte Lena. »Die ganze Belegschaft rutscht dann einen Nachmittag auf den Knien herum und legt die Sommerbeete an. Falls du mitmachen willst ...«

»Na klar.«

Hinter einem gewaltigen Ficus, der fast den gesamten Durchgang versperrte, bewegte sich etwas.

Lena rief: »Helmut, bist du schon da?«

Der Ficus raschelte, dann schob sich Helmut Jaspersen durch das Grün, die Hände voller Erde, die Wangen gerötet, äußerst zufrieden.

»Ich habe schon angefangen«, sagte er.

»Lass mal sehen!«

Lena verschwand hinter ihm durch das Gesträuch.

Carmen wartete, bis beide sich weit genug entfernt hatten. Danach erzählte sie mir mit gesenkter Stimme, dass Helmut sich als Bewohner der ersten Stunde ein ständiges Bleiberecht in der Mühle erworben hätte. »Eigentlich ist es nicht vorgesehen, dass jemand so lange hier wohnt, aber alle Versuche, Helmut in ein selbstbestimmtes Leben zu entlassen, sind bislang komplett gescheitert. Immer wieder rastete er aus. Laut unseren Statuten hätten wir ihn nicht wieder aufnehmen dürfen, und Martin musste hart mit seinem Bruder darum kämpfen. Aber Helmut hält es nirgendwo anders aus. Vielleicht müssen wir uns einfach damit abfinden.«

Sie sah die Besorgnis in meinem Gesicht und fügte hinzu: »Achte einfach darauf, dass er sich nicht aufregt, dann ist er der netteste Mensch der Welt.«

»Aber wie soll ich das tun, wenn ich nichts über seine Reaktionsweisen weiß?«, fragte ich nach.

Carmen seufzte. »Da ist natürlich etwas dran.«

Ich erwartete weitere Informationen über Helmut, aber sie sagte nur: »Komm mit, ich zeige dir was.«

Wir schoben uns ebenfalls am Kübel mit dem Ficus vorbei, und ich sah Helmut und Lena Seite an Seite über eine Schale mit winzigen Pflänzchen gebeugt. Er brachte die zarten Keimlinge mithilfe eines Holzstäbchens so behutsam in die Erde, dass es unmöglich war sich vorzustellen, dass dieser Mann durchdrehen konnte.

Carmen sah mich bedeutungsvoll an: »Verstehst du jetzt, was ich meine?«

Es war rührend, Helmut dabei zu beobachten, wie er die

Setzlinge behandelte. Aber ich begriff trotzdem nicht, was sie mir damit mitteilen wollte. Dass jemand in bestimmten Situationen die Ruhe selbst war, unter anderen Umständen jedoch total die Beherrschung verlor, wusste Carmen besser als ich.

Mehr aus Verlegenheit denn aus einem wirklichen Wissen heraus sagte ich: »Du meinst, ich soll die Bewohner hier einfach machen lassen? Die richtigen Aufgaben für sie finden?«

»So ungefähr. Vertrau, soweit du kannst, in die Kräfte, die jeder Einzelne mitbringt. Sie alle wären nicht hier, wenn sie die nicht hätten, und genau die gilt es zu mobilisieren, jeden Tag ein bisschen mehr. Geh dabei kreativ, mutig und vor allem angstfrei vor. Sobald man in unserem Job Ängsten nachgibt, hat man verloren.«

Lena hatte Carmens Worte mitgehört und mischte sich ein. »Was redest du denn da von Angst bei der Arbeit? Das ist Mist und bringt Unglück.«

Plötzlich kam es mir vor, als würde ich Lena schon lange kennen.

Gleich darauf wandte sie sich wieder ihrem »Lehrling« zu: »Hast du noch Zeit, die Rosen zu wässern, wenn du hier fertig bist, Helmut?«

Der Angesprochene nickte abwesend.

»Macht er allein weiter?«, fragte ich, nachdem klar war, dass das Thema Angst nicht weiter vertieft wurde.

»Klar, warum nicht«, erwiderte Lena.

»Gelegentlich würden wir dich gern als Unterstützung für Lena heranziehen, kannst du dir das vorstellen?« Carmen hatte mich wieder ins Visier genommen.

Schon sah ich mich in diesem Paradiesgarten hantieren, Beete anlegen, aus Samen Blumen ziehen, aber Lena sagte: »Für den Anfang brauche ich nur jemanden, der die Longe hält oder ein Pony führt.«

Konrad hatte sich nicht mehr blicken lassen. Beim Mittagessen und beim anschließenden Spüldienst hatte ich mich dabei ertappt, dass ich auf seinen nächsten Auftritt wartete. Angestrengt versuchte ich, bestimmte Erwartungen fortzuschieben. Am frühen Nachmittag stellte ich dann fest, dass ich über sein Nicht-Erscheinen enttäuscht, aber auch erleichtert war. Und auch das versuchte ich gleich wieder zu verdrängen.

Ich war froh mit meinem neuen Job, nichts sollte meine Begeisterung beeinträchtigen.

7
Wechselwirkungen

Pünktlich um zehn Uhr morgens fand ich mich eine Woche später bei der Reitbahn ein, wo zwar weder Lena noch ein Pony, dafür aber Manfred auf mich wartete. Wir gaben uns die Hand, und der bärenartige Mann erklärte ungefragt: »Ich habe keine Therapie, ich reite nur gern.«

Gerade wollte ich etwas erwidern, als Lenas Stimme über den Platz schallte: »Manfred, was machst du da? Glaubst du, ich sattele auch noch für dich ein Pferd? Beweg dich gefälligst und hol den Haflinger selbst aus der Box!«

Während Manfred in Richtung Stall trottete, kam Lena auf mich zu. Sie führte die Fuchsstute und einen etwas größeren braunen Wallach gesattelt und getrenst hinter sich her. Im ersten Moment fürchtete ich, ich sollte auch reiten.

Lena musste mein Unbehagen bemerkt haben, denn sie lachte mich aus. »Das sind keine Wildpferde! Aber dennoch ist die Fuchsstute nicht für dich, sondern für Konrad. Er hat Lust, mit Manfred und mir auszureiten, dann können die größeren Pferde sich mal ordentlich bewegen. Du und Bobby, ihr werdet euch währenddessen um Ada kümmern.« Sie drückte mir die Zügel in die Hand. »Warte, bis ich Bobby klargemacht habe.«

Ich fragte mich, wie ich um Himmels willen allein mit einem fremden Pony und einer mir auch nach einer Woche noch fremden jungen Frau etwas veranstalten sollte, das die Bezeichnung »Reittherapie« verdiente.

»Lena, ich bin für so was nicht ausgebildet«, rief ich ihr hinterher, aber sie schien das entweder nicht zu hören oder einfach zu ignorieren.

Plötzlich räusperte sich jemand dicht in meiner Nähe. Ich fuhr viel zu abrupt herum, sodass die Pferde ihre Köpfe hochrissen und mir die Zügel aus der Hand fielen. Der Wallach blieb stehen, aber die Stute machte ein paar Sprünge von mir weg. Anschließend trabte sie ruhig, aber bestimmt mit schleifenden Zügeln auf den Stall zu.

»Scheiße!«, brüllte ich, woraufhin die Stute beschleunigte und durch das offene Tor lief.

Konrads Lachen war unglaublich. Eigentlich hätte es mich ärgern sollen, denn es war sein Verschulden, dass das Pferd davontrabte. Wieso musste er sich darüber noch lustig machen? Aber sein absolut ansteckendes Lachen ließ meinen Unmut wie ein Kartenhaus zusammenfallen. Sein Äußeres trug dazu bei. Er sah in seiner schwarzen Lederreithose, den alten Schnürstiefeln und dem weiten weißen Leinenhemd wie ein Edelmann aus längst vergangener Zeit aus.

»Findet ihr das etwa witzig?« Lena war mit der eingefangenen Stute in der Stalltür erschienen.

Konrad ging auf sie zu. Noch bevor ich etwas unternehmen konnte, hatte er ihr das Pferd bereits abgenommen.

»Tut mir leid«, sagte er, »sie ist mir entwischt, war mein Fehler.«

Lena murmelte so etwas wie »Kann doch wohl nicht wahr sein« und verschwand erneut.

»Du hättest das nicht tun müssen«, sagte ich, nachdem Lena außer Hörweite war.

»Was?«, fragte Konrad.

»Du hättest Lena nicht anlügen müssen, es ist ja nichts

Dramatisches passiert. Und wäre das so gewesen, dann hätte ich ...«

Er strich der Stute über die Nüstern und sagte, indem er mich unterbrach: »Gern geschehen.«

Es war mir unangenehm, dass er etwas für mich geregelt hatte, denn theoretisch war ich zu seiner Unterstützung in der Mühle und nicht umgekehrt. Abgesehen davon brauchte ich keinen edlen Ritter, der sich schützend vor mich stellte. Das hätte ich ihm auch zu verstehen gegeben, wäre da nicht dieses Andere gewesen, das ebenfalls mitschwang, jene Mischung aus Freude, Verwirrung und nervösem Magendruck. Welchen Grund hätte er haben sollen, etwas für mich zu tun? Weil ich diesem nicht definierbaren Gefühl keinen weiteren Raum geben wollte, stellte ich eine Frage, die mit dem vorher Geschehenen nichts zu tun hatte: »Warum sattelt Lena eigentlich für dich, aber nicht für Manfred?«

»Bei Manfred ist es eine therapeutische Maßnahme, er soll seinen Hintern hochkriegen. Bei mir ist es Entgegenkommen, ich erfreue mich ihrer Wertschätzung.«

Seine Stimme hatte wieder diesen anmaßenden Beiklang, der mich so leicht aufbrachte.

»Du hältst dich schon für etwas Besonderes, oder?«

»Sind wir das nicht ein Stück weit alle?«, säuselte er, künstlich die Stimme hebend.

»Verarschen kann ich mich selbst.«

»So schnell wütend? Ich dachte, du hättest Humor.«

»Woher willst du wissen, ob ich Humor habe? Du kennst mich nicht.«

Er bohrte seinen Blick derart in mein Gesicht, dass ich das körperliche Bedürfnis hatte, aus seinem Dunstkreis zu verschwinden. Der Wallach neben mir schien eine zunehmende Spannung zu spüren, denn er scharrte unruhig mit den Hufen.

»Und die Nummer ›Ich les dir deine Gedanken von den Augen ab, vor mir bleibt nichts verborgen‹, die kannst du dir auch sparen. Das funktioniert bei mir nicht.«

Tatsächlich nahm er seinen Blick von mir und fixierte seine Stiefelspitzen. Ein spöttisches Lächeln umspielte seine Lippen, dann waren seine Augen erneut auf mich gerichtet.

»Dass du dich so darüber aufregst, ist aber ein Indiz dafür, dass es doch funktioniert.«

»Was willst du?«

»Nichts. Ich will nichts. Ich schaue nur.«

»Über mich gibt es nichts herauszufinden, jedenfalls nichts, was dich zu interessieren braucht.« Er grinste, als hätte ich reagiert wie ein naives Kind. Verärgert, dass mich das traf, fuhr ich fort: »Kannst du mich nicht mit deinen Experimenten verschonen? Bei unserer ersten Begegnung hast du mich mit der Heimleiter-Nummer als Depp dastehen lassen, das müsste fürs Erste doch reichen.«

Lena war, wie ich trotz meiner Wut bemerkte, mit Bobby vor dem Stall stehen geblieben. Sie sagte etwas zu Ada, die inzwischen, von mir unbemerkt, eingetroffen war und auf einem kleinen Holztritt neben dem Pony stand.

Konrad beugte sich zu mir. »Du hast den Job bekommen, oder? Und wer als zertifizierter Depp dasteht, das bin noch immer ich. Du brauchst gar nicht so energisch das Visier herunterzuknallen, ich tue dir nichts.«

Ich spürte, wie mein Puls im Hals klopfte. Nur zu gern wäre ich vor ihm zurückgewichen, aber dafür hätte ich das Pferd bewegen müssen.

»Letzte Woche hast du so unverhofft vor mir gestanden, mit

deinem signalfarbenen Haar und dem vor der Außenwelt abgeschotteten Gesicht. Du hast dazu aufgefordert: ›Schaut alle her, aber seht mich nicht an!‹ Das war eine interessante Spannung, der ich auf den Grund kommen wollte. Natürlich hauptsächlich als Zeichner.«

»Wem willst du auf den Grund gehen?«, fragte Lena, die wieder bei uns angekommen war, mir die Zügel des Braunen aus der Hand nahm und stattdessen einen Strick übergab. Sein anderes Ende war an Bobbys Halfter befestigt.

»Der Frage nach den Gesetzmäßigkeiten von Angriff und Abwehr«, sagte Konrad zu Lena und salutierte dabei in meine Richtung.

»Katia, ignorier ihn einfach«, meinte Lena launig und schwang sich auf den Wallach. Konrad bestieg die Stute, die unter seinen langen Beinen noch zarter wirkte. Manfred trabte auf dem von ihm gesattelten Haflinger hinter ihnen her. Auf der Wiese galoppierten sie an, verschwanden kurz darauf aus meinem Blickfeld. Ich hielt den Strick mit der Faust fest umklammert, starrte ihnen nach, bis ich schließlich zu Ada schaute. Einem Buddha ähnlich saß sie auf dem Rücken des Ponys und wartete geduldig darauf, dass ich mich ihr zuwandte.

»Und jetzt? Rumführen?«, fragte ich.

Ada nickte, den Blick fest auf den Nacken des Tieres geheftet. Ich ging los, das Pferdchen folgte bereitwillig. Wir machten einen langen Spaziergang, auf dem keiner von uns ein Wort sagte. Aber das Schweigen mit Ada war unverkrampft. Ich fühlte mich nicht verpflichtet, sie zu unterhalten, konnte meinen Gedanken nachhängen wie sie vermutlich den ihren. Ab und zu schaute ich verstohlen zu ihr hin. Die Finger hatte sie locker in Bobbys Mähne geschlungen. Sie wirkte traumverloren, während ihr Blick über die Wiesen glitt, den

Wald. Eine so entspannte Ruhe strahlte sie aus, dass es sich auf mich übertrug.

»Ihr wart aber ganz schön lange unterwegs«, sagte Lena, als wir nach anderthalb Stunden zurückkehrten.
»Du hattest keine Uhrzeit vorgegeben.«
»Hauptsache, alles ist gut gegangen.«
»Bestens, oder?« Ich sah zu Ada, und sie nickte geradezu entschieden.
Als sie mit Lenas Unterstützung schwerfällig vom Rücken des Ponys auf den bereitgestellten Holztritt geklettert war, reichte sie mir die Hand und sagte: »Danke, das war schön!« Sie sagte das mit einer glockenhellen Mädchenstimme, als hätte sie die Statur einer schmalen Zwölfjährigen.
Der Berg ist nicht nur partiell unsichtbar, sondern auch winzig, dachte ich. Laut sagte ich: »Das machen wir bald mal wieder, oder?«
Für den Bruchteil einer Sekunde strahlte sie mich an, dann verschwand sie im Stall wie eine riesige Maus.
Lena bemerkte: »Manchmal kann es ganz einfach sein.«

Beim Mittagessen saß Konrad zwischen Mischa und Suse. Er erzählte vom Ausritt in den Wald, gab ein paar Anekdoten von sich und nahm keinerlei Notiz von mir. Das beruhigte mich, gleichzeitig störte es mich, und diese Kombination aus beidem gefiel mir ganz und gar nicht.
So verliefen auch die nächsten Tage: Konrad tauchte auf, tauchte wieder ab, tat so, als hätte unser Gespräch beim Pferdestall nie stattgefunden. Ich redete mir ein, dass er das Interesse an der Erforschung meines Gesichts oder meiner Person wieder verloren hatte, sprunghaft, wie er offenkundig war. Und

sollte es erneut aufflammen, so beschloss ich, ihn, dem Rat Lenas folgend, künftig einfach zu ignorieren.

In meiner zweiten Woche lernte ich endlich auch Professor Albrecht kennen. Für siebzehn Uhr war eine Visite im Erzieherbüro angesetzt, und Martin hatte mich gebeten, bis dahin zu bleiben. Beim Mittagessen hatte ich Lena gefragt, wie ich mir eine Visite in der Mühle vorzustellen habe, aber sie hatte nur das Gesicht verzogen und gesagt: »Visite ist Quatsch. Albrecht macht sich eine halbe Stunde lang wichtig, und damit ist der Punkt auf dem Wochenplan abgehakt.«

Trotzdem war ich gespannt auf Martins Bruder. Im Internet hatte ich nachgeschaut, wie der Leiter der Hedwig-Beimer-Klinik aussah – und das Bild einer ordentlich frisierten, sonnengebräunten und schlanken Version von Martin gefunden. Als Professor Dr. Albrecht dann vor mir stand und mich mit einem verschwitzten Handschlag begrüßte, sodass ich unwillkürlich die Hand am Hemd abwischte, war ich erstaunt, dass er fast einen Kopf größer war als sein Bruder.

»Sie sind also die neue Jahrespraktikantin«, stellte er fest.

»Ja. Und es freut mich, Sie kennenzulernen, Herr Professor«, erwiderte ich, woraufhin Lena unverhohlen losprustete.

»Ach, Frau Bachmann«, sagte Hajo Albrecht zu ihr, während seine Augen mich prüften, »es gibt höfliche junge Menschen, warum müssen Sie das gleich wieder ins Lächerliche ziehen?«

Lena machte sich nichts aus der Rüge.

»Entschuldige, Katia«, sagte sie nur, dann wandte sie sich wieder ihrem Reitermagazin zu.

Auch Theo, der für die Visite extra noch einmal in die Mühle gekommen war und in einer hinteren Ecke saß, vertiefte sich in das *Alsfelder Wochenblatt*, statt der Besprechung zu folgen.

Aber keiner der Anwesenden gab zu verstehen, dass es ihn störte. Der Professor war mir auf den ersten Blick gar nicht so unsympathisch, wie ich angenommen hatte. Und trotz Lenas offenkundiger Abneigung hatte ich auch nicht den Eindruck, dass die Visite Quatsch war, im Gegenteil: Carmen, Martin und sein Bruder machten sich ernsthaft Gedanken über den Stand der Entwicklung jedes einzelnen Bewohners. Es herrschte ein sachlicher Umgangston, den ich äußerst angenehm fand, und von schwelenden Auseinandersetzungen war kaum etwas zu merken.

»Muss diese Woche nicht der Behandlungsplan von Herrn Jaspersen abgezeichnet werden?«, fragte Hajo Albrecht.

»Der von Mischa ist ebenso erstellt«, bemerkte Carmen.

Dr. Albrecht nickte, zückte einen silbernen Kugelschreiber und unterzeichnete die ihm vorgelegten Papiere, nachdem er sie rasch überflogen hatte. Entweder liest er wahnsinnig schnell, oder es ist ihm ziemlich egal, was drinsteht, dachte ich. Dass Ersteres der Fall war, merkte ich unmittelbar darauf, denn er fragte so detailliert und einfühlsam nach Helmuts Fortschritten und Maßnahmen zu seiner weiteren Stabilisierung, dass ich mein Bild vom kaltherzigen Technokraten im Arztkittel ebenfalls korrigieren musste.

Nach Helmut war Mischa an der Reihe. Auch bei ihm erkundigte sich Professor Albrecht nach dem Befinden und weiteren Entwicklungen seit seinem traumatischen Erlebnis. Er schien sich aufrichtig zu freuen, als Carmen nachdrücklich bestätigte, dass Mischa auf einem guten Weg sei.

Dann, nach zwanzig Minuten, piepte es in Dr. Albrechts Jackett. Er zog ein winziges telefonähnliches Kästchen aus der Tasche, blickte auf das Display und sagte im Gehen: »Notfall. Muss ich von euch noch etwas wissen? Nein? Bestens!« Dann, zu mir gewandt: »Frau Werner, ich wünsche Ihnen alles Gute für Ihre Zeit in der Goldbachmühle!«

Und schon war er abgerauscht.

Theo und Lena falteten synchron ihren Lesestoff zusammen und verließen gleichfalls das Büro. Carmen, Martin und ich blieben zurück.

»Was ist mit Mischa passiert?«, fragte ich. »Von welchem traumatischen Erlebnis hat der Professor gesprochen?«

Martin sah mit einem Mal sehr müde aus.

»Mischas Trauma? Das ist eine von diesen Geschichten, die man eigentlich nicht hören will. Mit seiner Mutter und seinen beiden Schwestern war er auf dem Weg zu seiner Einschulung, und dann ist ein Lastwagen in das Auto hineingefahren. Die Feuerwahr brauchte zwei Stunden, um den Jungen aus dem Blechhaufen zu schneiden. Das Blut, mit dem er getränkt war, stammte aus der aufgerissenen Halsschlagader seiner älteren Schwester Lisa, unter der sie Mischa hervorgezogen hatten. ›Hier lebt einer‹, soll der Feuerwehrmann geschrien haben. Die andere Schwester und die Mutter waren auch sofort tot gewesen. Es ist also nicht verwunderlich, dass Mischa bei allem, was Krach verursacht, sich schnell bewegt oder was ihn in irgendeiner Weise in die Enge treibt, die Kontrolle verliert.«

Martin kritzelte mit einem Stift auf seinem Block herum, unschlüssig, ob er noch etwas hinzufügen sollte.

»Wie ist es dann mit Mischa weitergegangen?«, fragte ich.

»Er tickte vollständig aus. Nicht mehr resozialisierbar, wie die Experten sagten.«

»Das klingt, als ob von einem wild gewordenen Pitbull die Rede wäre.«

»Den hätten sie gleich eingeschläfert. Bei Menschen geht das nicht so ohne Weiteres, die werden dann weggesperrt«, mischte sich Carmen ein.

Es gefiel mir nicht, dass sie so zynisch reagierte.

»Was bedeutete das für Mischa, er war doch noch ein kleiner Junge?«

»Nach dem Krankenhaus kam er in eine Einrichtung der Jugendhilfe, da sein Vater sich nicht in der Lage sah, für ihn zu sorgen«, antwortete Martin. »Der Junge saß entweder stumpf in der Ecke oder hat alles zerlegt, was ihm in die Quere kam. Dann übernahmen ihn diverse Kinder- und Jugendpsychiatrien, bis er bei meinem Bruder landete – und schließlich hier.«

»Und seitdem passiert etwas bei ihm?«

»Auf jeden Fall. Zaghaft hat er angefangen, Kontakte zu knüpfen, am sozialen Leben teilzunehmen. Wir drängen Mischa zu nichts. Wir lassen ihm seine Freiheit, erlauben ihm, sich aus allen Situationen zurückzuziehen, die ihn ängstigen. Und wir geben ihm das, was er am dringendsten braucht: Verlässlichkeit und Ruhe, Ruhe, Ruhe. Stundenlang kann er im Garten sitzen, Käfer und Schmetterlinge betrachten, muss lediglich zweimal in der Woche bei Carmen zur Therapie erscheinen. Aber wenn er da nichts sagen will, darf er auch aus dem Fenster in den Wald starren und darauf warten, bis die Stunde vorbei ist.«

»Das ist alles?«

»Das ist viel«, bemerkte Carmen. »Seit Wochen hat er sich nicht mehr selbst verletzt, ab und zu lacht er sogar. Er hat sich mit Konrad angefreundet, beginnt auch mit den anderen zu sprechen.«

»Wie verletzt er sich denn selbst?«

»Er kratzt sich die Armbeugen wund bis aufs Fleisch. Hast du die Narben nicht bemerkt? Mischa ist derjenige von den

Mühlenbewohnern, der die denkbar schlechteste Perspektive für ein selbstbestimmtes Leben als erwachsener Mann hat. Schlechter noch als Ada oder Helmut. Mit entsprechend formulierten Berichten an den Stiftungsrat wollen wir ihn aber möglichst lange im Programm halten.«

Carmen schob resolut ihre Unterlagen zusammen, und Martin gab mir mit einem Handzeichen zu verstehen, dass das Gespräch für heute beendet sei. Schweigend gingen wir auseinander.

Die nächste Visite, eine Woche später, lief ähnlich ab, nur dass keine Behandlungspläne zu besprechen waren und Professor Albrecht sich bereits nach zehn Minuten verabschiedete. Weil Martin und Carmen noch einen Termin in Alsfeld hatten, fand ich mich auf einmal allein im Erzieherbüro wieder. Die bezahlten Lebensmittelrechnungen sollte ich nach Datum in den entsprechenden Ordner heften. Nachdem ich das erledigt hatte, wollte ich ihn wieder ins Regal stellen, dabei bemerkte ich, dass eine Schublade des Registraturschranks, der sonst immer verschlossen war, einen Spalt breit offen stand. Du bist Teil des Teams, dachte ich und brachte mein schlechtes Gewissen so weit zum Schweigen, dass ich die Lade ganz aufzog. Darin entdeckte ich die Krankenakten, alphabetisch sortiert. Unter dem Buchstaben R waren mehrere dicke Mappen eingestellt, die allesamt die Aufschrift *VON REICHENBACH, K.* trugen. Ich nahm sie heraus, las und las und konnte nicht aufhören, obwohl die Stimmen, die mir sagten, dass ich etwas Verbotenes und Unentschuldbares tat, immer lauter wurden.

Was hatten sie ihm angetan? Wogegen hatte Konrad gekämpft, als er Mitschüler terrorisiert, Zimmereinrichtungen zerstört und Türen eingetreten hatte? In einer zweiten Pappmappe fand ich einen dicken Stapel mit Schreibmaschine dicht getippter Bogen. Dem aufwendig gestalteten Briefkopf zufolge waren es Schreiben von Konrads Vater an Professor Albrecht. Die Antworten waren nicht mit abgeheftet, aber ich bekam dennoch eine Ahnung, wo das eigentliche Problem lag: Graf Erik von Reichenbach hatte seinen einzigen Sohn, seitdem er auf der Welt war, als funktionsgestörtes Mängelexemplar angesehen. Darüber hatte er regelmäßig mit seinem Jugendfreund, dem Psychiater Albrecht, korrespondiert. Bereits an der Wochenbettdepression der Gräfin wollte er dem Säugling die Schuld geben, desgleichen an all ihren »Gemütserkrankungen« während der folgenden Jahre. Das Kleinkind sei fortdauernd und unnatürlich verschlossen gewesen, habe die Mutter ignoriert, nicht auf ihre Ansprache reagiert, man könne sich doch vorstellen, was das im Herzen einer Frau anrichte. Auch das unentwegte Zeichnen des Sohnes betrachtete der Graf als Ausdruck einer krankhaften Charakterschwäche. Von unzähligen Akten der Zerstörung war die Rede, teilweise minutiös aufgeführt: »Heute zwei Vasen, ein Tischtuch, Mutters Rosenbeete, der Kanarienvogelkäfig ...«

Der Junge musste jedenfalls weg. Erst wurde er in ein Internat geschickt, und nachdem er dreimal von dort abgehauen und wieder zu Hause aufgetaucht war, brachten sie ihren Sohn in eine geschlossene Einrichtung. Dass der Elfjährige seinen Eltern nicht zuzumuten sei, von ihm gar eine akute Bedrohung ausging, klang wie ein schäbiger Witz. Unmöglich konnte ich all diese Briefe lesen, doch zum Zeitpunkt des letzten Schreibens muss Konrad etwa sechzehn und schon länger in Hajo Albrechts Behandlung gewesen sein. Ich begann, ihn zu überfliegen, merkte, dass sich im Lauf der Jahre das Nichtverstehen des Vaters in tief sitzenden Hass verwandelt hatte.

Anders waren diese Zeilen nicht zu deuten. Diesem letzten Brief allerdings war eine Stellungnahme beigeheftet, in der ich zu meinem Erstaunen Martins Handschrift erkannte. Er hatte das ursprünglich an seinen Bruder gerichtete Schreiben umfangreich kommentiert, als hätte er sich für eine komplizierte Gerichtsverhandlung vorbereitet. Vor allem aber erzählte er Konrads Geschichte neu und ganz anders. Er interpretierte die frühen Gewaltausbrüche als verzweifelte Versuche, auch nur einen Funken Liebe von seinen Eltern zu bekommen, erklärte Konrads eigenartige Verhaltensweisen mit einer Hochbegabung und einem extrem feinfühligen Wesen, machte aus dem irren Borderliner einen zutiefst verletzten und in schockierender Weise mit seiner ungewöhnlich differenzierten Emotionalität zurückgewiesenen Jungen, der mit entsprechender Hilfe absolut normal und selbstbestimmt leben könne. Martins Kommentar endete mit einem leidenschaftlichen Plädoyer, der Vater möge endlich die herausragenden Begabungen seines Sohns anerkennen, statt ihn zu einem kranken Menschen abzustempeln.

Im dritten Ordner waren einige offiziell anmutende Schreiben, das Protokoll eines Gesprächs mit dem Grafen und seiner Frau, Schriftwechsel mit verschiedenen Institutionen, eine Plastikmappe mit Zeugnissen der Klinikschule und andere Schriftstücke. Zusammengefasst ließ sich aus diesen Informationen schließen: Martin und Carmen hatten es mit Dr. Albrechts Unterstützung geschafft, Konrad in der Goldbachmühle einen Raum zu geben, in dem er sich relativ frei bewegen konnte, hatten die Rahmenbedingungen dafür ausgehandelt, mit den Eltern von Reichenbach, mit dem Professor, sogar mit der Kunstakademie in Alsfeld, die sich bereit erklärt hatte, Konrad als Gasthörer aufzunehmen, ohne dass sein Vater darüber verständigt wurde. Dort war er also, wenn es hieß, Konrad sei »außer Haus«.

Gerade hatte ich einen großen Umschlag mit der Aufschrift *Androhung Verfahren v. R.* herausgezogen, als es an der Tür klopfte. Ich war nicht schnell genug, denn Theo sagte, nachdem er eine Sekunde später hereingeplatzt war, um nach einem vergessenen Fahrradschlüssel zu suchen: »Du hast in den Akten spioniert.«

Ich schwieg.

»Etwa in meiner?«

Im ersten Moment wusste ich nicht, was er meinte, dann fiel mir ein, dass in dem Schrank auch die Mitarbeiterakten aufbewahrt wurden.

»Nein, Theo, in deiner nicht.«

»Okay, lass dich aber besser nicht von Carmen erwischen, die reagiert empfindlich, was das anbelangt.«

Noch vor ihm verließ ich das Büro.

Als ich an diesem Abend Dienstschluss hatte, stieg ich, ohne lange darüber nachzudenken, die Holztreppe zu Konrads Wohnung hinauf. Ich hatte schon die Hand gehoben, um an der Tür zu klopfen, als mir die ziemlich naheliegende Frage durch den Kopf schoss, was ich ihm eigentlich als Begründung für meinen Besuch sagen sollte: »Hallo, ich habe in deiner Akte gelesen und weiß jetzt nicht, ob ich deswegen traurig oder eher verwirrt sein soll, würde dich aber gern näher kennenlernen, herausfinden wollen, wie du es geschafft hast, der zu werden, der du heute bist, in Erfahrung bringen, warum du mir auf den Grund gehen wolltest.« Oder sollte ich meinerseits etwas von Dingen faseln, die ich in ihm entschlüsseln wollte? Das ging auf keinen Fall. Er durfte nicht wissen, dass ich all die Berichte über ihn gelesen hatte, er könnte das missverstehen. Unter keinen Umständen wollte ich, dass er auf die Idee kam, ich würde mich für ihn als »Fall« interessieren. All diese Überlegungen oder auch ganz andere führten dazu, dass ich an diesem Abend dann doch nicht klopfte, sondern lautlos die Treppe wieder hinunterschlich und mich auf den Heimweg machte. Wahrscheinlich wusste ich da längst, dass etwas aufbrechen könnte, dem ich nicht gewachsen war.

Während der darauffolgenden Tage versuchte ich eine Begegnung mit Konrad zu vermeiden. Ich schaute abends nicht nach, ob Licht in seiner Wohnung brannte, gab vor, woanders etwas Dringendes zu tun zu haben, wenn er in meiner Umgebung auftauchte, bemühte mich, sofort das Thema zu wechseln, wenn die Rede auf ihn kam.

Dann begegneten wir uns bei den Obstwiesen am Waldrand während einer meiner nächtlichen Spazierrunden. Was mich anbelangte, war es Zufall gewesen. Auf dem vom Mond nur schwach beschienenen Weg erkannte ich ihn zu spät, als dass ich noch hätte ausweichen können – wenn ich es denn gewollt hätte. Eine Gestalt erhob sich in der Dunkelheit von dem großen Stein an der Abzweigung zur Goldbachmühle und kam direkt auf mich zu. Unweigerlich wich ich zurück, blieb aber stehen, als ich seine Stimme hörte: »Sieh an, eine Nachtgängerin. Was treibt dich denn aus dem Bett?«

Da ich gerade über ihn nachgedacht hatte, versuchte ich den Gedanken zu vertreiben, dass er auf mich gewartet haben könnte. Woher hätte er denn wissen sollen, dass ich manchmal nachts dort entlangspazierte? Und dass er mich heimlich beobachtete, konnte ich mir nicht vorstellen.

Mir fiel keine Antwort ein.

Er blieb vor mir stehen, reichte mir ungefragt eine Zigarette, zündete ein Streichholz an und führte die Hand, die die Flamme vor dem leichten Wind abschirmen sollte, so nah an mein Gesicht heran, dass mich die Knöchel seiner Finger an der Wange berührten. Ich bemühte mich, ihm nicht in die Augen zu sehen, die viel zu dicht vor meinen waren, nahm einen Zug, blies ihm den Rauch ins Gesicht.

Konrad steckte danach beide Hände in die Manteltaschen und ging stumm neben mir her. Es war ein anderes Schweigen als das, das zwischen Ada und mir herrschte, während wir mit dem Pony unterwegs waren, nicht unangenehm, aber aufgeladen mit Fragen, die nicht gestellt wurden. Weder von ihm noch von mir. Trotzdem mochte ich seine Anwesenheit, mochte, dass er neben mir schritt, ohne ein Gespräch anzufangen.

Ich weiß nicht, wie lange wir so durch die Nacht wanderten, eine Stunde, zehn Minuten, die Zeit bekam ein anderes Maß, dehnte sich aus, zurrte sich gleichzeitig zusammen zu einem einzigen langen und viel zu kurzen Moment, in dem sein Ellenbogen immer wieder lose meinen Arm streifte. Dann, ohne Vorwarnung, ohne sich zu verabschieden oder auch nur ein weiteres Wort zu verlieren, schlug er einen Waldweg ein, entfernte sich mit eiligen Schritten und ließ mich allein in der Dunkelheit stehen.

Als ich am Morgen darauf meinen Rucksack im Erzieherbüro verstaute, stand er plötzlich hinter mir. Er musste mir aufgelauert, sich wie ein Geist an mich herangeschlichen haben. In meinem Nacken konnte ich seinen Atem spüren, ein Gemisch aus Minzzahnpasta und Rasierwasser wehte mich an.

Er zischte in mein linkes Ohr, seine Stimme heiser und schrill, wie es zu einem alten Kräuterweib gepasst hätte: »Mademoiselle, ich wäre an Ihrer Stelle lieber etwas vorsichtiger und würde nicht im Dunkeln allein durch einsame Gegenden wandern, so nah bei diesem Haus, in dem die Irren untergebracht sind. Was da alles passieren kann!«

Es folgte ein keckerndes Lachen, das vermutlich nach Wahnsinn klingen sollte. Ich hatte an diesem Morgen keinen Nerv für seine Spielchen, schob ihn entschieden zur Seite und sagte: »Du brauchst hier keinen auf pervers-durchgeknallt zu machen, das kaufe ich dir nicht ab!«

Aus der hinteren Ecke des Raums drang schallendes Gelächter, und Carmen trat hinter dem Aktenschrank hervor.

»Konrad, an dieser Frau wirst du dir die Zähne ausbeißen, und es wird mir eine große Freude sein, dabei zuzusehen.«

Ich schaffte es, Carmen kollegial anzugrinsen, in dem Bemühen, ihr vorzugaukeln, ich sei Herrin der Lage, während ich in Wirklichkeit ziemlich verwirrt war und Konrad fragen wollte, was er mit diesem pseudowahnsinnigen Auftritt bezweckt und was für ein Spiel er sich da für mich ausgedacht hatte.

De facto gab es keinen Raum für Spiele, die Rollen waren klar verteilt: Ich war, wenn auch im Praktikantinnenstatus, eine für seine Betreuung angestellte Erzieherin. Er ein geschädigter Ex-Psychiatriepatient mit dicker, von Auffälligkeiten und Ausfällen seit seinem ersten Lebensjahr erzählender Krankenakte, der bestimmt keine von mir verursachte Gefühlsverwirrung brauchte. Ich war kurz davor, ihm genau das zu sagen, da spürte ich plötzlich eine Berührung meiner Hand, Fingerspitzen öffneten die Faust, die ich unwillkürlich geballt hatte, und hinterließen dort etwas, das sich wie ein zusammengerolltes Stück Papier anfühlte.

Konrad hatte das Büro längst verlassen, als ich noch immer

auf die Tür starrte, die er hinter sich geschlossen hatte, nicht ohne Carmen einen wunderschönen Morgen zu wünschen, als hätte sich eben eine vollkommen alltägliche Szene zwischen uns abgespielt. Meine Hand glitt in die Tasche meiner Jeans, dort deponierte ich erst einmal den Zettel.

»Alles klar mit dir?«, fragte Carmen.

»Ja, sicher. Ich werde mich noch an seine kruden Auftritte gewöhnen.«

»Tröste dich, er kann auch ganz anders.«

»Konrad ist schon ein sehr sonderbarer Mensch, oder? Schwer zu fassen.«

»Das kann man so sagen.«

»Würdest du mir mehr über ihn erzählen?«

»Du hast doch seine Akte gelesen.«

Ich erschrak. »Woher weißt du das?«

»War nur ein Verdacht, du hast ihn aber soeben bestätigt.«

Trotz ihrer vordergründigen Ruppigkeit und trotz Theos Warnung ließ sie mein Vergehen auf sich beruhen und gab mir den Auftrag, mit Lena die Aufsicht bei der Gartenaktion zu übernehmen, die für diesen Tag geplant war.

Auf dem Weg zu den Treibhäusern kramte ich das Papierteilchen hervor, eine mit Schreibmaschine getippte Notiz, eindeutig aus einem längeren Text herausgerissen. Ich sah mich um, ob mich jemand beobachtete. Niemand war in meiner Nähe. Ich las: *Menschen, die gern in der Dunkelheit spazieren gehen, sind selten. Die meisten haben zu viel Angst vor Nacht und Stille, als dass sie sich dem freiwillig ausliefern. Du bist nicht so. Ich bin nicht so. Das ist schön!*

Bei der Gartenaktion blieb ich wachsam, behielt meine Umgebung im Auge, aber Konrad ließ sich nicht noch einmal blicken. Was hatte er mir sagen wollen? Ich war irritiert davon, dass mir sein kleiner Text gefiel und dass ich ihn mit mir herumtrug wie etwas Kostbares, das ich auf keinen Fall verlieren durfte.

Nach Dienstschluss war ich den Kiesweg erst ein paar Schritte gegangen, als aus einem Lautsprecher, den er ins Fenster gestellt hatte, in voller Lautstärke Musik zu hören war: *She gets too hungry, for dinner at eight ...*

Ohne mich umzudrehen, setzte ich meinen Weg fort. Bis zum Eisentor war das Lied zu hören, noch weit in den Wald hinein: *That's why the lady is a tramp.*

Dieser besondere und unnahbare Mensch bedachte mich zum zweiten Mal an diesem Tag mit seiner geballten Aufmerksamkeit, und beschwingt fühlte ich erneut nach dem Zettel in meiner Hosentasche: *Du bist nicht so. Ich bin nicht so.* – *That's why the lady ...* Wir waren beide ... Ja, was denn?

Als ich die Tür zu meiner Wohnung aufschloss, hatte sich die Heiterkeit längst wieder in Beklemmung verwandelt. Was sollte das werden? Er, der Grenzgänger qua Diagnose, dessen bloße Anwesenheit für mich jedes Mal eine Überforderung darstellte, obwohl ich nicht einmal sagen konnte, worin genau sie bestand, sollte wie ich sein? Er brachte mich durcheinander. Er brachte jeden durcheinander. Das hatte Carmen schon am ersten Tag gesagt.

Ich redete mir ein, dass er mit der Musik gar nicht mich gemeint hatte und ich einer peinlichen Selbstüberschätzung aufsaß. Aber da war dieser Zettel. Ich drehte ihn mehrmals in meinen Händen um, versuchte mich mehr oder weniger erfolglos an Denkverbote zu halten und beschloss schließlich, auf meinen nächtlichen Spaziergang zu verzichten. Zumindest heute.

Zwei Tage zeigte Konrad sich nicht, war immer weggegangen, wenn ich auftauchte, hatte durchgängig das große rote »Bitte-nicht-stören«-Schild an seiner Tür hängen.

Ich überlegte, ob er auf eine Antwort auf seine Zeilen wartete, war dazu aber weder willens noch fähig.

Am dritten Tag fand ich abends, als ich nach meinem Wohnungsschlüssel suchte, in meinem Rucksack eine CD, selbst gebrannt, handbeschriftet. Es war der erste Auftritt des albernen Kringels hinter seinem Anfangsbuchstaben: *Lieder für das Mädchen mit dem grünen Haar ... von K*

Ich spürte einen schmerzhaften Herzschlag, meine Hand zitterte, als ich die Tür aufschloss, den CD-Spieler einschaltete, auf Play drückte. Wieder hörte ich Frank Sinatras Stimme, diesmal aus meinem eigenen Lautsprecher. Eine volle Stunde lang stand ich im Zimmer, ließ Lied für Lied an mir vorbeiziehen, fand nicht einmal die Zeit, mir die Schuhe auszuziehen: *Night And Day, The Way You Look Tonight, Come Fly With Me, I've Got You Under My Skin, They Can't Take That Away From Me ...*

Wie die Jungen es in der Schule für Manu gemacht hatten, so hatte auch er Lieder für mich ausgesucht. Die Auswahl allerdings hätte selbst mein Vater als »Oldie-Schmonzetten« bezeichnet, abgesehen davon waren Konrad und ich für solche Teenager-Nummern zu alt. Nichtsdestoweniger lauschte ich gebannt den schmierigen Geigenklängen, dem samtenen Gesang, der ganzen schmalzigen Soße, die an genau der Stelle einsickerte, wo meine Rüstung eine durchlässige Stelle hatte, von der ich bis dahin nicht einmal geahnt hatte, dass es sie gab. Ich kannte mich selbst kaum wieder, hörte diese Texte gierig auf Botschaften ab, die er für mich dort versteckt haben mochte. Nein, ich dachte kein bisschen daran, mich vor mir selbst in

Acht zu nehmen, ließ mich einfach fallen, wog mich hin und her, als Sinatra *Anything Goes* sang, und ertrank in meinen eigenen Gefühlswallungen. Bis dahin hatte ich mich immer für solche Dinge immun gehalten.

Wäre nicht völlig unvermittelt eine Frauenstimme mit Franz Schuberts »Totengräbers Heimweh« dazwischen montiert worden, hätte mich der Schlusstitel vielleicht gar nicht so erwischt. Es war erneut der alte Sinatra, aber er tänzelte oder taumelte jetzt über einen Abgrund und riss mir den Boden unter den Füßen weg: *To Love And Be Loved* – Lieben und geliebt werden.

Irgendwann zog ich Jacke und Schuhe aus, schenkte mir ein Glas Wein ein und stellte die CD auf »Endloswiederholung«. Der Alkohol auf nüchternen Magen hatte sicher eine verstärkende Wirkung und beschleunigte mein Wegdriften in Emotionalitäten, die ich bis dahin als völlig inakzeptabel deklariert hatte. Nie hätte ich freiwillig derartigen Kitsch gehört, jedenfalls wurden meine gesammelten Selbstbildnisse Stück für Stück pulverisiert. Die coole Gefühligkeitsverweigerin, niedergestreckt von ein paar Liebesschnulzen. So sah das aus, eine halbe Nacht lang, keinen Monat nachdem ich in der Goldbachmühle angefangen hatte.

Beim sechsten oder siebten Durchlauf setzte bei den Worten aus dem Schubert-Lied »Ich sinke, ich sinke! Ihr Lieben, ich komm!«, das ich Manu oft hatte üben hören, schlagartig Ernüchterung ein. Ich stand auf, schaltete den CD-Player aus und kochte mir eine Kanne Kaffee.

Es war drei Uhr nachts, als ich bei Manu anrief.

»Was würdest du davon halten, wenn dir ein Mann ›Totengräbers Heimweh‹ zwischen lauter Liebeslieder auf eine CD brennt?«

»Sprichst du von einem Demo-Band? Ist der Typ Sänger?«

»Weder noch.«

»Dann – Finger weg!«

»Sicher?«

»Absolut!«

»Hast du nicht einmal gesagt, ein Mann müsste dir erst Schubert zu Füßen legen, bevor du ihn ernsthaft in Erwägung ziehst?«

»Zitier mich nicht, jedenfalls dann nicht, wenn ich Müll erzähle. Was sind denn das für Liebeslieder?«

»Sinatra.«

»Ernsthaft?«

»Ja.«

»Scheiße!«

»Wie soll ich das jetzt verstehen?«

»Du bist an einen Psychospinner geraten.«

Die Kaffeetasse fiel mir beinahe aus der Hand, aber ich versuchte Manu zu beruhigen, indem ich sie zum ersten Mal in unserer langen Freundschaft offen anlog.

»Ist auch egal. Es lohnt sowieso nicht, dass du dir darüber Gedanken machst. Ich werde den Typen nicht zurückrufen, und die Wahrscheinlichkeit, dass ich ihm je wieder zufällig über den Weg laufe, ist gering. So siehst du wenigstens, was einem hier im angeblich so langweiligen Niemandsland alles passieren kann.«

Manu ließ sich erstaunlicherweise überzeugen, brummte, dann sei ja alles bestens, jetzt würde sie aber gern weiterschlafen. Und im Übrigen, das hätte sie mir schon oft gesagt, treibe die Provinz die Leute zu eigenartigen Auswüchsen, das bringe die Abgeschiedenheit mit sich.

Völlig übermüdet wachte ich am Morgen auf, und auf dem

Weg zur Arbeit hatte ich Mühe, einen Anflug von Panik in den Griff zu bekommen. Wie sollte ich auf ihn reagieren, wie das alles einordnen? Ich kann nicht, ich darf nicht, er meint es nicht so, ich muss mich dringend wieder einkriegen, all das ratterte durch meinen Kopf.

»Bist du krank?«, fragte Carmen, als sie mich ins Erzieherbüro schleichen sah.

»Möglich. Ich fühle mich jedenfalls nicht besonders.«

»Geh wieder nach Hause und kurier dich aus. Wir können hier niemanden brauchen, der aussieht wie ausgespuckt!«

Dankbar nahm ich ihr Angebot an und verschwand eilig vom Gelände.

Konrad lief mir erst am Ende des folgenden Tages wieder über den Weg.

»Hat dir die CD gefallen?«, fragte er, als redete er vom Wetter.

»Ach, die war von dir?« Ich versuchte, die gleiche Belanglosigkeit in meine Antwort zu legen.

Konrads Stimmung schwang sofort um.

»Mach dich nicht lächerlich! Neben dir bin ich das einzige K im Haus.«

Es ärgerte mich, dass er mich so anfuhr, dennoch schaffte ich es, ruhig zu bleiben.

»Von dir ist sie also. Ehrlich gesagt, ist es nicht unbedingt die Art Musik, die ich mir nach Feierabend anhöre. Aber trotzdem danke, war sicher nett gemeint.«

»*Nett?*« Er sprach das Wort mit einer Kälte aus, die mir wehtat – und ließ mich stehen.

In den nächsten Stunden fiel es mir schwer, mich auf meine Aufgaben zu konzentrieren. Ich vergaß, Ada zum Spaziergang abzuholen, schickte Mischa ins falsche Therapiezimmer, ließ in der Küche einen Stapel Untertassen fallen, gab Theo keine richtige Auskunft über seine Arbeitszeiten für die kommende Woche. Doch bevor ich mich auf den Heimweg machte, schob ich Konrad noch eine Nachricht unter seiner Tür durch, zwei Zeilen nur, für die ich über eine halbe Stunde und einen Notizblock verbraucht hatte: *Entschuldige wegen heute Morgen. Ich war blöd. Du solltest mir trotzdem nicht solche Lieder schenken. K.*

Er antwortete nicht darauf, aber von da an wurde es anders zwischen uns: einfacher, komplizierter, näher, ferner – meine Einschätzung dessen, was sich da einzuschleichen begann oder bereits eingeschlichen hatte, wechselte mehrmals täglich.

Und dann fing er an, mir regelmäßig Zeichen zukommen zu lassen. Zettel mit kryptischen Botschaften, mit Zitaten, Gedichtzeilen, die man so oder anders oder gar nicht interpretieren konnte. Auch kleine Skizzen waren darunter: menschliche Figuren in geometrischen Konstruktionen, eingezwängt von Möbeln oder erfundenen Gerätschaften, dann wieder in offenem Gelände, changierend zwischen Landschaft und Seelenraum. Ich glaubte, in seine Geheimkammern zu schauen, ohne zu wissen, ob ich nur den Anflug einer Ahnung hatte, was er mir darin zeigte. Bei jedem Dienstbeginn hielt ich Ausschau nach einem Zeichen, nach jedem Dienstschluss durchsuchte ich noch auf dem Weg nach Lennau meinen Rucksack auf verborgene Nachrichten von ihm. Eine Ausstellung hätte ich mit diesen oft aufwendig gestalteten Zetteln machen können, hätte ich den gesamten Packen nicht kurz hinter der französischen Grenze in einem Hotelzimmer liegen gelassen.

Auch wenn die anderen uns »Hund und Katze« nannten – es war längst etwas im Gange, das sich nicht mehr aufhalten ließ.

Eines Nachmittags fand ich ein kleines Blatt in meinem Terminkalender, er musste es dort hineingelegt haben, als ich mit Lena bei den Tieren gewesen war. Eine Zeichnung, aber kein psychedelisch anmutendes Gewirr aus Formen oder Körperteilen, sondern eine kleine Waldskizze. Es war die Stelle, wo wir uns vor Wochen das erste Mal auf dem Nachtspaziergang begegnet waren. Er hatte nichts dazugeschrieben, keinen Hinweis, keine Uhrzeit, ich konnte daraus schließen, was ich wollte. Wahrscheinlich wollte er mich einfach an den Moment erinnern, der etwas Eigentümliches an sich gehabt hatte. Wenn es eine Einladung für eine weitere Begegnung an diesem Stein sein sollte, hatte er sie so offen gestaltet, dass es mir überlassen blieb, sie als solche zu deuten oder nicht.

Aufgeregt machte ich mich in dieser Nacht auf den Weg, glaubte überall Schemen oder flüchtige Schatten wahrzunehmen, horchte auf jedes Knacken im Geäst. Dann kam der Stein in Sicht – und ich war enttäuscht, als er nicht dort war und auf mich wartete. Einige sinnlose Minuten überlegte ich noch zu bleiben, bis sich eine Gestalt wenige Meter entfernt von einem breiten Stamm löste und auf mich zutrat.

»Wie lange schaust du mir schon zu?«, fragte ich, und es klang nicht einmal annähernd so ärgerlich, wie ich es eigentlich beabsichtigt hatte.

Trotz der Dunkelheit glaubte ich ein Lächeln in seinem Gesicht zu erkennen. Wieder liefen wir nebeneinanderher, wieder reichte er mir eine Zigarette, wieder rauchten wir schweigend. An der Stelle, an der er beim letzten Mal abgebogen war, verlangsamte ich automatisch meine Schritte, aber er schien gar nicht daran zu denken, sich zu verflüchtigen.

Wir wanderten weiter, atmeten im Gleichklang unserer Schritte, bis er abrupt anhielt und mich am Arm packte.

»Ich sehe es«, sagte er, »und du siehst es. Wir beide wissen, da ist etwas zwischen uns, etwas Besonderes, das sich nicht erklären lässt, etwas, das stärker ist als die vorgeschriebenen Grenzen. Alle Worte, die mir dafür einfallen, sind abgegriffen.«

»Ich weiß nicht, wovon du redest«, sagte ich eine Spur zu scharf.

»Du lügst.«

»Dann lüg ich eben. Ich kann mit solchen Floskeln sowieso nichts anfangen.«

Ich wollte schnell weitergehen, doch er hielt mich immer noch fest.

»Wovor hast du Angst, Katia?«

Ich antwortete nicht.

Dann war da seine Hand an meinem Hinterkopf, Finger in meinem Haar, sie krallten sich regelrecht hinein, ein fester, fast brutaler Griff, der dennoch nicht schmerzte. Ich ließ mich leicht nach hinten fallen, wurde gehalten von dieser Hand, die mich zu seinem Gesicht hinzog, das schön und fordernd war.

»Ich darf das nicht.«

»Seit wann kümmert sich jemand wie du um das, was erlaubt ist?«

Diesmal ließ ich ihn im Wald stehen.

8
Das dritte Zeichen

»Waren Sie und Fräulein van Haiden nicht zu Hause, Fräulein Werner? Meine Frau und ich haben uns schon gewundert, dass Sie Ihr Päckchen nicht abholen. Es liegt seit vorgestern bei uns, aus Frankreich, sicher ein verspätetes Weihnachtsgeschenk.«

Ich fasse es nicht: Der Hausmeister, ein untersetzter Mann, den ich noch nie anders als in Latzhose und grün kariertem Hemd gesehen habe, werkelt seit einer halben Ewigkeit an der kaputten Heizung in Manus Wohnung herum und quatscht mir die Ohren voll, anstatt mich zu informieren, dass er Post für mich hat.

»Warum sagen Sie das nicht gleich?«

Ehe er antworten kann, bin ich aus der Wohnungstür gerannt, nehme je zwei Stufen auf einmal die Treppe hinunter. Vor der Hausmeisterwohnung stoppe ich, bringe meinen Atem einigermaßen unter Kontrolle und drücke den Klingelknopf. Ich muss zweimal läuten, bis ich Schritte und das Rasseln von Metall höre. Die Hausmeisterfrau, eine kleine dünne Person in blauer Kittelschürze, die man so gut wie nie zu Gesicht bekommt, öffnet die Tür mit vorgelegter Kette.

»Katia Werner. Sie haben ein Päckchen für mich angenommen.«

Misstrauisch äugt sie durch den Türspalt, macht keine Anstalten, die Kette zu lösen.

»Ausweis?«

»Ihr Mann schickt mich, der repariert gerade bei uns oben die Heizung.«

»Möglich, aber ich kenne Sie trotzdem nicht.«

»Ich bin die Untermieterin von Frau van Haiden, vierter Stock rechts.«

»Kenne ich auch nicht.«

»Kann ich bitte einfach mein Päckchen haben? Es ist wichtig.«

»Ohne Ausweis kann ich nichts rausgeben. Da könnte jeder kommen.«

Gegen das sich zunehmend verhärtende Gesicht würde auch eine flehentliche Bitte nichts ausrichten, also höre ich auf zu betteln.

»Das ist doch pure Schikane von Ihnen, verdammt noch mal!«

Peng! Die Tür knallt zu. Mir bleibt nichts anderes übrig, als die Treppe wieder hinaufzulaufen, am Hausmeister vorbei, und den Ausweis zwischen leeren Zigarettenpackungen und Kaugummipapieren zu finden, nachdem ich den kompletten Inhalt meines Rucksacks unter seinen Blicken in die Küche gekippt habe. Treppe wieder herunterrasen, klingeln, dreimal hintereinander. Wenn diese Frau jetzt moniert, mein Pass sei seit zwei Monaten abgelaufen, werde ich im Treppenhaus zu schreien anfangen. Ich will dieses Päckchen!

Gerade als bei mir durchsickert, dass sie sich nach meiner Bemerkung mit einer gewissen Berechtigung weigern könnte, mir nochmals die Tür zu öffnen, erscheinen ihre grauen Mäuseaugen hinter der Kette.

»Bitte sehr, mein Ausweis, und entschuldigen Sie, dass ich gesagt habe ... Sie wissen schon. Es tut mir leid.«

Ich halte ihr meinen Pass durch den Spalt entgegen. Wenn

sie die Tür zuknallt, ist meine Hand keine Hand mehr. Offensichtlich ist sie aber nicht nachtragend oder will ihre Ruhe haben, jedenfalls entfernt sie die Kette, reicht mir mein Päckchen, einen Karton von der Größe einer Kinderschuhschachtel. Er ist rundum mit Klebeband verschlossen, so sorgsam und mit passgenau abgeklebten Ecken, dass kein Zweifel an der Identität des Absenders möglich ist: *KvR, z. Zt. Hotel des Bains, 19 rue Clemenceau, Granville, Frankreich.*

Das Wort »Frankreich« hat er in großen, doppelt nachgezogenen Druckbuchstaben geschrieben. Er ist also in der Basse-Normandie angekommen, im Norden, am Meer, der vorletzten Station unserer geplanten Reise, und er hat die vollständige Hoteladresse angegeben. Ich soll wissen, wo er gerade ist, daraus schließen, wohin seine Route gehen wird, auch ohne mich, das ist Teil der Botschaft.

Will er, dass ich ihm nachreise, ihn finde? Das wäre ein Klischee, zu viel Romantik, jedenfalls für jemanden wie Konrad. Es würde auch nicht zu seiner Angewohnheit passen, mich um die Ecke denken zu lassen.

Die Tür der Hausmeisterin ist längst wieder zu. Mit zittrigen Fingern halte ich das kleine Päckchen von mir weg wie etwas, das jeden Moment in die Luft gehen kann. Es ist schwerer, als man bei seinem bloßen Anblick erwartet hätte. Langsam steige ich die Treppen hinauf. Ich fürchte mich, ich freue mich, ich fürchte mich ...

Oben in der Wohnung finde ich den Hausmeister noch immer in der Küche vor. Er schraubt an der großen Therme herum.

»Stimmt auch mit dem Gas etwas nicht?«, frage ich.

»Keine Sorge, alles in Ordnung. Die Heizung geht wieder. Legen Sie mal die Hand auf den Heizkörper.«

Ich folge seiner Anweisung, erleichtert, für einen Moment zu wissen, was ich gerade tun soll.

»Wird warm. Endlich!«

»Sag ich doch. Hat meine Frau Sie noch mal raufgeschickt?«

»Ich musste mich ausweisen.«

»Es sind viele Postbetrüger in Hamburg unterwegs, da kann man nicht vorsichtig genug sein.«

Ich nicke.

»Darf ich Ihnen eine Tasse Kaffee anbieten, Herr Oppermann?«

»Da sag ich nicht nein.«

Gerade habe ich eine alte Frau angeschrien, weil sie mir nicht schnell genug meine Post übergeben wollte, jetzt bin ich plötzlich über jeden Aufschub froh. Wenn ich von nichts weiß, ist auch nichts passiert, das neue Fragen aufwirft. Niemand drängt mich. Ich kann das Päckchen ungeöffnet liegen lassen, solange ich will – und wenn es für immer ist.

Vorsichtig platziere ich es auf die Ablage unter dem Küchenschrank, hole den Espressokocher aus dem obersten Fach und wende mich dem Hausmeister zu.

»Milch oder Zucker?«

»Beides. Bitte.«

Während Herr Oppermann den letzten trockenen Weihnachtskeks in seine Tasse tunkt, schaue ich bewusst nicht zu dem Päckchen hinüber, obwohl er dreimal fragt, ob ich es nicht aufmachen möchte.

»Nein, nein, hat Zeit. Wollen Sie noch einen Kaffee?«

Als er schließlich geht, bin ich über sämtliche Mieter dieses Hauses besser informiert als Manu, die schon seit drei Jahren hier wohnt.

Anderthalb Stunden später, in denen ich abwechselnd die

Küchenkacheln, den grauen Himmel über der Stadt und das Päckchen angesehen habe, kommt unter dem Packpapier eine Holzschachtel zum Vorschein, mit rautenförmigem Etikett: *Comtesse du Barry, Les marrons glacés.* Wären wirklich kandierte Esskastanien darin, müsste die Schachtel leichter sein. Aus irgendeinem Grund hatte ich damit gerechnet, dass es sich beim nächsten Zeichen um Musik handeln würde, eine neue Auswahl an Liedern, die mich vor weitere Sinndeutungs-Herausforderungen stellen würde. Aber die mir – anders als eine Parkansicht und das Foto einer mumifizierten Katze – vielleicht auch ein paar Antworten geben könnte. Das Gewicht des Päckchens spricht gegen eine CD. Er hätte, eigens um mich zu täuschen, einen Stein oder eine Tüte mit Sand beifügen müssen.

Seit Weihnachten geht es mir besser. Nicht gut, aber besser. Manu ist über Silvester nach Berlin gefahren. Hinter mir liegen vier ruhige Tage, die ich mit meinem über den spontanen Besuch am ersten Weihnachtsfeiertag äußerst erfreuten Vater verbrachte. Wir haben uns alte französische Filme angeschaut, sind im Park spazieren gegangen, haben Enten mit altem Brot gefüttert, und ich habe Papas überwiegend stille Anwesenheit genossen. Einmal fuhren wir mit der U-Bahn in den Tierpark wie früher, haben uns lange vor das Wolfsgehege gestellt und einige Sätze darüber gewechselt, was man mit einer fast abgeschlossenen Erzieherinnenausbildung anfangen kann, wenn man eine Tätigkeit in der Heimerziehung vermeiden will. Mein Vater drängte mich zu nichts, machte allenfalls zaghafte Vorschläge und zeigte sich entgegen aller Erfahrung zuversichtlich, dass sich eine Lösung finden würde.

»Gönn dir eine Pause, Kind«, sagte er.

Ich überlegte, wann er mich das letzte Mal Kind genannt hatte. Früher hätte mich das gestört, jetzt gefiel es mir. Diskret, wie er ist, hat er nicht nach meinem Freund gefragt, von dem er noch weniger weiß als Manu, nur dass es da einen Mann in meinem Leben gibt oder gegeben hatte. Er fragte auch nicht nach der Frankreichreise, über die er von mir vor drei Monaten mit einer SMS informiert worden war. An unserem letzten Abend erzählte ich ihm dann, dass es vorbei sei mit dem Mann und mit einer Weiterarbeit in sämtlichen alternativen heilpädagogischen Einrichtungen ebenfalls.

Papas Kommentar war für seine Verhältnisse fast schon eine Rede: »Etwas in der Art habe ich mir gedacht, aber ich bin froh, dass du mich ins Vertrauen ziehst. Manchmal ist so ein klares Ende auch die bessere Lösung. Glatte Schnitte heilen schneller. Jedenfalls hoffe ich das für dich.«

Nach einer Pause, die er für das Anzünden seiner Pfeife benötigte, schob er eine Frage nach: »War es das denn, ein glatter Schnitt?«

»Doch, ja, war's.«

»Und, heilt er?«

»Wird er schon noch.«

Er legte mir die Hand auf den Kopf. Auch das hatte er lange nicht getan. Vielleicht hatte ich es auch einfach nur lange nicht zugelassen.

Die Schachtel riecht noch nach Maronen, als ich sie öffne. Aus mehreren Schichten Seidenpapier, zusätzlich gepolstert mit zusammengerollten Pappstreifen, schäle ich einen etwa zehn Zentimeter großen Gegenstand aus rostigem Eisen heraus. Ein Scharnier mit einer Frauenhand daran. Schlanke Finger umschließen eine Kugel, halten sie in der Höhlung der Handfläche, als würde sie bei der geringsten Erschütterung zu Boden fallen. Reste von grüner Farbe blättern aus den Vertiefungen. Auf der Rückseite der mit Ornamenten verzierten Eisenplatte, die das Scharnier mit der eingehängten Hand trägt, sind zwei Stifte eingegossen, in der Mitte befand sich einmal etwas, das jetzt abgebrochen ist, vielleicht eine Halterung. Ich drehe das sonderbare Gebilde um, fasse es an der kleinen Platte an, Eisen klickert auf Eisen, die kleine Frauenhand baumelt hin und her. Dieses Ding ist beziehungsweise war offensichtlich ein Türklopfer, ein sehr alter, wunderschöner Türklopfer, wie man ihn bei einem Trödler oder auf dem Flohmarkt findet, wenn man Augen dafür hat. Augen, die mehr und anders sehen als andere.

»Mach die Augen auf, Katia, und sieh hin, sieh endlich hin!«

»Mach du lieber mal die Augen zu, Konrad, und ruh dich aus vom pausenlosen Hinter-die-Dinge-schauen-Wollen.«

Aber sobald ich mich auf seine Aufforderung einließ, entdeckte ich plötzlich Dinge, für die ich vorher blind gewesen war, schöne Dinge, rätselhafte Dinge, beängstigende Dinge, bereichernd, verstörend und ...

Schluss!

Auch nachdem ich sämtliche Bögen Seidenpapier und alle Pappstreifen auf dem Küchentisch glatt gestrichen und jeden einzelnen von beiden Seiten betrachtet habe, findet sich kein weiterer Hinweis, geschweige denn ein noch so kleiner Schnipsel erklärenden Textes. Wieder nur ein Zeichen, wieder keine Worte, sieht man von der Absenderadresse ab. Immerhin ist der Türklopfer hübsch anzusehen.

Über den Ausdruck »hübsch« hätte er jetzt einen bissigen Vortrag gehalten, hätte lamentiert, dass eine solche Bezeichnung allenfalls als ironischer Kommentar zu gebrauchen sei, man sähe doch förmlich die fleischigen Wangen und das vor Dummheit strotzende Gesicht einer Frau vor sich, wenn von ihr behauptet werde, sie sei hübsch. Ein Objekt dagegen als hübsch zu charakterisieren, hieße, es zu völliger Bedeutungslosigkeit zu verdammen ...

Ich kann ihn wieder hören.

Vielleicht hätte er aber auch nur gelächelt, mir eine Strähne aus dem Gesicht gestrichen und gesagt: »Ja, das ist hübsch, nicht wahr? Wie du.«

Man konnte, man kann, man wird nie wissen bei ihm.

Nichts war, nichts ist sicher.

Ich am wenigsten.

Bis heute bin ich im Zweifel, ob er sich dessen bewusst war: Dass ich ihm ab einem bestimmten Punkt wenig bis nichts entgegenzusetzen hatte, obwohl ich an anderer Stelle in der Lage gewesen war, ihm Kontra zu geben, laut, zornig, massiv. Er machte mich wahnsinnig mit seiner Arroganz, seiner Besserwisserei, wahnsinnig oder wehrlos, oft beides gleichzeitig.

»Was glaubst du, wer du bist?!«, hatte ich einmal ärgerlich zu ihm gesagt.

»Ich bin Konrad von Reichenbach«, hatte er erwidert, »enterbter Stammhalter eines aussterbenden Adelsgeschlechts, flüchtiger Psychopath mit Gefahrenpotenzial, Alleinunterhalter eines grünhaarigen Mädchens, begnadeter Liebhaber desselben, gern auch Reisebegleiter für den Rest unseres gemeinsamen Lebens. Such dir etwas heraus, ich werde mich bemühen, es für dich zu sein.«

»Denkst du gelegentlich auch mal nach, bevor du derartige Sprüche von dir gibst?«

»Meistens sogar.«

Er saß vor mir, mit übereinandergeschlagenen Beinen auf

dem großen Stein, hielt seine wasserblauen Augen auf mich gerichtet, ohne auch nur ein einziges Mal den Blick zu senken. Er machte mir so etwas wie einen Heiratsantrag, von dem ich nicht einmal ahnte, dass er ernst gemeint war.

»Die Liebe wagt alles«, hat Manu einmal in einem Solo gesungen. Ich war tief berührt gewesen und wünschte mir, dies eines Tages auch zu können: Ohne Netz und doppelten Boden alles auf eine Karte setzen.

Als ich dann die Gelegenheit dazu bekam, fehlte mir genau diese Bedingungslosigkeit, mit der ich mich in die Liebe hätte stürzen müssen. Denn das hatte er bei mir glatt übersehen, trotz seiner überragenden Sehfähigkeiten: Ich kam, was die Liebe anging, ziemlich schnell an meine überraschend eng gesteckten Grenzen. Mein Vertrauen hat einfach nicht gereicht. In uns. In mich.

Wieso legt er jetzt den Faden wieder aus, streut Brotkrumen hinter sich her, lockt mich, bringt mich dazu, mir alles noch einmal vor Augen zu führen? Was sollte heute anders sein? Der Faden wird sich im Dickicht verfangen, die Vögel werden die Krumen fressen, wie mich die Angst vor der Ausschließlichkeit, die unser Zusammensein erfordert hätte, aufgefressen hat.

Die Zeichen können dieses oder jenes für mich bedeuten. Ich darf wählen, er hat es für mich offen gelassen. Wie fast immer.

Ich muss jetzt nichts entscheiden.

Es klingelt sehr lange, bis jemand am anderen Ende der Leitung den Hörer abhebt.

»Ja bitte?«

»Carmen?«

»Katia, Mensch, endlich!«

»Er schickt mir Geschenke.«

»Wie bitte?«

»Konrad, er schickt mir Sachen.«

»Was für Sachen?«

»Heute war es eine Hand.«

»Eine was?«

»Aus Eisen, mit einer Kugel, ein Türklopfer, nehme ich an, sieht alt aus.«

»Fatimas Hand, das kenne ich.«

»Wirklich? Woher?«

»An der Tür von Hajos Ferienhaus in Spanien hängt eine.« Ihre Stimme klingt plötzlich drängend: »Wie sieht die aus, die er dir geschickt hat?«

Möglichst detailgenau beschreibe ich ihr den Türklopfer und höre sie aufatmen: »Nein, das ist sie nicht.«

»Hast du etwa geglaubt, er hat Albrechts Ferienhaus aufgesucht und mir den Türklopfer als Trophäe geschickt?«

»Es war nur ein plötzlicher Gedanke.«

»Kennt er das Ferienhaus denn?«

»Die von Reichenbachs haben Hajo gelegentlich dort besucht, Konrad könnte einmal mitgefahren sein.«

»Was bedeutet das, Fatimas Hand?«

»Es ist ein Schutzsymbol. Fatima, die Tochter des Propheten Mohammed, hält symbolisch die Hand über das Auge mit dem bösen Blick – das ist die Kugel – und schützt so das Haus.«

»Wenn man aber kein Haus hat?«

»Bleibt es ein schönes Symbol.«

»So gesehen …«

»Und was hat er sonst noch geschickt?«

»Eine Postkarte und ein Foto, alles im Lauf einer Woche.«
»Was steht auf der Karte?«
»Nichts. Sie erinnert mich an eine Geschichte, die ich ihm einmal erzählt habe, und an ein Gedicht.«
»Was ist auf dem Foto zu sehen?«
»Auch etwas gegen böse Geister.«
»Nie ein Wort dabei?«
»Nicht ein einziges. Nur wechselnde Absender.«
»Er spielt mit dir.«
»Ich weiß.«

Fatimas Hand. Sollte ich jemals über eine eigene Tür verfügen, habe ich jetzt schon mal etwas, das vor dem bösen Blick schützt. Ich und ein Haus, das ist wirklich ein Witz! Ich habe nicht einmal eine Wohnung.

Ich sitze in Manus Küche, die sich langsam wieder erwärmt, während Carmen am anderen Ende der Leitung darauf wartet, dass ich mit ihr bespreche, was ich mit dem abgebrochenen Anerkennungsjahr anfangen könnte.

»Katia, bist du noch dran?«
»Können wir später reden? Morgen oder so? Ich habe noch etwas vor.«

Und tatsächlich habe ich etwas Wichtiges vor. Ich muss einen alten Türklopfer betrachten, muss versuchen zu sehen, was er mich sehen lassen will. Ich erinnere mich an das Foto eines kleinen Natursteinhauses an der bretonischen Küste, für dessen Tür sich die Hand hervorragend eignen würde.

Konrad wuchs in der vermeintlichen Geborgenheit eines großen Hauses auf, jedenfalls solange man ihn noch nicht als »sich und andere gefährdend« eingestuft hatte. Nach außen hin sah alles stilvoll und gediegen aus. Der Friede wurde in seinen Grundfesten einzig erschüttert von diesem Sohn, der aus scheinbar heiterem Himmel begann, das schöne Zuhause zu beschädigen, chinesische Vasen zu zertrümmern, mit dem Messer Kerben in die Tropenhölzer zu schlagen, die Mülltonnen anzuzünden. In dieser hypothekenfreien, mit festverzinstem Barvermögen abgepolsterten Sicherheit war Konrad der Störfaktor, der Dämon, gegen den kein magischer Türklopfer am Eingang etwas ausrichten konnte, weil er ja bereits drinnen war.

Jetzt ist er ein Wanderer, ein allein reisender, heimatloser Mann, der mir etwas schenkt, womit man anklopfen kann, anklopfen könnte, wenn man wüsste, wo.

Sieh hin, Liebste, mach einfach deine Augen auf!

Vor dem Fenster zischen die ersten Silvesterraketen vorbei, ein bunter Lichtregen spiegelt sich in den Scheiben von Manus altem Küchenschrank, draußen grölt jemand. Morgen wird keine Post ausgetragen, wahrscheinlich nicht einmal befördert. Ich sollte mir Gedanken darüber machen, warum mir das wie ein Segen vorkommt. Als würde ich dadurch Zeit gewinnen für … Für was eigentlich?

Eine Salve ohrenbetäubender Explosionen schneidet mir den Gedanken ab. Ich reiße das Fenster zum Innenhof auf. Unten stehen vier Erwachsene und zwei Kinder neben dem hölzernen Mülltonnenhäuschen und hantieren mit Feuerwerkskörpern. Ein weiterer Knall, und ein Feuerschweif zischt knapp an meinem Gesicht vorbei.

»Seid ihr bescheuert? Geht an die Alster, wenn ihr was anzünden müsst!«

Alle schauen sich suchend um, bis eines der Kinder zu mir hinaufzeigt und sämtliche Köpfe sich mir zuwenden. Einer kommt mir bekannt vor. Es ist der Typ aus dem ersten Stock, der immer ein Gespräch mit mir anfangen will, wenn er mich im Treppenhaus trifft.

»Ach, du bist das«, sagt er jetzt. »Wir wollten dich nicht stören. Es ist wegen Maja und Lisa, die müssen gleich ins Bett und wollten vorher noch ihre Raketen steigen lassen.«

»Muss das denn hier im Hinterhof sein, direkt neben dem Holzverschlag?«

Der Nachbar hebt entschuldigend die Hand, ehe er seine Kinder in Richtung Ausgang scheucht. Das größere Mädchen mit roter Wollmütze schlüpft unter seinen Armen hindurch, flitzt noch einmal in den Hof, stemmt die Arme in die Hüften und streckt mir die Zunge heraus. Unweigerlich erwidere ich die Grimasse. Wir winken uns zu, bis die Göre von ihrem Vater aus dem Hof getragen wird.

Ich in der Kindererziehung, das würde nicht nur an mir selbst, sondern erst recht und immer wieder an den Eltern scheitern.

Wie es Mischa wohl geht heute Nacht?, überlege ich weiter. Feuerwerk jagt ihm eine irrsinnige Angst ein. Ob Carmen ihm hinter Martins Rücken etwas zur Beruhigung verabreicht wie letzten Sommer, als Konrad den Hund allein in seiner Wohnung eingesperrt hatte und Mischa von dem nicht enden wollenden Bellen und Jaulen völlig panisch geworden war? »Jemand muss retten! Jemand muss retten!«, hatte er gebrüllt, immer lauter, immer schriller, bis er versucht hatte, das Jaulen auszuschalten, indem er mit dem Kopf gegen die Wand zu Konrads Wohnung schlug. Carmen hatte ihn daraufhin gepackt und mithilfe von Suse ins Büro gezerrt, wo sie erst vergeblich versuchte, Martin oder Lena in der Gärtnerei, dann Hajo in der Klinik zu erreichen, schließlich den Hörer auf die Tischplatte knallte und zum Medikamentenschrank ging, um Verbandszeug und Diazepam zu holen.

Krach in Verbindung mit Feuer lässt Mischa binnen Sekunden austicken. Aber in der Mühle gibt es heute Nacht bestimmt kein Feuerwerk. Allein wegen der Tiere wird Lena dafür gesorgt haben, dass alles ruhig bleiben wird. Obwohl ich fast drei Jahre in Lennau gelebt habe, bin ich nie zum Jahreswechsel dort gewesen, jedes Mal war ich entweder bei Manu in Hamburg oder bei meinem Vater in Berlin gewesen. Eigentlich liegt das Heimgelände weit genug außerhalb der Ortschaft, sodass der Lärm nicht bis zur Mühle durchdringen dürfte; außerdem ist es durch den Wald geschützt. Aber es kann natürlich sein, dass Idioten aus dem Dorf auf ihren Mofas zur Mühle fahren, um »die Psychos« unter Feuer zu nehmen. Seit Helmut und Manfred drei von diesen Typen beim letzten Schützenfest verdroschen haben, ist noch eine Rechnung offen. Die Dorfjungen hatten Ada mit ihren Mofas umkreist, immer enger und enger, dabei »Fette Sau, lass dich ficken!« gebrüllt, bis Helmut und Manfred wie die Berserker in den Kreis einbrachen und den Sanitätern einiges an Arbeit bescherten. Carmens launiger Kommentar, nachdem sie von einer längeren Verhandlung auf dem örtlichen Polizeirevier zurückkehrte: »Wehe, wenn sie losgelassen!«

Lena schimpfte: »Bist du etwa auch noch stolz auf dieses Desaster?«

»Natürlich bin ich das! Unsere Jungs waren Superhelden!«

Martin hatte bloß den Kopf geschüttelt und dann traurig genickt, als Lena prophezeite, dass die Dorfjugend sich dafür rächen werde.

»Ach was«, Carmens Hand fegte durch die Luft, »die werden sich künftig zweimal überlegen, ob sie jemanden von uns angreifen.«

Martin und Lena sahen nicht überzeugt aus, aber ich ließ

mich von Carmens Begeisterung anstecken und beteiligte mich mit einer großzügigen Kartoffelchips-Spende am »Heldenfest«, das sie noch am selben Abend organisierte. Konrad kam, von der Musik angelockt, aus seinem Apartment herüber und sagte, nachdem er den Grund für die Feier erfahren hatte: »Es ist zu hoffen, dass die Typen nicht irgendwann Mischa in die Finger bekommen.«

Wie gern wäre ich heute Nacht in der Mühle, um Mischa zu beschützen. Das wird nun jemand anders tun müssen. Es spielt keine Rolle mehr, ob ich noch dort bin, aber sie fehlen mir alle. Diese Möglichkeit hatte ich unterschätzt.

Dass ausgerechnet Carmen mir jetzt eine Chance eröffnet, das Anerkennungsjahr doch noch zu beenden, ist unbegreiflich. Mit einer nachträglich ausgestellten Urlaubsbewilligung und einer Krankschreibung, die man Hajo aus den Rippen leiern könnte, wäre das durchaus machbar, sagte sie bei unserem zweiten Telefonat. »Katia, verbau dir nicht deine Zukunft wegen eines Ausrutschers.«

»Die Geschichte mit Konrad war kein *Ausrutscher*!«

»Das habe ich auch nicht gemeint.«

Es folgte ein langes Schweigen.

Ich habe Carmens Großzügigkeit nicht verdient, und sie hat es nicht verdient, wegen mir weitere Unannehmlichkeiten zu bekommen.

Als Mischa wegen des jaulenden Hundes seinen Kopf gegen die Wand schlug, während ich tatenlos daneben stand, schrie Suse: »Wo ist eigentlich der eingebildete Affe? Wo ist Konrad, wenn man ihn mal wirklich braucht?«

Gerade in dem Moment tauchte Carmen auf, legte ihre Arme um Mischa, sah sich um, traf meinen Blick und sagte: »Katia, du weißt, wo er sich aufhält. Hol ihn!«

Die Art und Weise, wie sie mich über ihren Brillenrand ansah und gleichzeitig versuchte, mit Suse den blutenden Jungen durch die Tür zum Erzieherbüro zu schieben, war eindeutig. Sie weiß es, schoss mir durch den Kopf.

Sie wusste es schon eine ganze Weile, wie sich später herausstellte. Aber sie hatte geschwiegen, hatte weder Martin noch Hajo noch sonst jemandem etwas über Konrad und mich erzählt. Sie hätte alles auffliegen lassen können. Anscheinend hatte sie das aber nicht gewollt.

Als Konrad dann endlich vom Aktzeichnen in Alsfeld zurückgekommen war, hatte er augenblicklich dem Jaulen des Hundes ein Ende gesetzt und wenig später auch Mischas Angst davor.

Armer Mischa. Nicht ich, Konrad wird ihm fehlen in dieser Silvesternacht. Konrad mit seiner fast schon magischen Fähigkeit, Mischas Panikzustände zu durchbrechen, ihn zu beruhigen, Konrad, dessen Akte nicht nur nach Carmens und Martins Überzeugung – trotz aller Merkwürdigkeiten – in der falschen Abteilung des Büroschranks steckte.

Wo ist er jetzt? Noch in Granville oder bereits weitergezogen auf unserer Route? Sitzt er in einem Café am Hafen und schaut auf die friedlich im Wasser schaukelnden Fischerboote? Es gibt in diesen kleinen Küstenstädten überall ein kleines Café, von dem aus man einen guten Blick auf das Hafenbecken hat, auf die frühzeitig vom Pastis gealterten Franzosen in den Bars. Ich könnte jetzt dort sein. Bei ihm.

Konrad liebt Schiffe. Wenn er von ihnen sprach, leuchtete er von innen heraus, sodass man ihn für einen glücklichen Menschen halten konnte. Als kleiner Junge segelte er mit seinen Eltern oft an der normannischen und bretonischen Küste, fuhr frühmorgens mit den Fischern raus aufs Meer, ein- oder zweimal auch noch als Jugendlicher, wenn sein Vater in einem Anfall von Gutwilligkeit davon absah, den Sohn in Sicherungseinrichtungen zu stecken. Leider wurde Konrad stets vorzeitig in die Obhut der Psychiater zurückgebracht, weil irgendeine familiäre Katastrophe, meistens ein depressiver Schub der Mutter, dessen Auslöser er angeblich war, die Fortdauer des Urlaubs unmöglich gemacht hatte. Mit Konrads Übersiedlung in die Goldbachmühle hatte Professor Albrecht weitere Ferien als »den Therapieerfolg gefährdend« unterbunden. Konrad war das mehr als recht gewesen, dennoch hatte er das Meer, den Wind, die Schiffe und den Geruch des Hafens vermisst.

Jetzt aber kann er wieder dort sein, ein für alle Mal der Willkür seines Vaters entzogen. Immerhin dabei habe ich ihm helfen können, seine Flucht ist gelungen. Die Beweise dafür habe ich in den letzten Tagen erhalten.

Carmen sagte noch am Telefon, ich müsse mir über meine Zukunft klar werden. Ich will mir aber über nichts klar werden, ich will ihn zurück.

Will ich nicht.

Der Konrad, den ich will, existiert nicht, das muss ich endlich einsehen.

Warum schreibt er nicht: »Komm zu mir, wir fangen noch einmal an!«, wenn er weiter etwas von mir will?

Es liegen gerade mal zwölf Stunden Zugfahrt zwischen uns, ich würde ihn schon finden, weil ich wüsste, wo ich nach ihm zu suchen hätte. Und selbst wenn ich nichts wieder rückgängig, nichts wiedergutmachen könnte, würde ich doch wenigstens etwas tun, statt auf seine Zeichen zu warten.

Jetzt, in diesem Moment, könnte ich mit ihm in dieser kleinen nordfranzösischen Hafenstadt sitzen, einen *petit café* vor ihm, einen Calvados vor mir, zwei *croque monsieur* auf einem Teller zwischen uns. Meine Hand würde unter seiner liegen, während er mich seinem neuen Freund Jean-Pierre oder Jacques oder Yves vorstellt: »Hier ist sie, die Frau, auf deren Ankunft ich all die Tage gewartet habe!«

Die vorbeigehenden Passanten sähen ein normales Paar, das einen gemeinsamen Abend in einem Café verbringt.

So hätte es aussehen können.

So wird es nie aussehen.

»Ein Leben auf dem Pulverfass, ist es das, was du willst?«, hatte er mich in einem seiner düsteren Momente gefragt.

»Notfalls auch das«, hatte ich geantwortet – und schreckte im selben Moment vor meiner Antwort zurück.

Immerhin hatten wir fast drei Sommerwochen miteinander, die denen eines gewöhnlichen Paars ziemlich ähnlich waren.

9
Liebe ohne Grenzen

Wieso landet einer wie du eigentlich schon als Kind in der Klapse?« Helmut wandte sich eines Nachmittags mit dieser Frage völlig unvermittelt an Konrad. »Ich meine, wenn ich mir uns Totalschäden so ansehe, okay, aber du? Allein dein familiärer Hintergrund ...«

Der gesamte Tisch verstummte. Selbst die Bedienung, die gerade eine Espressotasse vor Beate und ein Spagetti-Eis mit extra Sahne vor Ada abgestellt hatte, stoppte mitten in ihrer Bewegung. Konrad zuckte herablassend mit den Schultern, gab einen Löffel Kandis in seinen Darjeeling, rührte bedächtig in der Tasse herum, sah kurz zu mir, dann wieder zu Helmut. Schließlich sagte er: »Seit wann schützt ein familiärer Hintergrund vor irgendwas?«

»Auch wahr«, erwiderte Helmut und widmete sich seinem Bananensplit.

Aber Konrad war noch nicht fertig.

»Wisst ihr, was ich mich dagegen öfter frage?«

Verhaltenes Kopfschütteln. Jedem am Tisch war bewusst, dass Konrad zu einem Gegenschlag ausholen würde, gegen wen oder was auch immer.

»Wieso ist eine wie Katia bis heute noch nie in der Klapse gewesen?«

Die Stille bekam eine Spannung, wie sie nur er mit einem einzigen Satz, manchmal mit einer Geste oder seiner bloßen

Anwesenheit herstellen konnte. Bis dahin hatten wir einen heiteren Nachmittag verbracht. Nach einer Woche, in der es pausenlos geregnet hatte, waren wir froh über den ersten warmen Sommertag gewesen. Da es der dritte Dienstag im Monat war und »Stadtgang« auf dem Plan stand, entschieden wir, die Alsfelder Eisdiele »San Remo« aufzusuchen. Zur allgemeinen Überraschung war Konrad im Aufenthaltsraum erschienen, kaum dass der Beschluss gefasst war, und hatte erklärt, er würde uns begleiten, vorausgesetzt, er dürfe die Praktikantin auf einen Tropicana-Becher einladen. Das Wort »Praktikantin« sprach er mit einer Betonung aus, die zum Widerspruch reizte, aber ich wollte ihm nicht den Gefallen tun, vor den anderen auf seine Provokation einzugehen.

»*Praktikantinnen* gibt es bei uns nicht exklusiv, Monsieur«, sagte ich. »Tropicana-Spende für alle oder für keinen, wir sind hier eine eingeschworene Clique, musst du wissen.«

Manfred kicherte: »Jetzt bist du fällig, Alter!«

Die anderen applaudierten, Konrad deutete eine Verneigung an: »Wohl gesprochen, Madame, dann soll es so sein, ihr seid meine Gäste. Wenn ihr mir also bitte folgen wollt.«

Und schon war er der Führer der Gruppe, und wie alle anderen ließ auch ich mich von seinem lockend winkenden Zeigefinger leiten, heftete mich an seine federnden Schritte. Von der Mühle aus ging es zur Bushaltestelle, und der Fahrer sah promt in ihm den Hauptverantwortlichen, an den er die verlangte Gruppenkarte aushändigte, obwohl ich den Geldschein dafür hingelegt hatte.

Im Bus war die Stimmung bestens gewesen, Konrad hatte gut gelaunt mit Mischa geplaudert und selbst für Suse ein paar freundliche Worte übrig gehabt. Ich genoss es, einmal mit allen in entspannter Atmosphäre unterwegs zu sein, ohne Carmens ordnende Strenge oder Martins ausgleichende Milde.

Nach diesem geglückten Start saßen wir dann in der Alsfelder Fußgängerzone vor unseren Eisbechern und Getränken, und nun starrten mich ein halbes Dutzend Augenpaare an. Alle warteten gespannt, wie ich wohl auf Konrads Frage reagieren würde. Blitzartig flogen einige Antwortmöglichkeiten durch meinen Kopf, die ihn aber über die Tatsache in Kenntnis setzen würden, dass ich seine furiose Akte wenigstens in Teilen kannte: *Weil sich im Vergleich zu deinem Zerstörerkonto die Liste der von mir zu Bruch gebrachten Dinge lächerlich ausnimmt. Weil mich, im Gegensatz zu dir, die Menschen immer nur für schräg, aber nicht für gefährlich gehalten haben. Weil mein Vater mich noch nie hat loswerden wollen. Weil keines der Kinder in meiner Grundschule von mir gequält worden ist. Weil du ...*

Plötzlich hatte ich eine solche Lust, gemein zu ihm zu sein, dass mir beinahe übel wurde.

Helmut räusperte sich, schnipste dann mit den Fingern vor meinem Gesicht: »Hey, ist ja auch egal, warum wer in der Geschlossenen war und wer nicht. War eh blöd von mir, so was anzusprechen, 'tschuldigung. Kann ich noch eine Fanta haben?«

Die Bedienung besann sich auf ihre Aufgabe, trat einen Schritt zurück, notierte die Bestellung und entfernte sich Richtung Tresen. Es war deutlich zu spüren, dass die anderen, trotz Helmuts Versuch, von Konrads Angriff abzulenken, noch immer darauf warteten, was ich erwidern würde. Auch Konrad wollte eine Reaktion, das wusste ich, noch bevor er sich zu mir herüberbeugte und zu laut sprach, als dass es mir allein hätte gelten können: »Na, Katia, was meinst du? Was hat dich davor bewahrt, eine von uns zu sein?«

Nein, mein Lieber, dachte ich, das machst du doch jetzt nur, damit ich dich vor allen angreife, mir ein Wortgefecht mit dir liefere, bei dem ich selbstverständlich den Kürzeren ziehen werde. Aber ich streite mich heute nicht in aller Öffentlichkeit mit dir, von mir bekommst du keine Bühne.

Ohne von meinem Eisbecher aufzusehen, sagte ich: »Seit ich bei euch arbeite, stelle ich mir diese Frage auch ständig. Aber ich habe keine Ahnung, warum man mich verschont hat, denn so durchgeknallt wie ihr bin ich allemal.«

Konrads Augen wurden zu Schlitzen, seine Lippen ein schmaler Spalt.

»Geht das jetzt auf unsere oder auf deine Kosten?« Dann brach er in ein schallendes Gelächter aus.

Die anderen zögerten noch ein wenig, bevor sie einstimmten. Wir grölten so sehr, dass selbst die Bedienung sich anstecken ließ. Helmut boxte mir heftig in den Rücken, beinahe hätte ich die Amarena-Kirsche auf meinem Sahneberg geküsst. Mischa kippte fast rückwärts vom Stuhl, und selbst Ada kicherte hinter vors Gesicht gepressten Handflächen.

»In die Psychiatrie kommt man hierzulande schneller als zu fünf Euro«, ätzte Suse in die Runde, sobald wir anfingen, uns zu beruhigen.

»Bei mir waren die fehlenden fünf Euro stets das größere Problem«, antwortete ich in dem Bemühen, die gute Stimmung nicht wieder kippen zu lassen.

»Es muss ja auch ein Problem geben, das ich noch nie hatte«, sagte Konrad und fegte einige unsichtbare Krümel von seinem rechten Hosenbein.

»Neureicher Großkotz«, erwiderte ich, wobei ich bemerkte, dass er seinen Arm zwischen seinem rechten und meinem linken Bein hatte liegen lassen.

»Wenn, dann *altreich*, meine Liebe, darauf muss ich bestehen, meine Familie pflegt die Großkotzigkeit schon seit Jahrhunderten.«

»Umso schlimmer!«

Alle, bis auf Suse, grölten erneut. Unter dem Tisch legte sich eine Hand auf mein Knie, die sich warm und sehr sanft durch den Stoff meiner dünnen Baumwollhose anfühlte, während sie langsam und mit leichtem Druck meinen Oberschenkel hinaufwanderte.

Das sollte ich im Dienst strikt unterbinden, dachte ich, bedauerte aber sofort, als die Hand wieder weg war, kaum dass ich den Gedanken zu Ende gebracht hatte.

»Katia, geht's dir gut?«

Beate schaute mich durchdringend über den Tisch hinweg an.

»Ja, bestens, wieso?«

»Du siehst auf einmal so blass aus.«

Die Hand war wieder dort, wo er sie eben fortgenommen hatte, ich schnappte leise nach Luft. Jetzt blickte auch Suse in meine Richtung.

»Kreislauf … Ich bestell mir einen Kaffee«, murmelte ich und versuchte, die Hand wegzuschieben, ohne dass es jemand bemerkte.

Plötzlich ertönte ein anhaltendes Knattergeräusch, das auf einen Schlag jeden in der Runde verstummen ließ.

»Igitt, Manfred, du Pottsau!« Suses Stimme schrillte durch den gesamten Laden.

»Du bist voll eklig!« Beate sagte das mit angewidertem Gesichtsausdruck. Ich war, zumindest für den Moment, gerettet.

Manfred grinste: »Ihr könnt mich alle mal, ich bin anerkannter Bekloppter, ich darf furzen, wann und wo ich will!«

Daraufhin erhob sich wieder das kollektive Gelächter, während ich im linken Ohr ein Flüstern hörte und die sanfte Berührung zweier Lippen spürte.

»Heute Abend am Stein?«

Ja, dachte ich, und auf keinen Fall, begleitet von einem leichten Nicken, gegen das ich machtlos war.

Ich wollte nicht, dass die anderen etwas bemerkten, mühte mich unter Aufbietung all meiner Kräfte, dass unsere zweisamen Treffen einzig auf der Waldlichtung stattfanden.

Wollte man etwas von Konrad, so gab es das Haustelefon, die Klingel oder das Postfach unten am Fuß der Holztreppe. Das war allgemeiner Konsens, daran hatte auch ich mich zu halten. Andere Formen der Kontaktaufnahme hätte ich plausibel begründen müssen, wäre ich von jemandem dabei beobachtet worden.

»Wir müssen stets auf der Hut sein, dass der Alte von Reichenbach seine Waffenruhe nicht für beendet erklärt«, hieß es gelegentlich in den Dienstbesprechungen nach Professor Albrechts wöchentlicher Visite, ein Hinweis, den ich nicht überhörte, auch wenn er zu diesem Zeitpunkt noch auf Konrads Kunststudium gemünzt war.

Regelmäßig trafen wir uns jetzt abends am Stein, spazierten gemeinsam durch den Wald, redeten nicht viel, berührten uns von Mal zu Mal öfter und immer weniger zufällig, stets gebremst von mir: »Weiter darf ich nicht!«

»Wer bestimmt, was wir dürfen, du etwa?«

»Ich habe die Umstände unserer Begegnung nicht gemacht.«

»Warum nehmen wir die Umstände dann nicht in unsere Hände und machen sie so, wie wir sie haben wollen?«

»Wir sind nicht allein auf der Welt.«

»Was aber, wenn wir es wären?«

Eines Morgens kam mir Mischa entgegen und sagte: »Wir haben eine gute Idee, du musst nur einverstanden sein.«

»Wer ist *wir*, und womit muss ich einverstanden sein?«

»Wir, das sind Konrad und ich, und du wegen der Farbe. Ob dir das was ausmacht, verstehst du?«

Er war so aufgeregt, dass wiederholtes Nachfragen nötig war, bis deutlich wurde, wovon Mischa redete: Er wollte sein Zimmer streichen.

»Warum muss ich damit einverstanden sein, Mischa?«

»Grün, ich möchte es grün haben, und Konrad sagt, das ist deine Farbe, und ich muss dich deshalb fragen, nicht dass du was Falsches denkst.«

Einen solchen Wortschwall hatte ich selten aus Mischas Mund gehört. Ich war bereit, seine Begeisterung zu teilen, auch wenn ich meine Zweifel hatte, ob die Initiative ursprünglich von ihm stammte.

»Eine Farbe gehört niemandem, du kannst dein Zimmer streichen, wie du willst.«

»Das heißt, du bist einverstanden?«

»Natürlich habe ich nichts dagegen, aber darum geht's nicht. Carmen und Martin müssen einverstanden sein. Du brauchst dazu sicher Geld und Unterstützung.«

»Konrad meint, du würdest mir bestimmt helfen.«

Das Anliegen war für einen Menschen, der so große Angst vor jedweder Veränderung hatte, eine Sensation, und Carmen zeigte sich entsprechend begeistert von dem Einfall. Sie forderte uns auf, noch am selben Tag mit der Arbeit zu beginnen, wobei es für sie keine Frage war, dass die Aktion unter meiner Regie stattfinden würde. Sie drückte mir einen Autoschlüssel in die Hand, zog ein paar Scheine aus der Handkasse in ihrer Schreibtischschublade, überreichte sie mir und sagte:

»Ihr müsst ja nicht alles ausgeben. Mischa, willst du mit zum Baumarkt?«

Mischa schüttelte heftig den Kopf.

Carmen seufzte. »Katia, bekommst du das hin? Für einen professionellen Malermeister reichen die Finanzen nämlich nicht.«

»Konrad! Konrad bekommt das hin. Er kann malen«, wandte Mischa ein.

»Es wäre nicht die erste Wand, die ich in meinem Leben streiche«, entgegnete ich. »Aber bitte, wenn Konrad auch möchte.«

Konrad stieg grinsend zu mir auf den Beifahrersitz, machte im Baumarkt einen gewaltigen Aufriss, bis er endlich die Farben gefunden hatte, die er zu »Mischas Traumgrün« zusammenrühren wollte. Ich musste lachen, wie er die einzelnen Farbeimer neben meinen Kopf hielt und zum Verkäufer gewandt blödelte: »Sehen Sie dieses schöne grüne Fräulein hier, wir streichen ihr Aquarium, da darf man sich keine Fehler erlauben, sonst wächst ihr wieder der Fischschwanz, und ich muss sehen, wie ich damit fertigwerde.«

Bei unserer Rückkehr in der Goldbachmühle wurden wir von einem Mischa empfangen, der Angst vor seiner eigenen Courage bekommen hatte.

»Carmen sagt, ich muss alles rausräumen, meine ganzen Sachen, sie müssen auf den Flur, wo jeder drankann!«

»Das wird nicht nötig sein«, beruhigte ihn Konrad. »Wir machen einen großen Haufen in der Mitte deines Zimmers und legen eine Plane drüber, die wir extra dafür gekauft haben. Schau ...« Er zog die entsprechende Packung aus dem Karton mit den Einkäufen, schüttelte die riesige Folie vor Mischa auseinander, bis sie die Hälfte des Flurs abdeckte. »Und davon haben wir mindestens zwanzig, mein Freund, damit decken wir notfalls noch die Ställe ab. Deine Sachen bleiben jedenfalls in deinem Raum.«

Mischa strahlte, und alles war gut.

Es war erstaunlich, wie viel Kraft Konrad beim Räumen der Schränke und Regale zeigte, zumal er sich sonst den ganzen Tag eher mit Zeichnen, Lesen und Spaziergängen beschäftigte. Noch beeindruckender aber war es, wie es ihm gelang, Mischa bei Laune zu halten, ihn mit einzubeziehen, ihm Aufgaben zuzuweisen, die er bewältigen konnte, und die ganze Situation so ruhig zu gestalten, dass es fast schon unheimlich war.

»Wir wollen doch nicht den Panikriesen wecken, oder, Mischa?«

»Nein«, kicherte er und sah dabei aus wie ein ganz gewöhnlicher Junge, der mit Freunden sein Zimmer strich.

Gegen neun Uhr abends waren wir bei der letzten Wand angekommen, als Konrad plötzlich zu einem Kantenpinsel griff, ihn in den Farbeimer tauchte und begann, ein Portrait auf der Wand zu skizzieren. Mit weit ausholenden Bewegungen setzte er Strich um Strich, wurde dabei immer schneller, hektischer, keuchte vor Anstrengung, bis er ruckartig innehielt und von seinem Werk zurücktrat.

»Da!«, sagte er zufrieden.

Zu sehen war mein Gesicht in einer Größe von mindestens zwei mal drei Metern, mit groben grünen Pinselzügen an die Wand geworfen. Eindeutig war auszumachen, wie ich den Kopf in den Nacken legte, die Zähne bleckte, scheinbar hemmungslos den Mund aufriss, als würde ich den Rest der Welt auslachen. Mit einem weiteren Strich hatte er noch die Kontur einer Brust angedeutet, ein Punkt reichte aus, um den Betrachter davon in Kenntnis zu setzen, dass sie unbedeckt war.

Ich konnte nichts sagen, nichts denken, starrte nur einfach die Wand an. Und je länger ich darauf starrte, desto zwiespältiger erschien mir das, was ich anschaute: Lachen, Schmerz, Ekstase, Irrsinn, was ging da vor sich? Ich wusste es nicht.

»Krass, Konrad«, rief Mischa. »Du bist ein verdammter Magier!«

Das war er zweifellos, auch wenn das, was ich betrachtete, mich verunsicherte. Nicht weil ich nackt gezeichnet worden war, sondern vielmehr deshalb, weil ich etwas entdeckte, das ich zuvor noch nie an mir bemerkt hatte, das aber womöglich ein Teil von mir sein konnte, den ich bislang entschieden zu wenig kennengelernt hatte.

»Kann ich das behalten, kann die Wand so bleiben, bitte?«, fragte Mischa flehend.

Jetzt erst schaffte ich es, mich zu rühren.

»Äh ...«

Konrad fiel mir ins Wort: »Das geht kaum, Alter, wir wollen doch nicht, dass unsere Freundin hier Ärger bekommt.« Dann tauchte er die große Farbrolle in den Eimer.

»Nicht!«, jammerte Mischa.

Aber schon war mein Portrait mit einem breiten sattgrünen Streifen bedeckt, verschwand nach und nach unter den Farbspuren der Rolle.

»Mann, das sah toll aus, ich hätte gern das Bild von Katia behalten.«

»Stell sie dir einfach vor, wenn du auf diese Wand schaust. Du weißt, sie ist dahinter versteckt, wird es von jetzt an immer sein.«

Ich war unfähig, Vernünftiges von mir zu geben. Doch Konrad sah mich an, als schien er auf etwas zu warten, die Rolle hatte er auf das Abtropfgitter gelegt.

»Das ist ja vielleicht nicht das erste und letzte Portrait von mir, das du anfertigen wirst«, brachte ich endlich heraus.

»Ich zeichne eine Menge, wenn der Tag lang ist«, erwiderte er.

Danach griff ich nach der Farbrolle, beseitigte die letzten Reste meiner Haarspitzen.

»Wir müssen noch einmal drüberstreichen, sonst schimmert das später durch«, sagte ich.

Auch diese letzte Wand malerten wir so perfekt wie die anderen Seiten, dass man uns später für unsere handwerklichen Fähigkeiten über die Maßen lobte.

Kurz vor Mitternacht waren wir fertig. Mischa war in seinem mit Folie abgedeckten Sessel eingeschlafen, einen Pinsel noch in der rechten Hand, die schlaff herunterhing. Konrad betrachtete ihn liebevoll, holte dann seine Jacke und deckte ihn zu.

Ich war gerade dabei, die Klebestreifen von den Sockelleisten zu ziehen, als ich ihn dicht hinter mir wispern hörte: »Wann kommst du zu mir und siehst dir an, was sich hinter meinen Wänden verbergen könnte?«

Ohne ihn anzuschauen, sagte ich: »Du weißt, ich brauche einen dienstlichen Grund, um dich in deiner Klause stören zu können, es sei denn, du bittest mich von dir aus zu einem höchst dienstlichen Gespräch.«

»Und das wäre dann wie dienstlich genau?«

»So dienstlich wie gestern unser nächtlicher Spaziergang.«

Er nahm mich bei den Schultern und drehte mich zu sich herum. Zart strich er mir mit dem Zeigefinger über den Nasenrücken, kratzte dann mit dem Fingernagel etwas Farbe von meiner Haut, murmelte: »Grün, sie ist überall grün«, und küsste mich sehr sanft auf den Mund, bis im Zimmer nebenan die Tür aufging und ich von ihm zurückwich. Konrad wiederum stürmte aus dem nicht einmal zur Hälfte wieder eingerichteten Zimmer, ließ mich zurück mit der Unordnung und dem tief schlafenden Mischa, der jetzt leise schnarchte.

Konrads kleine Wohnung betrat ich zum ersten Mal, nachdem ich zwei Stunden zuvor die schönste Einladungskarte zu einem Abendessen in meinem Rucksack gefunden hatte, die mir je unter die Augen gekommen war. Sie befand sich in einem lindgrünen Umschlag in Leinenoptik, mit dunkelgrüner Tinte beschriftet: *Ein Abend für die Dame mit dem grünen Haar ...*
Ich wagte kaum, den Umschlag mit dem Taschenmesser aufzureißen, so schön war das handgeschöpfte Papier, so gut fühlte sich seine Struktur zwischen den Fingern an. Eine Doppelkarte kam zum Vorschein, ebenfalls in Lindgrün. Innen war auf der linken Seite eine kleine Zeichnung mit Fotoecken eingeklebt, rechts stand ein kurzer Text, den ich auf den ersten Blick für ein Gedicht hielt:

Forelle blau aus den Lennauer Teichen,
eine Flasche Armand de Brignac aus dem Keller
meines Vaters, beides geklaut,
würde ich gerne teilen:
mit dir.
Heute, ab 20.30 Uhr.
Um Antwort wird nicht gebeten. Komm einfach! Du weißt:
Ich finde dich überall!

Auf der Zeichnung war wieder ich zu erkennen, diesmal immerhin angezogen: auf der Holzbank vor der Lennauer Bäckerei sitzend, das Gesicht der Sonne zugewandt, die Augen geschlossen, die Beine mit den zerlöcherten Turnschuhen an den Füßen weit von mir gestreckt. Genau in dieser Haltung hatte ich in den vorangegangenen Tagen einige Male dort in der Morgensonne gesessen, wenn ich erst später zum Dienst musste und mir Zeit genug blieb, bei der freundlichen Bäckerin einen Kaffee zu trinken. Diese Viertelstunde in der Sonne hatte ich jedes Mal genossen, hatte dabei vor mich hingeträumt und dem Lärm gelauscht, den die Vögel in der Kastanie hinter der Backstube veranstalteten. Er musste mich dabei beobachtet haben, und zwar so ausgiebig, dass er die Zeichnung bis in kleinste Detail ausführen konnte. Jeder Ring an meinem Finger, jeder Riss in meiner Lederjacke, sogar das Pflaster, das ich nach einer Schnittverletzung um den Zeigefinger gewickelt hatte, war genauestens zu erkennen. Die Zeichnung musste demnach am Dienstag, Mittwoch oder Donnerstag entstanden sein, denn am Montag hatte ich mich geschnitten, und am Freitag hatte Carmen mich schon vor acht angerufen und gebeten, Ada zum Frauenarzt zu begleiten, da sie selbst eine Therapiesitzung um neun hatte und Ada nicht in der Verfassung war, den Termin allein bewältigen zu können. Im Wartezimmer der Ärztin hatte ich versucht, beruhigend auf Ada einzuwirken, dabei hatte ich mir das Pflaster vom Finger gefummelt und in den Mülleimer geworfen.

Konrad musste mich gezeichnet haben, ohne dass ich es bemerkt hatte. Wieso kam dieser Mensch, eigentlich ein notorischer Langschläfer, so früh morgens ins Dorf? Warum nahm er sich die Zeit, mit einem Stift festzuhalten, wie ich auf einer halbverrotteten Bank in der Morgensonne saß? Dass er diese Skizze nicht zufällig für seine Einladung gewählt hatte, war hingegen klar: Er wollte mich wissen lassen, dass er mich beobachtete, dass er sich zumindest gelegentlich auch dann in meiner Nähe aufhielt, wenn ich nichts davon ahnte: *Schau her, ich gehe deine Wege nach, ich sehe dich!*

Eigentlich war ich für den Abend mit Lena verabredet gewesen. Wir wollten *Kill Bill* sehen, und Lena hatte sich angeboten, mich in ihrem alten Käfer nach Alsfeld ins Kino mitzunehmen. Ohne lange darüber nachzudenken, war ich nach Dienstschluss auf den Weg zu den Treibhäusern eingebogen, war an ihnen vorbeigelaufen und hatte an den Bauwagen geklopft. Wie erhofft, war Lena noch im Stall. Ich schrieb ihr eine Nachricht, schob sie unter dem Türschlitz durch und machte mich rasch vom Gelände.

Zu Hause sprang ich unter die Dusche, wusch mir die Haare, zog frische Wäsche an, flocht mir einen schlichten Zopf im Nacken. Anschließend begann ich mir einen tiefschwarzen Lidstrich zu ziehen, damit ich den französischen Filmstars ähnelte, die er so mochte, bis ich aufschreckte und mir dabei das halbe Augenlid mit schwarzer Farbe zukleisterte. Mir war eingefallen, was ich am Donnerstag gedacht hatte, als ich auf der Bank vor der Bäckerei saß mit der warmen Porzellantasse in der Hand und den Strahlen der Sonne auf dem Gesicht. Ich hatte gedacht: Dies ist ein perfekter Moment!

Es hatte mich überwältigt zu begreifen, wie wenig es brauchte, um einen solchen Augenblick herzustellen – und genau *das* hatte er gesehen. Deshalb hatte er mich gezeichnet. Das musste am Donnerstag gewesen sein.

Ich lief zu dem Tisch, auf dem ich die Einladungskarte abgelegt hatte, klappte sie auf, schaute noch einmal genau hin: Er hatte es für mich eingefangen, mit Bleistift auf einem höchstens zehn mal fünfzehn Zentimeter großen Papier, aber allemal beständiger als das für die Länge von ein paar Strahlen

Morgensonne und einer Tasse Kaffee andauernde Glücksgefühl. Ich hielt ihn in der Hand, den perfekten Moment, konnte ihn in die Tasche stecken, mit mir nehmen, zur steten Erinnerung, dass so etwas möglich war.

Es war eine Viertelstunde über der Zeit, als ich die Klingel zu Konrads Wohnung betätigte. Extra hatte ich den Umweg über die Pferdekoppeln genommen, um mich unbemerkt von hinten dem Haus zu nähern. Ich wollte die Außentreppe erreichen, ohne den von den meisten Zimmern aus einsichtigen Kiesweg benutzen zu müssen. Aus den Fenstern seiner Wohnung drang leise Musik, kurz meinte ich, vom Haupteingang her Stimmen zu hören, klingelte deshalb nicht, sondern stieg möglichst schnell und leise die Treppe hinauf. Oben wurde die Tür aufgestoßen, bevor ich daran klopfen konnte. Vor mir stand Lena mit einer Zigarette in der Hand. Bei meinem Anblick verfinsterte sich ihr Gesicht.

»Du? Ich dachte, du hast Kopfweh.«
»Ist wieder weg. Was ist mit dir? Ich dachte, du bist im Kino.«
»Wie du siehst, habe auch ich umdisponiert. Komm rein!«

Lena trat zurück und gab die Sicht auf einen festlich gedeckten Tisch frei, an dem bereits Martin, Carmen, Professor Albrecht und sogar die Köchin Helga Platz genommen hatten. Konrad hantierte im Hintergrund mit einer großen hölzernen Salatschüssel, ohne sich nach mir umzudrehen. Ich verfluchte still den Aufwand, den ich mit meinem Äußeren betrieben hatte, und versuchte lässig in die Runde zu grüßen, als hätte ich selbstredend gewusst, dass ich mich nicht zu einem romantischen Abendessen, sondern zu einer Dienstbesprechung eingefunden hatte.

»Für deine Verhältnisse hast du dich ja ganz schön aufgebrezelt«, sagte Carmen dann auch prompt.

»Ich will später vielleicht noch ausgehen.«

»Ausgehen? In Lennau?«

»Meine Vermieterin und ich fahren eventuell noch nach Alsfeld, ins *Rockhouse,* da spielt heute eine Band oder so.«

»Oder so«, blaffte Lena, die mir offensichtlich kein Wort glaubte.

Konrad drängte sich zwischen uns.

»Ah, da ist ja endlich auch Katia. Schön, dass du es trotz deines Zustands geschafft hast zu kommen. Geht es dir besser, haben die Tabletten geholfen?«

Mir wurde schlagartig klar, dass seine Aufmerksamkeit während meiner Begrüßung nicht unbedingt dem Salat gegolten hatte.

»Ja, die Tabletten waren super.« Dankbar griff ich seine Lüge auf. Doch angesichts so schamlos vorgetragener Unwahrheiten trat ich aus Verlegenheit von einem Bein aufs andere.

Lena maulte, dass ich ja dann auch mit ihr nach Alsfeld hätte fahren können, statt schick geschminkt hier aufzutauchen. Carmen betrachtete mich mit einem gewissen Argwohn im Blick, und Professor Albrecht brummelte, er wisse sowieso nicht, was er hier solle, und hielt Helga sein leeres Weinglas hin.

»Ich sage euch jetzt, was der Grund für euer Hiersein ist.« Konrad erhob feierlich seine Stimme. »Ihr wurdet eingeladen, weil ich etwas zu verkünden habe.«

»Hört, hört«, sagte Martin und bekam von seiner Frau einen Hieb in die Seite.

»Also, Professor Andrasch von der Kunsthochschule Kassel, der auch einen Zeichenkurs in Alsfeld gibt, hat sich letzte Woche meine Mappe angesehen und mich zur Aufnahmeprüfung bei ihm an der Akademie ermutigt. Das wäre viel besser und intensiver für mich als dieses Goodwill-Arrangement, das ich hier in Alsfeld habe. Ich würde mich gern dieser Herausforderung stellen, was sagt ihr dazu?«

»Großartig!« Carmen sprang ganz gegen ihre Art auf und klatschte in die Hände. »Warum hast du das nicht letzte Woche schon erzählt?«

»Ich war mir nicht sicher, wie ihr es aufnehmen würdet.«

»Das ist eine wunderbare Nachricht! Wir werden dich alle unterstützen. Alle. Nicht wahr, Hajo?« Sie sah ihren Schwager herausfordernd an.

»Jaaaa, schon«, antwortete Dr. Albrecht gedehnt über den Rand seines Weinglases hinweg, schien darüber hinaus jedoch keinen weiteren Kommentar von sich geben zu wollen.

Helga schloss sich der Gratulation an, so auch Lena, und Martin begann leise mit seinem Bruder zu diskutieren. Ich dachte nur: Das ist nicht der eigentliche Grund, warum wir heute Abend hier sind.

»Danke«, sagte schließlich Konrad. »Keine Frage, es ist eine große Chance für mich. Andrasch sitzt in der Aufnahmekommission und hat durchblicken lassen, er könne mich ohne Weiteres durch das Verfahren drücken. Außerdem hat er großes Verständnis für meine Situation gezeigt. Er ist der Meinung, das könne meiner Kunst sogar zugutekommen, ich bräuchte nicht einmal umzuziehen, müsste nur ab und zu nach Kassel fahren, um meine Arbeiten zu präsentieren oder an Exkursionen teilzunehmen.«

Lena sagte: »Oha!«

Helga sagte: »Na, daran wird's ja doch wohl nicht scheitern, oder?«

Carmen sagte: »Hajo?«

Der Professor sagte: »Er kann sich ja wie ein zivilisierter Mensch benehmen, wenn er will, hat also selbst in der Hand, ob sein Vater davon etwas mitbekommen muss oder nicht. Finanzieren muss er das natürlich selbst.«

Carmen brauste auf: »Konrad ist ein erwachsener Mann mit einer herausragenden Begabung, die wir zu fördern haben, wann kapiert ihr das endlich?«

Hajo Albrecht schüttelte den Kopf. »Ach, Schwägerin, hier geht es doch nicht um Talente, wirst du es denn nie begreifen?«

Martin sah seinen Bruder auf eine Weise an, dass man denken konnte, er hätte ihn in irgendeiner verborgenen Ecke seines Herzens sehr gern.

Konrad nahm die Szene scheinbar ungerührt zur Kenntnis, suchte nur kurz meinen Blick, bevor er mit seiner kleinen Ansprache fortfuhr: »Der erste Reisetermin liegt leider genau in den Wochen, in denen wir immer die Sommerfreizeit veranstalten, da könnte ich dann diesmal nicht mitkommen.«

»Wieso? Zu dieser Zeit sind längst Semesterferien«, wandte Martin ein.

»Ja, aber Andrasch lädt ausgewählte Schüler zu Intensivkursen in sein Haus am Comer See ein, selbst an der Akademie wird nur hinter vorgehaltener Hand darüber gesprochen.«

»Und dich will er gleich dabeihaben?« Carmen klang jetzt skeptisch.

»Sieht ganz so aus. Er verfolgt meinen künstlerischen Werdegang ja schon länger, und meine jüngsten Arbeiten scheinen ihn doch sehr beeindruckt zu haben. Wundert dich das?«

»Nein, nein, im Gegenteil«, beeilte sie sich zu sagen.

Die Sommerfreizeit war seit Wochen das Thema Nummer eins: Jedes Jahr wurde die Goldbachmühle für drei Wochen geschlossen, und die gesamte Belegschaft fuhr in ein Feriendorf auf Usedom. Abseits der Touristenhochburgen wurde ein Haus gemietet, um zu grillen, zu baden, um einfach nur zu faulenzen. Auf jeden Fall gab es keine Therapiestunden. Manchen graute es davor, andere freuten sich das ganze Jahr darauf. Lena blieb der Tiere wegen auf dem Gelände, ich selbst hatte auch Urlaub. Carmen hatte mir erzählt, dass es Konrad natürlich freigestellt sei mitzufahren, man habe ihn aber diesmal darum gebeten, um Mischas willen. Mit Konrad an seiner Seite würde er es vielleicht schaffen, sich zu beruhigen, falls dicht vor der Küste ein Motorboot vorbeibretterte oder der Hubschrauber von der Wasserrettung eine Übungsrunde über dem Strand drehte.

Lena äußerte dann auch sofort ihre Besorgnis, was die veränderte Situation für Mischa bedeuten könnte, aber Konrad hatte selbst an diesen Punkt gedacht: »Mischa bekommt das hin. Ich habe mir erlaubt, mit ihm darüber zu sprechen. Im Übrigen: Wer hat denn nach mir den besten Draht zu ihm?«

Ich traute meinen Augen nicht, aber Lena errötete und sagte: »Das wäre wohl ich, oder?«

»Richtig. Und wolltest du nicht immer schon mal das Meer sehen?«

»Ja, aber ich kann wegen der Pferde nicht mit, und dieses Jahr müssen zudem noch Handwerker beaufsichtigt werden, das habe ich Martin zugesagt.«

»Wir haben eine Praktikantin.«

»Das bedeutet?«

»Sie könnte die Handwerker übernehmen. Und hast du mir nicht gestern erst erzählt, wie gut Katia mit den Tieren umgehen kann?«

»Schon.«

Konrad brachte es in der Zeit, bis die Forellen aus dem Ofen geholt werden mussten, tatsächlich fertig, sämtliche Anwesenden, mich eingeschlossen, davon zu überzeugen, dass Lena statt seiner als Begleitung von Mischa mit in die Sommerfrische reisen sollte. Ich würde in der Mühle die Stellung halten, die Tiere versorgen und dem Klempner morgens das Haupthaus aufschließen. Zu diesem Zweck sollte ich am besten in der Mühle wohnen, schlug er vor, im leer stehenden Praktikantenzimmer. Lena bot mir nach überwundenen Vorbehalten sogar ihren Bauwagen an, damit ich dem Handwerkerlärm entfliehen und, wie sie es ausdrückte, »ein bisschen Urlaubsatmosphäre genießen« könne.

Kaum hatte sie ihren Satz zu Ende gesprochen, begann Konrad uns sein Festmahl aufzutischen, und alle Anwesenden brachen in höchste Lobeshymnen aus, obwohl die Fische im Ofen trocken geworden waren und die Kartoffeln leicht angebrannt schmeckten.

Bis heute weiß ich nicht genau, wie Konrad das bewerkstelligt hatte, aber es war ihm gelungen, dass wir sein Sommerarrangement für eine großartige Idee hielten. Keiner schien sich darüber zu wundern, warum er sich so rührend um eine Vertretung von Lena gekümmert hatte, wo ihm die Belange des Mühlenalltags ansonsten ziemlich egal waren, sofern sie nicht seinen persönlichen Bereich betrafen. Erst als ich später in meinem Bett lag und schlaflos die Decke anstarrte, fiel mir auf, dass Konrad es nicht einmal für nötig gehalten hatte, mich zu fragen, ob ich vielleicht andere Pläne für diese drei Ferienwochen hätte. Er hatte einfach so getan, als sei das mit mir abgestimmt gewesen, und ich hatte nicht widersprochen, war von der Vorstellung, mit den freundlichen Ponys, den Katzen und dem Garten allein sein und Lenas hübschen kleinen Wagen bewohnen zu dürfen, sogar angetan gewesen: ein bezahlter Urlaub in malerischer Einsamkeit, keine zwei Kilometer von meiner eigenen Wohnung entfernt.

Da hätte ich eigentlich schon etwas ahnen können.

Knapp zwei Wochen später stand ich dann vor dem Haupthaus und winkte den Sommerfreizeitlern im abfahrenden VW-Bus hinterher. Sobald er das große Eisentor passiert hatte und außer Sicht war, schlenderte ich zum Bauwagen hinüber, der mir jetzt, ohne Lena, gar nicht mehr so reizvoll erschien. Konrad hatte zwei Tage zuvor Lennau verlassen, und ich war mit sehr gemischten Gefühlen zurückgeblieben, weil sein Abschied – jedenfalls was mich anging – merkwürdig kühl ausgefallen war. Jetzt war ich also für die nächste Zeit vollkommen auf mich gestellt, und es irritierte mich, dass in mir nicht ein Funken Begeisterung darüber aufkam. War es nicht das, was ich mir gewünscht hatte: Stille, Abgeschiedenheit, Freiheit?

Lena hatte die bunt angemalte Tür ihres Bauwagens extra weit für mich aufgelassen, den kleinen Campingkühlschrank gefüllt, einen Strauß Sommerblumen und eine Flasche Rotwein auf den Holztisch gestellt. An der Flasche lehnte eine Postkarte:

Liebe Katia, willkommen in meinem Zwergenschloss! Fühl dich wie zu Hause. Denkst du bitte daran, Bobbys Bein diese Woche noch abends mit Zinksalbe einzureiben?
Danke für alles! Deine Lena

Ich sah mich um, betrachtete das Innere des Bauwagens zum ersten Mal ohne Lenas begleitende Erklärungen. Ihre Begeisterung, ihr Stolz auf diese selbst gezimmerte heile Miniwelt mit all ihren Raffinessen war ansteckend gewesen. Jetzt aber hatte sich der Naturholzzauber verflüchtigt, zurückgeblieben war Enge. Warum war mir vorher nie aufgefallen, wie wenig Platz es in diesem Bauwagen gab?

»Hier ist es nicht viel größer als in einer Keksdose«, sagte ich zu dem Blumenstrauß und bekam den Schreck meines Lebens, als ich hinter mir gleich darauf eine sehr vertraute Stimme hörte.

»Das ist ein lustiger Vergleich.«

Er musste den Kopf einziehen, um durch die niedrige Tür zu gelangen, brauchte nur einen Schritt, um bei mir zu sein und mich an sich zu ziehen.

»Für zwei Menschen ist es hier viel zu eng. Und bei mir ist auch die Aussicht besser.« Er ließ einen Schlüssel vor meinen Augen baumeln. »Den hab ich für dich nachmachen lassen, damit du kommen und gehen kannst, wann immer du willst. Aber ich hoffe, du benutzt ihn selten.«

»Ich soll selten kommen?«

»Du sollst selten gehen!«

Meinen Kopf an seiner Brust, sagte ich: »Na dann«, und dachte: Scheiß auf alles.

Und das tat ich. Mit ihm zusammen. Fast drei Wochen lang, so wie er es geplant hatte.

Seine Alibi-Geschichte war nicht einmal komplett erfunden. Professor Andrasch war tatsächlich an seiner Aufnahme in die Akademie interessiert, und Konrad hatte auch vor, zu Semesterbeginn nach Kassel zu reisen, von einem Intensivkurs am Comer See aber war nie die Rede gewesen. Er machte sich einen Spaß daraus, wie leicht die anderen all das geschluckt hätten, vor lauter Begeisterung, dass einem ihrer »Unfälle« eine so exklusive Möglichkeit der künstlerischen Weiterentwicklung geboten wurde. Er selbst habe bloß die Information aufgegriffen, dass Andrasch ein kleines Anwesen an einem italienischen See besaß, und daraus eine Möglichkeit für uns geschaffen, ungestört zusammen zu sein. An seinem »Termin« sei er dann mit der Zeichenmappe unter dem Arm und der großen Reisetasche über der Schulter in Richtung Bahnhof gewandert. Die zwei Nächte bis zur Abreise der Ostseeurlauber hätte er in einer Pension nahe Alsfeld verbracht, um dann zu mir zurückzukehren, sobald er sicher sein konnte, dass alle weg wären.

»Warum hast du mich nicht eingeweiht?«

»Um dir deine Unschuld zu bewahren.«

»Aber was, wenn sie deinen Professor anrufen, um sich zu vergewissern? Das könnte dir gehörigen Ärger bereiten.«

»Sollte man mich durchschauen, werde ich meinen Psychobonus ins Spiel bringen und Andrasch auf meine Seite ziehen. Er gefällt sich darin, antipsychiatrische Sprüche zu klopfen und wohltätig zu einem armen Opfer wie mir zu sein.«

»Es könnte dich aber auch deine Wohnung in der Mühle kosten.«

»Und dich deinen Job.«

Statt Teil seiner Pläne zu werden, wäre die einzig richtige Reaktion meinerseits gewesen, umgehend Carmen oder Martin zu verständigen. Ich aber schlug widerspruchslos mein Lager bei ihm in der kleinen, mit Büchern und Zeichnungen vollgestopften Zweizimmerwohnung auf, und Lenas Sommerstrauß verwelkte im Bauwagen, ohne dass ich ihn weiter beachtete. Ich ergab mich blind und wehrlos. Ich wollte diesen Zustand so lange wie möglich aufrechterhalten, denn im Grunde ahnte ich, dass wir nicht mehr als diese gestohlenen Tage haben würden. Und weil es sowieso keine Zukunft für uns gab, entließ ich mich aus der Verantwortung, beschloss, den Augenblick zu genießen.

Im Haupthaus walteten die Installateure mehr oder weniger unbeaufsichtigt, wir sicherten uns den Rest des Geländes: ohne Auflagen, ohne Vorsichtsmaßnahmen, ohne Einschränkungen. Nur um die Tiere und Pflanzen kümmerten wir uns. Die Pferde wurden auf die Weide gelassen, gestriegelt und longiert, die halbwilden Streunerkatzen mit Wasser und Nahrung versorgt, die Gewächse in den Treibhäusern sowie die Blumenkübel auf dem Gelände gewässert. Immer machten wir alles zusammen. Gelegentlich gingen wir nach der Morgenfütterung wieder ins Bett, meist aber blieben wir draußen in der Nähe der Tiere. Wir spielten ein glücklich-sorgloses Paar: Er kochte für mich, während ich ihm aus der Zeitung vorlas, wir lagen stundenlang in der Sonne auf der Koppel, mein Kopf auf seinem Bauch oder umgekehrt. Wir erzählten uns Geschichten, ich las ihm Gedichte vor, die er spätestens am nächsten Tag auswendig rezitierte, oft sah ich ihm beim Zeichnen zu. Wir taten so, als hätten sämtliche Auseinandersetzungen der vergangenen Monate nie stattgefunden. Wir waren allein auf der Welt, alle Versteckspiele vergessen.

Die Bäckerin wunderte sich, dass ich es beim Brötchenholen neuerdings so eilig hatte, dass ich nicht einmal Zeit für einen Kaffee an meinem Morgensonnenplatz fand. Die gelegentlichen Anrufe bei Lena oder Carmen, bei denen ich versicherte, alles sei in bester Ordnung, fielen so knapp aus, dass Carmen sich Sorgen um mich machte.

»Geht es dir wirklich gut? Fühlst du dich nicht einsam in der Mühle?«

»Es ist mir selten besser ergangen«, erklärte ich.

»Du brauchst auch nicht über Nacht bleiben. Wirklich, wenn die Tiere abends versorgt sind, kannst du nach Hause gehen.«

»Danke, aber ich bin gern hier, auch nachts, es ist wie Urlaub auf dem Bauernhof.«

»Hast du was von Konrad gehört?«

»Nein. Wie kommst du darauf?«

»Nur so.«

Nicht dass ich mich dabei wohlfühlte, Carmen zu belügen. Sie hatte das nicht verdient. Aber weil ich wusste, dass alles bald vorbei sein würde, wollte ich jede Minute mit Konrad ohne den Zwang zur Rechtfertigung auskosten.

Nach einer geradezu vollkommenen Woche bekamen wir Gesellschaft: Es war kurz nach der Morgenfütterung, als ich unweit der Stelle, an der wir die Näpfe für die Katzen hinstellten, den riesigen Hund entdeckte und stumm mit dem Finger auf ihn zeigte. Konrad drängte mich sanft hinter sich, trat dann einen Schritt auf das erbärmlich aussehende Wesen zu, das sich sofort duckte, die Ohren anlegte, knurrte und die Zähne fletschte.

»Mach ein paar Schritte rückwärts, dreh dich dann langsam um und geh ohne Hast zum Haus. Ich lenke ihn ab«, flüsterte er, während er sich in die Hocke sinken ließ.

»Bist du verrückt, der greift gleich an.«

»Der wird nicht angreifen. Beweg dich!«

»Wenn doch, dann musst du ihn anbrüllen und …«

»Geh schon!«

Ich gehorchte, hörte noch, wie Konrad einen tiefen, kehligen Laut von sich gab, der nicht nur mich, sondern offenkundig auch das Tier zu beruhigen schien. Das Knurren hörte auf. Ich blickte vorsichtig zurück, sah, wie der Hund sich Konrads ausgestrecktem Arm näherte, den Körper immer noch dicht an den Boden gepresst. Das abgemagerte, völlig verdreckte Tier machte den Hals lang, schnupperte an Konrads Handrücken. Als er ruhig mit ihm zu sprechen begann, wedelte der Streuner zaghaft mit dem Schwanz, sprang aber sofort zurück, als Konrad sich aufrichtete. Mir stockte der Atem, als er dem Hund den Rücken zudrehte und ein paar Schritte unternahm. Das Tier setzte sich ebenfalls in Bewegung. Blieb Konrad stehen, hielt auch der Hund inne, ging Konrad ein Stück, folgte ihm sein Begleiter, langsam die geduckte Haltung aufgebend.

Während ich die beiden beobachtete, fiel mir etwas ein. Ich ging bis zum Haupthaus, eilte dort in einen Nebenraum der Küche, in dem Helga die Schlüssel zu den Vorratsräumen aufbewahrte. Nachdem ich mir diese geschnappt hatte, öffnete ich die große Kühlkammer, griff zu einer dicken Fleischwurst, die dort an einem Haken von der Decke hing. Im Flur zwang ich mich zur Ruhe, schob mich vorsichtig durch die Haustür und sah Konrad an der Ecke zu seiner Wohnung, der Hund dicht hinter ihm. Als ich mich räusperte, rannte das Tier weg, aber nicht sehr weit. Von seiner sicheren Position aus begann er uns wieder aufmerksam zu beäugen.

Konrad bemerkte die Wurst und sagte: »Wieso wusste ich sofort, dass du eines Tages meine Gedanken lesen würdest?«

»Das war jetzt aber keine besonders große Leistung«, konterte ich.

Er warf mir sein Taschenmesser zu, und ich schnitt die Wurst in dicke Stücke, warf eines davon in Richtung des Hundes. Das Tier entfernte sich noch weiter.

»Lass mich mal. Ich geh näher an den Hund ran.«

»Sicher?«

»Warte drinnen und lass mich das machen. Zu zweit irritieren wir ihn.«

Wie ein Kind ließ ich mich ins Haus schicken, und es dauerte eine gute halbe Stunde, in der ich auf jedes Geräusch horchte, bis Konrad mich rief. Die beiden entdeckte ich auf der großen Wiese, Konrad im Schneidersitz, der Hund vor ihm hingekauert, den zotteligen Kopf auf seinem rechten Bein.

»Komm her und setz dich zu mir, aber sieh ihm noch nicht direkt in die Augen, das könnte er als Bedrohung empfinden. Vertrau mir, das ist ein verunsicherter, aber ein guter Hund, er wird dir nichts tun.«

Zögernd näherte ich mich dem seltsamen Paar, ließ mich steif neben Konrad ins Gras sinken, während er dem Hund in dem sonoren Singsang, mit dem er Mischa beruhigte, erzählte, dass ich zu ihm gehöre, keine Gefahr für Streuner darstelle und er, der Hund, mir zeigen solle, was für ein feiner, braver Kerl er sei. Als hätte er verstanden, bedachte der Hund nun auch mich mit einem Blick, einem Wedeln seiner Rute. Ich hatte Mühe, das Zittern meiner Hände unter Kontrolle zu halten, als er sie zu lecken begann.

So kam August zu uns, besser gesagt, zu Konrad. Er gab ihm diesen Namen nach dem Monat, in dem er auf dem Mühlengelände auftauchte. August folgte Konrad fortan auf Schritt und Tritt, fraß Unmengen von Helgas Vorräten, wurde täglich kräftiger. Nach einem ausgiebigen Bad sah er regelrecht gepflegt aus. Wenn Konrad auch nur in den Supermarkt ging, um einzukaufen, jaulte August herzzerreißend und hörte erst wieder auf, wenn sein Herr aus der Glastür trat. Nachts schlief er zusammengerollt vor der Tür, um keinesfalls den Moment zu verpassen, in dem Konrad die Wohnung verließ. Tagsüber begleitete er uns auf unseren Spaziergängen, lag bei uns auf der Wiese und ließ sich sogar davon abhalten, Hühner oder Katzen zu jagen, solange nur Konrad in der Nähe war, um es ihm zu verbieten. Ein leises Wort von ihm genügte, und der

Hund, der zuvor wild gebellt und geknurrt hatte, hockte friedlich zu seinen Füßen.

»Wie hast du ihn so schnell dazu gebracht, dir aufs Wort zu gehorchen?«, fragte ich.

»Er hat das selbst entschieden.«

»Das Tier soll von sich aus beschlossen haben, dass du ihm befehlen darfst?«

»So ist es. Er könnte ja jederzeit weglaufen, tut er aber nicht.«

»Weil wir ihn füttern und gut zu ihm sind, er ist ja nicht blöd.«

»Das ist nicht der Grund. Er spürt meine Überlegenheit und erkennt sie an, indem er mir folgt.«

Ich holte Luft, um etwas zu erwidern, überlegte es mir dann aber anders. Das war der Augenblick, in dem sich erstmals wieder dieses Unbehagen einschlich, das ich fast schon vergessen hatte. Ich versuchte, es wegzuschieben, sagte mir, dass dafür noch Zeit sei, wenn wir wieder in die Heimlichkeit abtauchen müssten, wenn wir zu entscheiden hatten, wie es mit uns weitergehen sollte. Aber die Leichtigkeit dieser »geschenkten Tage«, wie wir sie nannten, hatte einen ersten Riss bekommen. Konrad muss das gespürt haben, so wie er stets alles witterte, dem Hund ähnlich, der still in eine Ecke auswich, kurz bevor sein Herr in eine seiner Verfinsterungen fiel. An diesem Abend war es die erste, seit er mich im Bauwagen an sich gezogen hatte.

Ich tat alles, um ihn wieder ans Licht zu holen, lockte sogar August mit Hackfleisch und gurrenden Lauten aus seiner Ecke, verfluchte dabei gleichzeitig meine Abhängigkeit von Konrads Stimmungen.

Mit Sicherheit hätte ich den Fehler, den ich beging, ohne langes Suchen in einem meiner Lehrbücher finden können, wenn ich diesen Teil meines Gehirns nicht bewusst abgeschaltet hätte. Wir stritten an diesem Abend wegen einer Banalität, versöhnten uns danach umso heftiger, und während ich in dieser Nacht wach lag, den neben mir schlafenden Körper betrachtete, befiel mich eine Traurigkeit, die so stark wurde, dass ich ihn weckte, um sie mir von seinen zaubermächtigen Händen aus dem Bewusstsein streicheln zu lassen.

Es war am nächsten Morgen, als wir begannen, die Reise zu planen, spielerisch zunächst, wie verträumte Kinder. August lag vor mir auf dem Boden und ließ sich von meinen nackten Füßen den Pelz kraulen, als Konrad mit dem Atlas erschien.

»Willst du wissen, an welchem Ort dieser Welt ich vollkommen glücklich sein könnte?«

»Bist du das denn jetzt nicht?«

»Katia, ich bitte dich, uns bleiben noch fünf Tage und Nächte, bis wir wieder Patient und Erzieherin spielen müssen.«

»Du bist kein Patient.«

»Sag das mal Hajo oder meinem Vater.«

»Also gut, wo ist dieser glücksbringende Ort?«

Er schlug die Karte von Nordfrankreich auf.

10
Zeichen vom Land am Meer

Vier Wochen ist nun nichts mehr von ihm gekommen. Anfangs bin ich noch mindestens zehnmal am Tag zum Briefkasten gerannt, nach einer Woche habe ich mich dann der Übung unterzogen, nicht öfter als einmal täglich nachzuschauen, seit vorigem Montag war ich mir sicher, dass nichts mehr zu erwarten sei. Ich hatte es vermasselt – oder ich hatte es geschafft, je nachdem, von welchem Standpunkt aus man es betrachten wollte.

Jetzt ist es wirklich vorbei, dachte ich, drei Rätsel, drei Zeichen, dreimal habe ich nicht verstanden oder nicht verstehen wollen. Jedenfalls kann er diese Schlussfolgerung ziehen, wenn er es denn will. Noch immer hocke ich in Hamburg, habe mich nicht auf den Weg gemacht, von mir aus keine Signale gesendet. Er kann sich nicht einmal hundertprozentig sicher sein, dass mich seine verworrenen wortlosen Botschaften überhaupt erreicht haben. Ich könnte vergessen und neu beginnen. Konrad ist weg, in Sicherheit, das ist das, was wichtig ist. So redete ich es mir täglich aufs Neue ein.

Sicher würde auch bald die Kraft für meinen eigenen Neuanfang kommen, das habe ich mir gesagt, das habe ich auch Manu und meinem Vater gesagt, es werde sich bestimmt etwas für mich auftun, die Zeit des Traurigseins sei so gut wie vorbei. Manu und Papa denken ja noch immer, ich sei verlassen worden. Dabei ist es umgekehrt. Na ja. So genau kann man es nicht sagen.

Gestern Abend lag dann aber dieser Abholschein auf dem Küchentisch, den ich nicht einmal gleich bemerkt habe, weil ich nicht genau hinsah, als ich dort die Zeitung ablegte.

»Du musst morgen früh auf die Post«, sagte Manu leichthin, »die Hausmeisterfrau nimmt anscheinend nichts mehr für uns entgegen.«

Ich starrte auf das gelbweiße Stück Papier, das sie unter dem *Abendblatt* hervorzog, und steckte es wortlos in die Hosentasche. Manu füllte mir ungefragt ein Glas mit Weißwein.

Schon über zwanzig Minuten stehe ich jetzt in einer Schlange von Leuten, die der übel gelaunten Person am Schalter ihre Wünsche vortragen: Briefmarken, Paketaufgaben, ein Einschreiben nach Kanada, ich mit dem Abholzettel.

Als ich an der Reihe bin, schiebe ich den Schein samt Ausweis der Postbeamtin zu: »Nur abholen, bitte!«

»Kennen Sie schon unser Angebot für das Konto ›Giro plus‹ mit kostenloser Visa-Karte und Tankrabatt?«, fragt sie.

»So weit kommt's noch!«

»Da hätten Sie aber viele Vorteile gegenüber einem Sparkassenkonto. In diesem Faltblatt hier ...«

»Sie wollen nicht, dass ich ein Konto bei Ihnen eröffne, glauben Sie mir.«

Hinter mir höre ich ein Kichern. Die Frau am Schalter schnappt sich den Zettel, verschwindet in einem hinteren Raum, kehrt mit einem quadratischen Pappumschlag zurück, knallt ihn vor mir auf die Ablage und sagt, ohne mich weiter zu beachten: »Der Nächste!«

Ich spüre einen leichten Druck im Kreuz, eine Stimme fragt: »Darf ich mal durch?«

Ich habe Mühe, mich von der Stelle zu bewegen, bleibe einfach im Schalterraum stehen und starre auf den DIN-A4-Umschlag in meiner Hand. Wieder hat er grüne Tinte benutzt, die gleiche, die ich einmal bei ihm bewundert hatte, woraufhin er mir von seinem nächsten Ausflug in die Stadt ein Fässchen von ihr mitbrachte, als Zugabe einen edlen grün-schwarz gestreiften Kolbenfüller. Das aufwendig von einem Schreibwarenladen eingepackte Päckchen entdeckte ich bei Dienstbeginn in meinem Fach: *Von K für K.* »Alt-Goldgrün« stand auf dem kleinen Tintenfässchen, ich habe mich noch gemeinsam mit ihm über diese Farbbezeichnung lustig gemacht, obwohl ich gleichzeitig verlegen war wegen der Kostbarkeit des Geschenks.

K.R., 23 Place du Bourg de Plounez, F-22400 Paimpol, Frankreich. Bevor ich sie ganz gelesen hatte, wusste ich, wie die Adresse lauten würde, einschließlich Straße und Hausnummer. Unauslöschlich ist sie in mein Hirn eingebrannt. Er hatte sie wie ein Mantra rezitiert, immer und immer wieder, seinen Kopf dabei in meinem Schoß, meine Hände in seinem Haar.

»Hör endlich auf, Konrad, das hört sich wie ein bescheuerter Tick an.«

»Richtig, das fehlt mir noch, ein passabler Tick. Das würde meinen alten Herrn sicher freuen. Und den Professor erst!«

»Martins Bruder hält dich für leidlich normal und unternimmt alles, um dich dem Zugriff deines Vaters zu entziehen, das weißt du genau.«

»Vielleicht wird es langsam Zeit, dass ich das selbst übernehme, was meinst du?«

Vielleicht war die spätere Eskalation nichts als ein Anschub, der ihm das zu tun ermöglichte, was er mir gegenüber »Meine Trumpfkarte ziehen« genannt hatte. Er hatte es vor, lange bevor er mich kannte, er brauchte mich gar nicht dazu. Ich machte den verrückten Traum nur zu einer realen Option, denn aufgebrochen, um endlich all den Wahnsinn hinter sich zu lassen, ist er zwar für mich, wegen mir, mit mir. Weitergegangen ist er jedoch allein.

Jetzt ist er angekommen.

Ohne mich.

Ich sollte mich für ihn freuen.

Draußen vor der Post wartet Manu, macht mit zusammengepressten Knien kleine Hüpfer, als sie mich in der Drehtür entdeckt.

»Wieso hat das so lange gedauert?«

Ich weise stumm auf die Schlangen vor den Schaltern und drücke den Umschlag an mich.

Im »Birken-Café« ist es relativ leer an diesem Vormittag, Manu rennt sofort Richtung Toilette, ich suche uns derweil einen Platz am Fenster, bestelle zwei Tassen Espresso. Möglichst rasch will ich den Umschlag öffnen, bin aber trotzdem nicht schnell genug. Schon weht mich eine Wolke von Manus Parfum an, schallt es in meinen Nacken:

»Was ist das?«

»Herrje, Manu, hast du im Flug gepinkelt?«

»Ich kann auch gehen, wenn du lieber ... Hey, sind das Originalzeichnungen?«

»Sieht so aus.«

Manu lässt sich in den Sessel neben mir fallen.

»Zeig mal her. Ist ja irre!«

Ich halte den kleinen Papierstapel, den ich aus dem Umschlag gezogen habe, so, dass sie die Skizzen auch anschauen kann.

»Von ihm?« Ich nicke. Natürlich errät Manu sofort, wer mir die Zeichnungen geschickt hat.

»Der mit dem Fischernetz, ist er das?«, fragt sie.

»Nein, das ist wohl Marcel.«

»Marcel?«

»Ein Freund von ihm, Bretone, sie kennen sich seit Kindertagen, sind oft gemeinsam gesegelt, sind im Meer geschwommen, brachen wilde Austern von den Felsen, trieben sich gemeinsam im Fischereihafen herum.«

»Klingt nach glücklicher Kindheit.«

»Eher nach den seltenen Lichtblicken in einer erstklassigen Familienhölle.«

»Wie auch immer, *das* nenne ich mal einen Oberkörper!«

»Marcel, hat Konrad mir erzählt, ist Steinbildhauer. Gelegentlich hilft er auf dem Fischkutter seines Vaters in Paimpol aus, einer kleinen Hafenstadt an der Côtes-d'Armor.«

»Schön, an der Liebesküste.«

»Nein, Ar-mor, da ist noch ein r drin, Keltisch für ›Land am Meer‹.«

»Auch gut. Und da ist er jetzt, Konrad, an der Küste vom Land am Meer?«

»Wird wohl so sein.«

»Und?«

»Was und?«

»Fährst du hin?«

»Wie kommst du darauf? Vor kurzem hast du ihn noch einen Psychopathen genannt.«

»Da war ich erschrocken, aber diese Zeichnungen hier, die sind beeindruckend. Also, wirst du hinfahren?«

»Nein. Oder später. Ich weiß nicht. Es gibt verschiedene Möglichkeiten, und vor jeder habe ich Angst.«

»Verstehe.«

»Wirklich?«

»Absolut.«

»Seit wann?«

Manu ruft zur Bedienung: »Hallo, können Sie uns zwei Schokoladenkuchen bringen? Wir brauchen dringend Nervennahrung.«

»Es gibt Momente, in denen weiß ich genau, warum du die einzige Freundin bist, mit der ich es länger als einen Tag aushalte.«

Manu nimmt mein Gesicht zwischen ihre Hände, drückt mir einen Kuss auf die Stirn, lässt sich wieder auf ihren Polstersessel sinken und sagt: »Als deine Freundin bin ich unschlagbar. Immer schon gewesen!«

Der Kellner bringt, ohne eine Miene zu verziehen, zwei riesige Stücke von einer Schokoladentorte und stellt eine Schale mit extra Sahne dazu: »Die Damen, bitte sehr!«

Während ich mich bedanke, greift Manu ungeniert nach dem Umschlag, dreht ihn mit der offenen Seite nach unten, fährt mit der Hand hinein.

»Wieder kein Brief dabei?«

Ich schüttele den Kopf.

»Er verlässt sich darauf, dass ich auch so meine Schlüsse ziehe.«

Manu nimmt mir die Zeichnungen aus der Hand, schaut sich jedes einzelne Blatt nochmals genau an, es sind sieben Skizzen: Marcel an Bord des Kutters, eine idyllische Hafenszene, ein Stillleben mit abgeschlagenen Fischköpfen und Kartoffelschalen, das Portrait eines alten Mannes mit Pfeife, ein bretonisches Steinhaus mit einer fett gefütterten Katze auf der Fensterbank, eine Strandszene mit Männern, die ein Boot aus den Wellen ziehen, ein weiteres Mal das Meer mit Felsküste und tosender See. Das Haus habe ich früher bereits auf einem Foto gesehen.

»Ein bisschen Farbe drauf, und er könnte den Touristen eine Menge Geld aus der Tasche ziehen«, sagt Manu nach einer Weile.

»Ich schätze, genau das wird er auch tun. Er kennt eine Galeristin vor Ort, der er schon die eine oder andere Zeichnung geschickt hat. Er braucht die fertigen Arbeiten nur bei ihr abzugeben, den Verkauf regelt sie für ihn. Gegen Provision, klar, aber es wird sich dennoch für ihn lohnen.«

»Wenn er die Nerven behält, könnte er dort also in Frieden leben.«

»Genau.«

»Ist doch perfekt!«

»Ja, das ist es.«

»Aber?«

»Nix aber.«

»Wärst du gern dabei?«

»Ich bin schon mit ihm dorthin unterwegs gewesen.«

»Was ist passiert?«

»Ich gab ihm zu verstehen, dass meine Liebe Grenzen hat.«

»Warum?«

»Aus Notwehr.«

Als ich nicht mehr mit einer Äußerung rechne, taucht Manu ihren Löffel in die Sahne und sagt leise: »Das ist ein guter Grund zur Flucht.«

11
Notwehr

Konrad hatte seine angebliche Rückkehr vom Comer See für den Vorabend am Ende der Sommerfreizeit angekündigt, sodass es nicht nötig war, seine Ankunft eigens vorzutäuschen. Als das Gepäck der Mühlenbelegschaft unter großem Hallo aus dem VW-Bus geräumt wurde, schlenderte er in einem seiner maßgeschneiderten Großväter-Anzüge wie zufällig mit August an seiner Seite über den Vorplatz. Ich war gerade damit beschäftigt gewesen, Lenas Bauwagen den Anschein zu geben, als hätte ich ihn mehr als einmal betreten, doch beim Ertönen der Autohupe war ich dann herbeigelaufen. Konrad wäre mir in dem Getümmel, das ich vor dem Haupthaus vorfand, nicht einmal sofort aufgefallen, hätte der Hund nicht gebellt. Trotz des Gekläffs blickte ich nicht in seine Richtung, tat so, als ginge es mich nichts an, was der Mann mit dem Hund dort machte.

Erst half ich Ada mit ihrem Koffer, begrüßte danach Lena, berichtete ihr vom mustergültigen Betragen der Tiere und wie gut alles geklappt habe. Erst dann wandte ich mich dorthin, wo Konrad stand, um zu erfahren, wie er auf mögliche Erkundigungen nach seinem Aufenthalt am Comer See reagierte. Tatsächlich hatten wir keine Verabredungen getroffen, was jeder von uns sagen würde, damit unsere Versionen einander nicht widersprachen. Das fiel mir aber jetzt erst ein.

Konrad blieb abseits, hielt August am Halsband fest, das ich erst am Vortag in der Stadt für ihn gekauft hatte. Er redete mit Carmen, beim Näherkommen konnte ich Fetzen ihres Gesprächs aufschnappen: »Du hättest ihn einem Tierarzt vorstellen müssen … er wird vielleicht irgendwo vermisst … ganz eindeutig aus schlechter Haltung …«

Es ging also nur um den Hund, das war beruhigend.

Plötzlich zog August blitzschnell seinen Kopf aus dem Halsband, rannte auf mich zu und sprang freudig an mir hoch. Ich kraulte ihn hinter den Ohren und merkte zu spät, dass Carmen mich scharf beobachtete.

»Na, der kennt dich aber schon ganz gut, dafür, dass er erst heute Nacht aufs Gelände gekommen ist. Ich durfte mich dem Tier nicht nähern.«

»Spontane Sympathie, so etwas soll es auch bei Tieren geben.« Konrad wandte sich unvermittelt ab und entfernte sich, der Hund folgte ihm dicht auf den Fersen.

»Habt ihr euch wieder gestritten?«, fragte Carmen.

»Wir hatten kaum Gelegenheit dazu«, sagte ich und versuchte nicht darüber nachzudenken, was der merkwürdige Ausdruck in ihrem Gesicht zu bedeuten hatte.

»Katia, was ist das für eine Geschichte?«

»Welche Geschichte meinst du?«

»Soll ich wirklich glauben, dass Konrad dieses halbwilde Vieh, das nur ihn und dich zu akzeptieren scheint, im Zug mitgenommen hat?«

Ich zuckte mit den Schultern.

»Frag Konrad. Es ist sein Hund.«

»Das habe ich bereits getan. Er weicht mir aus. Ich rede auch nicht vorrangig über den Hund. Rechtlich betrachtet gilt er übrigens als gestohlen, solange er nicht offiziell als gefunden gemeldet wird. Das muss euch doch klar sein.«

»Wieso uns?«

Carmen sah mich an, als würde sie mich im nächsten Moment fragen wollen, ob ich sie für dumm verkaufe. Ich tat so, als würde ich es nicht bemerken, und schaltete schnell wieder auf das Hunde-Thema um.

»August wird es bei Konrad in jedem Fall deutlich besser haben als bei seinem Vorbesitzer«, sagte ich, »und Konrad tut der Hund auch gut, das kann man doch auf den ersten Blick sehen. Sagst du nicht immer, die Mühlenbewohner müssen lernen, Verantwortung zu übernehmen?«

»Was auch immer hier gespielt wird, ich will keinen neuen Ärger mit den Dorfbewohnern haben. Sorgt also dafür, dass ich nicht einen seines Hofhunds beraubten Bauern beschwichtigen muss.«

»Wovon redest du? Konrad weiß schon, was er macht.«

»Und du? Weißt du das?«

»Ja.«

Mit dieser Bemerkung ließ ich sie stehen, um Martin zu begrüßen, der gerade zu uns herübersah.

Als ich später den Flur betrat, stand meine Reisetasche gepackt vor dem Erzieherbüro. Zum Glück fragte niemand, wie sie dort hingekommen sei. Ich verabschiedete mich, gab vor, in Eile zu sein, wünschte alles Gute für die Wiedereingewöhnung und rannte vom Gelände, ohne noch einmal den Versuch zu unternehmen, mit Konrad zu sprechen.

In meine Wohnung zurückgekehrt, ließ ich mich aufs Bett fallen und bemühte mich, Ordnung in meine Gedanken zu bringen. Ich hatte nicht die geringste Ahnung, was richtig und was falsch war, wie ich Konrad weiterhin nah sein konnte – und ob ich das überhaupt wollte. Unsere Beziehung könnte mich, würden wir sie öffentlich machen, den Job kosten. Doch hinter Carmens und Martins Rücken eine Affäre mit ihm zu haben, kam auf Dauer nicht in Frage. Wie ich es auch betrachtete, der Knoten ließ sich nicht lösen.

Die erste Nacht ohne Konrad an meiner Seite war endlos. Sollte ich ihn anrufen, einfach bei ihm auftauchen, mich fernhalten, bis wir uns abgesprochen hatten? Ich fand mich gleichzeitig albern, unfähig und hysterisch, bis ich gegen Morgen beschloss, einfach die Nerven zu behalten und vorerst nichts Unüberlegtes zu tun. Dass er die gepackte Tasche in den Flur gestellt hatte, mochte alles Mögliche bedeuten, es war nicht an mir, das aufzuklären. Falls er gekränkt war, so war das seine Sache. Wir würden eine Form für unser Zusammensein finden, wir müssten nur darüber reden. Er konnte nicht von mir erwarten, dass ich mich sofort bei Ankunft der Ostseeurlauber vor die komplette Mühlenbelegschaft stellte und lauthals verkündete: »Hört mal her, es widerspricht zwar sämtlichen Regeln, aber Konrad und ich sind jetzt ein Paar, das wollen wir ab sofort respektiert sehen.«

Wie Kinder, ohne Gefühl für Zeit und vertieft in ihr Spiel, waren wir in den vergangenen Tagen weder bereit noch in der Lage gewesen, über das zu sprechen, was nach dem Ende der Sommerfreizeit werden sollte. Drei Wochen hatten wir in den Tag hineingelebt, ohne die auch so hinreichend zerbrechliche Gegenwart mit Fragen nach der Zukunft zu belasten. Und beim letztlich jähen Ende der Zweisamkeit hatten wir uns auch nicht vernünftiger benommen. Jeder war in eine andere Richtung geflüchtet. Das Nachher hatte begonnen, und wir hatten keinen Plan dafür.

Am nächsten Tag hatte ich frei. Ich duschte ausgiebig, saß über eine Stunde vor der Bäckerei, ohne einen Bissen von dem Butterhörnchen herunterzubringen, das ich schließlich in kleinen Krümeln an die Spatzen verfütterte. Danach ging ich zurück in meine Wohnung, verbrachte den Tag mit Wäschewaschen und Putzen, hoffte, das Telefon würde klingeln und mich aus der Warteschleife holen.

Gegen sieben hielt ich es nicht mehr aus und machte einen Spaziergang. Automatisch schlug ich den Weg zum Stein ein, und schon von Weitem sah ich ihn dort sitzen. Als er mich bemerkte, schnipste er seine Zigarette weg, stand auf, um sie auszutreten, nickte mir distanziert zu. Ich überlegte, ob ich ihn umarmen sollte, aber er hatte sich in Bewegung gesetzt, bevor ich bei ihm angelangt war.

»Warte doch. Wo gehst du hin?«

»Zu mir, wolltest du nicht mitkommen?«

»Doch.«

»Na dann.«

Ohne ein klärendes Gespräch zu führen, setzten wir unsere heimlichen Treffen fort so wie vor unseren gemeinsamen Tagen, nur dass August jetzt dabei war und ich nicht mehr »Ich darf das nicht!« sagte, obwohl ich es noch manchmal dachte. Die Anwesenheit des Hundes war sowohl in Konrads Wohnung als auch bei unseren Nachtspaziergängen ein großer Gewinn, konnte sein Knurren uns doch vor eventuellen Begegnungen warnen. Solange er still neben uns hertrottete oder ruhig auf seinem Platz vor der Tür lag, fühlten wir uns vor einer Entdeckung sicher.

Hatte ich Dienstschluss, verließ ich das Gelände auf dem Hauptweg durch das Eisentor, drehte aber meistens, sobald ich vom Haupthaus aus außer Sicht war, eine Runde um das Gelände und schlich vom Wald aus zu Konrad hinauf. An Tagen, an denen ich bereits gegen ein Uhr mit der Arbeit fertig war, wartete Konrad abends am Stein auf mich, ohne dass wir uns eigens verabreden mussten.

Die Unbekümmertheit kam uns allerdings trotz unseres Bewachers zunehmend abhanden. Immer wieder gab es im Alltag Situationen, in denen Konrad so gereizt auf mich reagierte, dass ich ihn später zur Rede stellen musste, immer öfter knallten wir aneinander. Zwar versöhnten wir uns wieder, ebenfalls mit zunehmender Heftigkeit, aber es blieb ein bitterer Nachgeschmack. Carmen ging ich aus dem Weg, soweit das möglich war, die Freundschaft mit Lena kam zum Erliegen, weil ich nach Dienstschluss keine Zeit mehr fand, mit ihr vor dem Bauwagen zu sitzen und über die klinische Psychiatrie oder die Weltlage zu debattieren. Ich fühlte mich wie eine Betrügerin, die das ihr entgegengebrachte Vertrauen nicht verdiente.

Trotz Carmens rechtlicher Bedenken und Mischas Panikattacke, als August sich allein in der Wohnung wie eine tollwütige Hyäne aufführte, durfte Konrad den Hund bei sich behalten. Dies war angeblich meiner Bemerkung zu verdanken, dass der Hund Konrad guttun würde, hatte aber zur Bedingung, dass Mischa ausreichend Gelegenheit bekam, sich an das Tier zu gewöhnen. Konrad verbrachte daraufhin ganze Nachmittage damit, Mischa mit den Reaktionsweisen des Hundes vertraut zu machen, vor allem seinen Lauten. Er legte dabei sowohl mit Mischa als auch mit August eine Geduld an den Tag, die ich kaum für möglich gehalten hatte.

Eines Nachmittags kam ich von einer Therapiestunde zurück, bei der ich Lena assistiert hatte, als ich Carmen an einen Baum gelehnt vorfand. Aus einiger Entfernung sah sie Konrad, Mischa und August beim Training zu. Sie bemerkte mich, hielt den Zeigefinger vor den Mund und winkte mich an ihre Seite. Dann deutete sie auf die Szene, die sich vor uns auf der

Wiese abspielte. Konrad hatte den Hund absitzen lassen, und Mischa hatte die Anweisung, ihn zu sich heranzurufen. Sobald die Angst vor dem sich nähernden Tier aber zu groß wurde, durfte er darum bitten, dass der Hund stehen blieb. Wieder und wieder verlangte Mischa von Konrad, dass er »Stopp« sagte, lange bevor August in Reichweite war. Der Hund befolgte die Befehle präzise, die Augen fest auf Konrad geheftet, der dafür nur die Hand heben musste. Dann trat Konrad näher an Mischa heran, legte den Arm um seine Schulter und sprach mit ihm. Wir konnten nicht verstehen, was er sagte, Mischa nickte jedoch. Kurz darauf gingen die beiden einige Schritte auf den wartenden Hund zu, dann gab Konrad ein weiteres Zeichen, bei dem sich August flach auf den Boden legte, seine Schnauze zwischen den Pfoten im Gras. Mischa und Konrad näherten sich Schritt für Schritt. Direkt neben dem Tier gingen sie in die Hocke, Konrads Arm noch immer um Mischas Schultern. Wieder sagte Konrad etwas zu Mischa, der daraufhin vorsichtig seine Hand ausstreckte, bis sie auf der Flanke des Tieres liegen blieb. August begann zaghaft zu wedeln, und Mischa gab ein so helles und befreites Lachen von sich, wie ich es selten gehört habe.

Carmen griff nach meiner Hand und drückte sie fest, was mich so erstaunte, dass ich nicht wusste, wie ich darauf reagieren sollte.

»Hast du das gesehen?«, fragte sie leise.

Ich nickte.

»Es ist geradezu unheimlich, was dieser Mensch für Fähigkeiten entwickelt, wenn man ihn nur machen lässt.«

Ich nickte erneut.

Plötzlich riss sich Carmen von meiner Hand los, fuhr zu mir herum und rief mit erschreckender Heftigkeit: »Eine verdammte Schande ist das!« Dann lief sie eilig über die Wiese zum Haus, schnäuzte sich dabei in ihr Taschentuch und ließ mich ratloser denn je zurück.

Das Rätselraten darüber, was in Carmen vorging, sollte sich an diesem Tag noch verstärken. Um fünf stand *Dienstbesprechung mit Visite* auf dem Plan, was bedeutete, dass auch Professor Albrecht anwesend sein würde.

Wir hatten uns im Erzieherbüro kaum hingesetzt, Carmen kümmerte sich noch um Stühle und Sitzkissen, da kam ihr Schwager mit der Nachricht, die Gräfin von Reichenbach feiere in der nächsten Woche ihren fünfzigsten Geburtstag, und der Graf habe die Anwesenheit seines Sohnes gewünscht, solange er, als dessen Arzt, dem zustimmen würde.

Martin gab einen Laut des Missfallens von sich.

Carmen fuhr herum und sagte: »Hajo, du hast doch nicht etwa …?«

Professor Albrecht hob beschwichtigend die Hand. »Ich wollte es zunächst mit euch besprechen, aber ich denke, dass er seiner Familie einen Besuch abstatten könnte. Der letzte Aufenthalt ist drei Jahre her, und sein Vater hat am Telefon sehr milde geklungen. Die Stimmung im Hause von Reichenbach scheint also gut zu sein. Konrads Mutter liegt wohl wirklich etwas daran, ihren Sohn bei der Feier um sich zu haben.«

»Das fällt ihr früh ein«, sagte Carmen verächtlich.

»Der Graf war sich erst nicht sicher, deshalb hat er so lange gezögert, mich anzurufen.«

»Warum redet er nicht mit Konrad? Spricht er ihm jetzt auch noch die Fähigkeit ab, ein Telefon zu bedienen?«

»Du selbst hast ihn darum gebeten, das zu unterlassen, Carmen.«

»Seit wann richtet er sich nach meinen Wünschen?«

Hajo Albrecht seufzte, dann wandte er sich an seinen Bruder: »Martin, was denkst du?«

Martin überlegte lange, bevor er antwortete: »Ich denke, Konrad wird es nicht wollen. Abgesehen davon bin ich überzeugt, dass es ihm auch nicht guttun würde.«

Carmen nickte heftig.

»Ja, damit müssen wir rechnen«, bestätigte Professor Albrecht. »Vielleicht sollten wir ihm anbieten, dass ihn jemand begleitet.«

»Einen Betreuer mitschicken, das wird den Alten erst recht in seiner Meinung über seinen Sohn bestätigen, außerdem ...«, echauffierte sich Carmen.

Martin unterbrach seine Frau: »Hajo, ich kann mich nur wiederholen, es wird ihm nicht guttun.«

Sein Bruder ließ sich nicht beirren. »Ich bin ebenfalls eingeladen, als Freund der Familie, könnte also mit ihm reisen. Aber das scheint mir nicht die beste Lösung zu sein. Unser Verhältnis ist durch meine Verbindung zum Vater nicht ungetrübt ...«

Lena prustete los, woraufhin Hajo Albrecht die Stimme hob: »Aber ein solches Vorgehen hätte auch zu sehr den Anschein von ärztlicher Aufsicht. Das möchte ich weder Konrad noch seinem Vater zumuten. Deshalb werde ich auf die Teilnahme an den Festlichkeiten verzichten, habe auch bereits abgesagt. Aber Frau Werner würde ich gern bitten, die Reisebegleitung für Konrad zu übernehmen. Bei ihr würde es nicht gleich so aussehen, als sei er mit einer Betreuerin unterwegs.«

»Das allerdings wird ihm guttun«, sagte Carmen ohne ironischen Unterton.

Ich musste mich an der Stuhllehne festhalten. Und als Professor Albrecht sich direkt an mich wandte, vergaß ich zu atmen.

»Wären Sie denn dazu bereit, Frau Werner? Die Überstunden bekämen Sie selbstverständlich angerechnet. Mir läge viel daran, der Familie von Reichenbach diesen Wunsch zu erfüllen, ich sehe darin eine erneute Chance zur Annäherung, und zwar für beide Seiten. Konrad scheint sich in den vergangenen Monaten deutlich stabilisiert zu haben.«

Sämtliche Augen im Raum waren auf mich geheftet, ich spürte einen dicken Schweißtropfen zwischen meinen Schulterblättern hinunterrinnen.

»Das kommt jetzt ein wenig unverhofft«, erklärte ich.

»Mach schon, Katia, sag ja. Es wäre bestimmt eine Freude für Konrad.«

Ich starrte Carmen an, als sähe ich sie zum ersten Mal. Sie erwiderte meinen Blick mit einer Wärme, die mich noch mehr verwirrte.

»Na ja, ich weiß nicht so recht. Müssen wir nicht erst Konrads Meinung hören?«

Der Professor ging nicht weiter auf meine Frage ein.

»Im Übrigen wird die Teilnahme an einer Feier in der Reichenbachschen Villa eine Erfahrung sein, um die Sie einige beneiden werden. Die Feste dort sind Legende!«

Carmen bekam einen kurzen Lachkrampf, den beide Brüder mit genervtem Augenaufschlag kommentierten.

Als Konrad der Vorschlag unterbreitet wurde, wirkte er im ersten Moment völlig verblüfft.

»Mit Katia? Dahin? Wer hat sich das denn einfallen lassen?«

»Du kannst dich natürlich auch weigern«, sagte Martin.

»Oder mit jemand anders hinfahren, wenn dir das lieber ist«, fügte ich hinzu.

Er fing sich sofort wieder, lächelte hintersinnig und erklärte:

»Nein, Katia als Begleiterin ist mir sogar sehr lieb, das könnte ein interessantes Experiment sein.«

»Konrad! Du wirst sie gut behandeln, hörst du?«

Im ersten Moment dachte ich, Carmen meinte, er solle gut zu seinen Eltern sein, was mich wunderte, aber Konrad hatte sie richtig verstanden. Er verneigte sich leicht in meine Richtung und sagte: »Ich werde sie hüten wie meinen Augapfel.«

»Danke, aber ich kann gut auf mich selbst aufpassen«, bemerkte ich.

»Ich wusste, sie ist die Richtige!« Carmen strahlte.

Und ich fragte mich, ob das wirklich allein Professor Albrechts Idee gewesen war.

Fünf Tage später fuhren Konrad, August und ich in Martins altem Passat Richtung Norden. Weil ich angesichts des bevorstehenden Familienbesuchs zunehmend nervös geworden war, hatte ich mir fest vorgenommen, mir von Konrad mehr von seinen Eltern erzählen zu lassen. Er hatte sich zwar jedes Mal, wenn wir über das gesprochen hatten, was wir »unseren kleinen speziellen Familienausflug« nannten, als wenig auskunftsfreudig gezeigt, und ich hatte dafür Verständnis gehabt, aber jetzt sollte er mich vor Fehltritten und Peinlichkeit warnen. Nicht zuletzt wollte ich einige Sprachregelungen mit ihm treffen, als was genau ich dort auftreten würde. Aber nach einem sinnlosen Streit kurz vor der Abfahrt schwiegen wir beinahe die ganze Strecke über.

Auslöser dieser Auseinandersetzung war die Tatsache gewesen, dass meine Haare an diesem Morgen nicht mehr grün waren. Angelika hatte sich am Vortag eine Freundin, die Friseurin war, ins Haus bestellt, und sie waren gerade auf der Terrasse am Plaudern, als ich vom Dienst zurückkehrte.

Frederike, die mich von früheren Besuchen kannte, hatte mir fröhlich zugerufen: »Katia, lass doch mal bei deinen Haaren den Profi ran!«

Zunächst hatte ich kopfschüttelnd abgelehnt: »Nee, nicht nötig, bin selbst Profi genug.« Doch dann stellte ich mir vor, wie ich auf der gräflichen Festivität zwischen schwarzen Anzügen und Chanel-Kostümen wirken würde, Konrad im feinen Tuch an meiner Seite, sämtliche Nasen gerümpft.

»Würdest du auch was mit Farbe machen?«

»Deine Farben hab ich nicht dabei, Schätzchen«, sagte Frederike, und beide Frauen glucksten.

»Welche hättest du denn dabei?«

»Rot, Blond, Braun, was Normales eben.«

»Bestens! Mach was Normales!«

Zur Abfahrt war ich nicht nur pünktlich, sondern auch noch professionell frisiert und umgefärbt erschienen. August sprang aufgeregt an mir hoch, Konrad rief ihn streng zurück. Als ich ihn begrüßen wollte, hatte er eine meiner frisch getönten Haarsträhnen in die Hand genommen und sie auf meine Schulter zurückfallen lassen wie etwas Ekelerregendes. Wortlos war er dann mit seinem Koffer in der Hand zum Auto gegangen.

»Was ist los? Gefällt es dir nicht?«

»Nein!«, rief er.

Ich stieg zu ihm in den Passat, Konrad sah mich nicht einmal an.

»Du könntest ruhig ...«

»Fahr einfach los, ja?«, sagte er kalt.

Ich war überrascht, wie ärgerlich er über meine neu gestalteten Haare reagierte. Am liebsten wäre ich wieder ausgestiegen, zumindest wollte ich seine rüde Art nicht einfach so hinnehmen.

»Wäre es möglich, ein Minimum an Höflichkeit aufzubringen, selbst wenn du findest, dass ich scheiße aussehe? Ich dachte, du freust dich, wenn ich deinen Eltern mit meinem Aussehen nicht zu viel zumute.«

Jetzt fuhr er zu mir herum, die Züge von Wut verzerrt.

»Darum also ging es dir? Meinen Eltern nichts zuzumuten? Wie billig!«

»Ich habe das nicht für deine Eltern gemacht, du Idiot.«

»Hättest du etwas für mich tun wollen, dann wärest du geblieben, wie du warst, und hättest meinen Vater munter provoziert. Je mehr, desto lieber. Aber gut, es ist deine Entscheidung. Sei gewöhnlich und austauschbar, wenn's dir gefällt.«

Ich war wie vor den Kopf geschlagen.

»Deswegen wolltest du mit mir zu deinen Eltern? Das war das Experiment? Sollte ich deinen Vater mit meinen grünen Haaren herausfordern?«

»Sei nicht albern! Außerdem bist du meine Aufsicht, schon vergessen?«

»Neulich war ich noch dein verdammter Augapfel!«

Er wandte sich ab, starrte aus dem Seitenfenster.

»Okay, dann erfülle ich ab jetzt einen Arbeitsauftrag«, fuhr ich fort. »Und lass mich ansonsten in Ruhe! Wir sind rein dienstlich unterwegs.«

Ich war so wütend, dass ich Schwierigkeiten hatte, den Wagen anzulassen, Konrad blickte weiter stur aus dem Fenster. Wir redeten kein Wort miteinander und verhielten uns bis Kiel wie ein notorisch beleidigtes Ehepaar. Schließlich schob er eine CD in den Rekorder, und unser Schweigen wurde, untermalt von Mozartklängen, milder.

Kurz vor der Abfahrt von der Autobahn steuerte ich eine Raststätte an. Bei meiner Rückkehr von der Toilette stand Konrad rauchend neben dem Auto, während August einen Platz zum Pinkeln suchte. Ich trat zu Konrad, er reichte mir seine Zigarette herüber. Abwechselnd nahmen wir einen Zug.

Manchmal liebte ich ihn allein dafür: Wir waren in der Lage, uns nach schwersten Auseinandersetzungen miteinander zu versöhnen, ohne auch nur ein Wort über den vorausgegangenen Streit zu verlieren. Es konnte wieder gut sein, ohne krampfhafte und nervige Analysen, ohne gegenseitige Verständnisheuchelei.

Auf der verbleibenden Strecke von gut zwanzig Kilometern erzählte er mir dann doch noch ein wenig von dem, was uns mutmaßlich erwarten würde: ein gesellschaftliches Ereignis der Extraklasse mit Freunden der Familie, Diplomatenkollegen, mit mehr oder weniger adeliger Verwandtschaft, mit Lokalprominenz aus Politik und Kultur. An die zweihundertfünfzig Leute mindestens, weiße Zelte auf dem makellosen Rasen hinter der Villa, Blumenarrangements, Lampions, Catering vom Feinsten, weiß behandschuhte Männer, die Champagnerschalen auf silbernen Tabletts durch die Menge balancieren, nachmittags Streichquartett, gegen Abend die Swing-Combo und zum Mitternachtsimbiss Schwimmkerzen auf dem Pool. Ich stellte mir alles hollywoodreif vor, und Konrad sagte, damit läge ich sehr dicht an der Wahrheit.

Dass wir es weder zu den Champagnerkelchen noch zu den Schwimmkerzen schaffen würden, ahnte zu diesem Zeitpunkt keiner von uns.

»Was machen wir mit ihm?« Ich deutete zur Rückbank, auf der August zusammengerollt schlief.

»Den füttern wir mit Kaviarhäppchen und lassen ihn in den Pool springen.«

Am späten Nachmittag hatten wir das Ziel unserer Reise erreicht. Konrad hatte es so geplant, dass wir am Vorabend des Festes eintrafen: »Dadurch haben wir etwas Zeit, das Gelände zu sondieren, bevor der ganze Zauber startet.«

Gerade wollte ich aussteigen, da langte Konrad zu mir herüber, griff mir ins Haar und brachte es mit beiden Händen durcheinander.

»Hör auf, du Spinner!«

»In der Welt meiner Eltern werden Menschen wie wir immer Außerirdische sein, egal wie sehr wir uns optisch anpassen.«

»Ist schon gut, ich hab's ja kapiert.«

Die Reichenbachsche Villa hatte ich mir ganz anders vorgestellt. Etwas Altes hatte ich erwartet, etwas Mondänes, mit einem Säulenvorbau und einem Rondell vor dem Haus wie in den Filmen, in denen schöne reiche Menschen immer direkt vor die Villa fuhren, um dort von einem der Familie treu ergebenen Diener in Empfang genommen zu werden.

Wir hatten am Straßenrand geparkt, an dem kleinen Gartentor geklingelt, das von einer dicken Hecke gesäumt wurde, und gewartet, bis es mit einem lauten Summen aufsprang. Dann betraten wir einen gepflasterten Gartenweg, der sich zum Haus hinaufschlängelte. Tatsächlich war das Haus von Konrads Familie einfach nur groß und weitläufig, aber kein bisschen glamourös: ein Neubau aus den frühen Achtzigern, frei von jedem Charme, streng funktional, auf einem riesigen Grundstück gelegen, das zugegebenermaßen mit spektakulär aufwendigen Gartenanlagen gestaltet war.

Konrads Mutter wartete bereits in der offenen Haustür auf

uns. Sie war eine fast durchsichtig wirkende, verblühte Ex-Schönheit mit goldblondem Haar, das sie klassisch hochgesteckt zu einem cremefarbenen Hosenanzug trug. Sie umarmte ihren Sohn so vorsichtig, als wären sie beide aus dünnem Glas, hielt ihm links und rechts die Wange hin. Konrad hauchte einen Kuss jeweils knapp daran vorbei, woraufhin sie einen Schritt zurücktrat und ihren Sohn von oben bis unten betrachtete wie eine exotische Skulptur oder eher ein kompliziert zu bedienendes Gerät.

»Du siehst sehr gut aus, mein Lieber!«

»Du ebenfalls, Maman.«

Ich konnte es nicht fassen: Sie nannte ihn »mein Lieber«, und er sagte »Maman« zu ihr, distanziert, affektiert, so steif, als hätten beide einen Stock verschluckt. Das also war die Frau, die sich lieber in Tabletten und Depressionen geflüchtet hatte, als ihren sensiblen, hochbegabten Sohn vor den übersteigerten Erwartungen eines cholerischen Vaters zu schützen.

Ich hustete leise. Erst jetzt gab sie zu erkennen, dass sie mich bemerkt hatte.

»Ach, da ist ja noch jemand. Du hast eine Freundin mitgebracht? Wie reizend! Willst du uns nicht miteinander bekannt machen?«

Ich fragte mich, ob sie wirklich nicht wusste, dass ich von Hajo Albrecht zu Konrads Begleitung abgestellt worden war, oder ob sie nur so tat.

Konrad stellte uns vor, als wären wir potenzielle Geschäftspartner: »Katia Werner. Caroline Sophie Gräfin von Reichenbach, geborene Zinnowitz.«

Bei den letzten beiden Worten schien die Gräfin leicht zusammenzuzucken. Da ihrerseits nichts weiter folgte, wir aber noch immer steif auf der Schwelle herumstanden, sagte ich:

»Na, dann gehe ich mal August holen, der flippt im Wagen sonst aus.«

Die Gräfin machte große Augen: »Wen hast du denn noch mitgebracht, Junge?«

»August ist unser Hund, Maman, mach dir keine Gedanken um ihn, er schläft bei Katia und mir im Zimmer.«

Damit wäre die Frage, als was ich bei den von Reichenbachs aufzutreten habe, geklärt, dachte ich und lief seltsam zufrieden den Weg zur Straße zurück. Konrad trat auf Geheiß seiner Mutter ins Haus.

Es war meine Idee gewesen, erst mich und dann den Hund ins Spiel zu bringen. »Lass ihn uns nachholen, wenn wir deine Eltern begrüßt haben«, hatte ich zu Konrad beim Aussteigen gesagt, »er ist so riesig, und wenn er zu bellen oder zu knurren anfängt, weil sie dich anfassen, werden sie ihn für gefährlich halten.«

»Umso besser!«

»Tu mir das nicht an, bitte, und ihm auch nicht, du weißt, wie sehr August auf deine Stimmungen reagiert.«

Damit war Konrad zu meiner eigenen Überraschung überzeugt gewesen, und wir hatten das winselnde Tier wieder auf den Rücksitz geschoben.

Gerade hatte ich die Autotür einen Spalt breit geöffnet, da sprang der Hund mit voller Wucht dagegen, presste sich an mir vorbei und war durch das geöffnete Tor auf das Reichenbachsche Grundstück gerannt, bevor ich auch nur die Autotür schließen konnte. Ich dachte, dass er Konrad schon finden würde, und war nicht weiter beunruhigt. Er spürte ihn immer und überall auf, die Gräfin musste dann eben mit der überschwänglichen Begrüßung fertigwerden.

Als ich wieder durch das Tor ging, sah ich ihn in weiten

Sprüngen über die Wiese zum Haus rasen, und ich könnte heute noch schwören, dass ich zuerst den Hund auffliegen sah und danach den Knall hörte. Aber jegliche Erinnerung ging von diesem Zeitpunkt an durcheinander. August flog in die Höhe, als sei er von einer unsichtbaren Mauer abgeprallt, überschlug sich, trudelte seitwärts zu Boden und blieb reglos liegen. Wie ich zu ihm gelangte, weiß ich nicht mehr. Ich muss vor Schreck eine Weile stehen geblieben und dann erst losgerannt sein, denn als ich bei August ankam und mich ins Gras hockte, lag er bereits in einer Blutlache. Wie aus weiter Ferne hörte ich Konrads Schrei, danach den der Gräfin, eine unbekannte männliche Stimme, Klirren, Scheppern, das Geräusch von berstendem Holz, wieder Schreie, ein erneuter Knall und Schreie, Schreie, Schreie …

Ich saß nur da, den blutigen Kopf des Hundes in meinen Händen, unfähig, mich zu rühren.

Irgendwann packte mich Konrad an den Schultern, zog mich unsanft hoch, die Wiese um uns herum hatte sich mit Blut vollgesogen.

»Wir müssen hier weg. Schnell!«

»Was ist mit …« Weiter kam ich nicht, Konrad zerrte mich grob vom Hundekadaver fort.

»Wir lassen ihn hier, soll der Alte sehen, was er angerichtet hat. Ich hoffe, meine Mutter bekommt bei diesem Anblick einen hysterischen Anfall, von dem sie sich nicht mehr erholt. Los, beeil dich, sie haben vielleicht schon die Polizei angerufen.«

Ich riss mich noch einmal von Konrad los, zog August das Halsband über den Kopf, der danach schlaff auf die Wiese zurückfiel. »Ich habe es für ihn ausgesucht, extra breit, damit es ihm nicht den Hals abschnürt, das überlassen wir ihnen nicht«, schluchzte ich, dann rannten wir zum Auto. Konrad schubste mich auf den Beifahrersitz, fingerte den Schlüssel aus meiner Jackentasche und startete den Passat.

Wir rasten los, bogen in die Hauptstraße ein, immer noch viel zu schnell. Ich sah an mir herunter: Das hellblaue Hemd war über und über mit Blut beschmiert, nicht anders meine Hände. Ich klapperte mit den Zähnen, obwohl im von der Sonne noch aufgeheizten Auto bestimmt an die dreißig Grad waren.

Kurz vor Hannover mussten wir tanken. Ich nutzte die Gelegenheit, die Kleider zu wechseln und mir das Blut abzuwaschen.

Die Frau in der Tankstellentoilette wich entsetzt vor mir zurück.

»Du willst Arzt?«, fragte sie.

»Nein, es ist nicht mein Blut«, erklärte ich und verbrauchte den kompletten Inhalt eines Papierhandtuchspenders. Anschließend legte ich der mich jetzt mit unverhohlenem Misstrauen beäugenden älteren Frau einen Zehneuroschein auf den geblümten Porzellanteller, was sie noch nervöser machte.

Als wir weiterfuhren, gelang es mir, die Frage zu stellen, die ich die ganze Zeit nicht zu stellen gewagt hatte.

»Hast du ihm was angetan?«

»Wem?«

»Deinem Vater. Es war doch dein Vater, der August erschossen hat, oder? Hast du ihn verletzt?«

»Nicht genug, um ihn außer Gefecht zu setzen. Leider. Hätte ich das Gewehr direkt auf ihn gehalten, hätte es sich wenigstens gelohnt.«

Sein rechtes Bein fing zu zittern an.

»Fahr den nächsten Parkplatz an, wir brauchen eine längere Pause«, sagte ich, wohl wissend, dass uns das auch nicht weiterhelfen würde. Ich wollte einzig, dass dieser Alptraum aufhörte, sofort, dass ich aufwachte und wir uns auf eine Party vorbereiteten, die uns reichlich Stoff zum Lästern liefern würde.

»Nein, wir müssen sofort zu Carmen und Martin. Mein Alter hat sicher schon seinen Freund Hajo verständigt, doch vielleicht lässt sich noch was retten, wenn wir unsere Version über das, was passiert ist, so schnell wie möglich berichten. Martins Bruder ist kein Unmensch. Mein Vater hingegen schon.«

Ich war überrascht, wie kontrolliert, wie kalt er sich anhörte, wohingegen ich mich noch immer nicht im Griff hatte. Sobald ich mir den tot auf der Wiese liegenden August vorstellte, fing ich wieder zu schluchzen an. Dennoch war ich dankbar, dass Konrad, trotz des Zitterns, ansonsten ruhig hinter dem Steuer saß. Ich hätte nicht fahren können.

Erst weit nach Mitternacht kamen wir in der Goldbachmühle an. Ich hatte den Vorschlag gemacht, die Nacht bei mir zu verbringen und den nächsten Morgen abzuwarten, aber Konrad war nicht davon abzubringen gewesen, unverzüglich Carmen und Martin zu verständigen.

Im Erzieherbüro brannte noch Licht. Meinen beiden Arbeitgebern sah man deutlich an, dass sie erst kürzlich aus dem Bett geholt worden waren. Sie trugen T-Shirts und Pyjamahosen, Carmen hielt eine Tasse Tee, Martin ein Glas Cognac in den Händen. Beide sprangen auf und liefen uns entgegen, als wir das Büro betraten.

»Gott sei Dank, ihr seid da. Konrad, dein Vater ist bereits auf dem Weg zur Mühle. Er sollte dich nicht hier vorfinden«, sagte Martin mit einer Entschlossenheit in der Stimme, die für ihn bemerkenswert war.

»Ist er nicht verletzt?« Konrad erkundigte sich nach seinem Vater, als würde es eine wildfremde Person sein.

»Anscheinend nicht schlimm, was aber nichts heißt. Jede Schramme wird für ihn groß genug sein, um dir ernsthaft Probleme zu bereiten.«

»Er wird es aufbauschen«, fügte Carmen hinzu, »darauf kannst du wetten.«

Martin sah auf die Uhr. »Lass uns das später besprechen, du musst von hier weg. Katia, bist du okay?«

Nein, das war ich nicht, dennoch schaffte ich es, einen Vorschlag zu unterbreiten: »Konrad kann bei mir schlafen.«

»Für diese Nacht scheint mir das die beste Möglichkeit zu sein. Morgen sehen wir weiter. Mein Bruder wird ebenfalls jeden Moment hier eintreffen. Bis sich die Wogen geglättet haben, sollte auch er keine Ahnung haben, wo ihr seid. Ich fahre euch ins Dorf.«

Unterwegs versuchte Konrad zu erklären, was genau passiert war, und Martin erzählte, wie Hajo ihn aus dem Schlaf geweckt und vom Anruf des Grafen berichtet hatte.

»Sieh zu, dass der Junge aus der Schusslinie ist.« Der Professor sollte das tatsächlich wörtlich gesagt haben. Ich konnte es kaum glauben.

Dem Grafen zufolge hatte Konrad mehr oder weniger die gesamte Einrichtung demoliert. Er war dann mit der Waffe auf ihn losgegangen, ein Mordanschlag, dem er nur knapp entkommen war. Von Konrad wusste ich, dass er seinem Vater das Jagdgewehr hatte abnehmen wollen, dabei seien allerdings tatsächlich einige Dinge zu Bruch gegangen, vielleicht habe er in seinem Zorn auch etwas nachgeholfen, da sei er sich im Nachhinein nicht mehr sicher.

»Es wird Aussage gegen Aussage stehen«, sagte Martin,

»und bei deiner Aktenlage ist nicht schwer zu erraten, wem man Glauben schenken wird.«

Wenige Meter vor Angelikas Haus ließ er uns aussteigen. Bevor er umkehrte, gab er uns noch die Weisung, nur ja nicht auf dem Mühlengelände aufzutauchen, nicht bevor wir etwas anderes hörten.

Weder Konrad noch ich konnten in dieser Nacht Schlaf finden. Konrad hielt mich im Arm, verbot mir, über die Geschehnisse im Haus seiner Eltern zu sprechen. Ich gehorchte ihm, weil ich keine Kraft mehr hatte, mich zu widersetzen. Ich hatte überhaupt keine Kraft mehr. Für nichts.

Gegen fünf Uhr morgens klingelte das Telefon. Martin war am anderen Ende der Leitung. Er berichtete, wie der Graf noch in der Nacht die Mühle gestürmt hatte. Wie ein Wahnsinniger sei er herumgerannt und habe die Herausgabe seines Sohnes verlangt. Über eine Stunde sei man damit beschäftigt gewesen, ihn zu beruhigen, ihn von Konrads Abwesenheit zu überzeugen, auch davon, dass man nicht wisse, wo er sich aufhalte. Dann habe der Graf auf der Bereitstellung einer Übernachtungsmöglichkeit bestanden, um vor Ort zu sein, falls sein Sohn auftauchen sollte, und nach längeren Verhandlungen habe er sich einverstanden erklärt, im Praktikantenzimmer zu nächtigen. Daraufhin sei auch Hajo über Nacht in der Mühle geblieben. Wahrscheinlich hatte man dadurch Schlimmeres zwischen Carmen und von Reichenbach verhindert können. Martin ersparte uns aber weitere Details.

»Um zehn Uhr ist eine außerordentliche Dienstbesprechung«, sagte er schließlich. »Konrad bleibt besser bei dir, aber du solltest unbedingt kommen.«

»Ich? Warum das denn?«

»Carmen und ich wissen offiziell nicht, wo Konrad sich aufhält. Was du hingegen in deiner Freizeit tust, ist deine Sache. Kapiert?«

»Martin, hör mal, ich bin da etwas mehr betroffen als ...«

»Ich weiß von nichts«, unterbrach er mich, »und ich will von nichts wissen. Komm zur Besprechung und gebrauch deinen Verstand.«

Dann legte er auf.

Konrad schlief fest, als ich kurz nach neun die Wohnung verließ. Bei meiner Ankunft in der Goldbachmühle hörte ich den alten von Reichenbach schon beim Betreten des Flurs durch die Tür zum Erzieherbüro wettern: »Er ist eine tickende Zeitbombe, das habe ich immer gesagt, dafür habe ich jetzt die Bestätigung.«

Keiner schien sich aufzuregen, jedenfalls konnte ich keinen vehementen Widerspruch vernehmen.

Laut klopfte ich an die Tür zum Erzieherbüro, drückte die Klinke herunter und betrat den Raum. Der Graf stand mit dem Rücken zu mir, groß und schlank wie sein Sohn, das Haar dicht und silbergrau. Ich setzte mich neben Lena, die mich fragend ansah, dann nach meiner Hand griff. Ich dachte gerade, wie gut es sei, dass Konrads Vater offenkundig noch auf seinen beiden Beinen stand und mit den Armen herumfuchteln konnte, da drehte er sich zur Seite. Jetzt konnte ich sein Gesicht sehen. Das rechte Auge war blutunterlaufen, über der Nase klebte ein breites Pflaster mit verkrustetem Blut daran, auf seiner linken Wange war eine Kompresse fixiert. Mir wurde schwindelig, und am liebsten wäre ich aus dem Zimmer gelaufen.

Von Reichenbach hob die Faust. »Hans-Joachim, du wirst mir das bescheinigen, hörst du? Ich bestehe auf einem ärztlichen Gutachten deinerseits. Und wenn mein Sohn nicht bald hier aufkreuzt, werde ich ihn polizeilich suchen lassen. Ich schaffe es schon, dass man ihn wegsperrt, diesmal für immer!«

»Herr von Reichenbach, bitte ...« Carmens Stimme war schneidend und kalt.

Der Angesprochene nahm sie gar nicht zur Kenntnis, tobte weiter, forderte sein Recht, was auch immer das sein sollte. Schließlich schrie er, dass man an den Händen seines Sohnes die gleichen Schmauchspuren finden werde wie an seinen eigenen, er aber habe sich nur verteidigt, Konrad hingegen ...

Währenddessen bemerkte ich, dass Professor Albrecht sich wie in Zeitlupe von seinem Platz hinter dem Schreibtisch erhob. Er begann seinen Arztkittel, den ich noch nie zuvor an ihm gesehen hatte, aufzuknöpfen, ganz bedächtig, Knopf für Knopf, als wäre dies eine spezielle Form der Meditation. Als alle Knöpfe offen waren, streifte er sich den Kittel ab und hängte ihn mit geradezu provozierender Langsamkeit über die Garderobe. Der Graf dagegen wurde immer hektischer, immer anklagender. Gerade holte er Atem für eine neue Drohung, als Hajo Albrecht ihm ins Gesicht sagte: »Erik, du kannst mich mal am Arsch lecken!«

Von Reichenbach blieb der Mund offen stehen. Schließlich riss er die Tür auf, brüllte, man werde noch von ihm hören, und stürmte durch den Flur dem Ausgang zu. Sämtliche Anwesenden befanden sich in einer Art Schockstarre. Außer Professor Albrecht. Er blickte noch einige Sekunden auf die offene Tür, dann seufzte er zufrieden: »Das wollte ich schon lange einmal gesagt haben.«

Carmen rührte sich als Erste. Sie ging zu ihrem Schwager und küsste ihn auf beide Wangen.

Martin kam danach zu mir und beugte sich herunter, bis sein Mund dicht an meinem Ohr war.

»Konrad hat maximal achtundvierzig Stunden, dann hat Reichenbach senior einen neuen Arzt aufgetrieben, der ihm das Gutachten für den Richter unterschreibt. Einer Einweisung Konrads steht dann nichts mehr im Weg.«

Ich nickte, wusste aber immer noch nicht, was zu tun war. Zu Carmen sagte ich: »Es ist alles meine Schuld!«

»Blödsinn! Schuld trifft höchstens diesen gemeingefährlichen Irren. Welcher normale Mensch lässt denn eine geladene Waffe bei sich zu Hause herumstehen und zögert keine Sekunde, sie auf ein über den Rasen laufendes Tier abzufeuern? Mit welcher Berechtigung wird man ihm das abnehmen? Der Herr sei gerade von der Jagd gekommen und habe *zufällig* noch sein Gewehr in der Hand gehabt, das er selbstverständlich just in diesem Moment ordnungsgemäß in den Waffenschrank sperren wollte. Genau in diesem Augenblick habe er aber aus dem Fenster gesehen und eine unmittelbare Gefährdung erkannt. Stellt man so ein Ding geladen da rein, oder was?«

»Könnte das Konsequenzen für mich haben?«, fragte ich unvermittelt, ohne auf Carmens Ausführungen einzugehen. »Ich meine, ich war schließlich als seine Erzieherin dabei.«

Verärgert fuhr mich Martin an: »Herrje, Katia, ist das jetzt deine einzige Sorge? Ja? Aber ich kann dich beruhigen, da Konrad volljährig und *noch* nicht entmündigt ist, verantwortet er alles selbst. Der Alte von Reichenbach hat dich im Übrigen weder dort gesehen noch hier wiedererkannt.«

Ich war erleichtert über diese Information, schämte mich aber gleichzeitig wegen meiner Frage.

Carmen sagte: »Katia, geh und sag Konrad, dass er verschwinden soll!«

Bei meiner Rückkehr in die Wohnung achtete ich darauf, dass mir niemand folgte. Konrad schilderte ich, was sich in der Mühle abgespielt hatte. Dass ich nach möglichen Folgen für mich gefragt hatte, erzählte ich ihm nicht.

Er hörte mir ruhig zu, drehte dabei das Hundehalsband in seinen Händen.

»Konrad, was hast du mit ihm gemacht?«

»Wem glaubst du, meinem Vater oder mir?«

»Dir, aber ich habe ihn gesehen, und er ist übel zugerichtet.«

»Noch einmal: Wem glaubst du?«

»Die Antwort habe ich dir bereits gegeben. Aber was ist in dem Haus genau passiert?«

Konrads Atem ging schwer. Ich setzte mich zu ihm, legte meinen Kopf auf seine Schulter. Er fuhr sich mit der Hand durchs Haar, räusperte sich.

»Ich war mit meiner Mutter in die Diele getreten, da ertönte der Knall. Erst wusste ich nicht, woher er kam, dann hörte ich meinen Vater von oben nach meiner Mutter rufen. Kurz darauf sah ich durchs Fenster dich am Gartentor stehen, August lag auf der Wiese. Da sind mir die Sicherungen durchgebrannt.«

»Was ist dann passiert?«

»Ich weiß es nicht genau. Erst wollte ich raus, zu dir, aber dann kam der Alte die Treppe runtergerannt und schrie etwas von Raubtier und bissigem Köter. Als er mich sah, traf es mich. Er brüllte, kaum hätte ich einen Fuß in sein Haus gesetzt, schon folge das Elend. Ich habe rotgesehen, lief ihm entgegen, während meine Mutter schrie, ich solle ihm nichts tun. Auf einmal hielt er auf einem Treppenabsatz inne und eilte wieder nach oben, es war, als versuchte er, vor mir davonzulaufen. Kannst du dir das vorstellen? Ich war schneller, habe ihn oben gestellt und auf ihn eingeschlagen, immer und immer wieder. Die Waffe lag noch auf dem Tisch neben dem Waffenschrank. Er griff danach und ...«

Konrad stockte.

Ich nahm meinen Kopf von seiner Schulter und sah ihn an. »Hast du ...?«

»Ich habe ihm die Waffe abgenommen. Und damit er sieht, dass es mir ernst ist, habe ich in die Decke geschossen. Ich hatte nicht wirklich damit gerechnet, dass sie immer noch geladen da herumliegt. Das ist doch Wahnsinn!«

Ich wollte fragen, ob er sicher sei, dass er den Lauf in Richtung Decke gehalten hatte, und ob er sagen könne, welche Art von Wunde sich auf der Wange seines Vaters unter der Kompresse verbarg. Aber ich hatte Sorge, er würde dann glauben, ich würde ihm nicht vertrauen. Vertraute ich ihm denn? Ganz und gar? Ich wusste es nicht. Ich wusste gar nichts mehr.

»Warum hat er das gemacht, warum hat er August erschossen?«, fragte ich.

Konrad holte tief Luft. »Nun, hätte er vorher gewusst, dass es sich um *meinen* Hund handelt, wüsste ich vielleicht einen Grund, denn es geht ja nicht, dass mir etwas gehört, dass ich etwas gern habe, auf das *er* keinen Zugriff hat. Ansonsten: Es gab vor einigen Jahren in unserer Gegend mal einen Vorfall mit zwei streunenden Schäferhunden, die spielende Kinder im Garten angriffen und schwer verletzten. Möglicherweise ist ihm das durch sein krankes Hirn gegangen.«

Er sah mich an, strich mir eine Strähne aus dem Gesicht. »Hey, ich habe nicht versucht, ihn umzubringen, hörst du? Ich habe ihn nur verprügelt, und das nicht einmal annähernd angemessen.«

Ich nickte. In diesem Moment glaubte ich ihm alles, was er mir erzählte.

Er aber schüttelte den Kopf: »Wo ist nur mein grünes verzaubertes Elfenmädchen?«

»Ich bin keine Elfe, Konrad, bin ich nie gewesen.«

»Es ist schon komisch«, er lachte heiser, »du bist die einzige Frau, die ich kenne, bei der ein gewöhnlicher Haarschnitt mit einer normalen Haarfarbe völlig unnatürlich aussieht.«

»Konrad, was sollen wir jetzt tun?«

»Habe ich gerade ein Wir gehört?«

»Scheint so.«

»Dann komm mit mir.«

Ich dachte, Hauptsache, dieser wahnsinnige Graf erwischt ihn nie, und sagte: »Gib mir eine halbe Stunde.«

Konrad nutzte die Zeit an meinem Computer. Was er dort tat, wollte er mir nicht näher schildern, meinte nur, ich solle mir um die Finanzen und die Tickets keine Sorgen machen.

Und dann traten wir tatsächlich unsere Reise an. Nahmen ein Taxi zum Bahnhof nach Alsfeld, erreichten knapp den Regionalexpress nach Frankfurt, wo wir in den nächstmöglichen Zug Richtung Grenze stiegen.

Wir begannen allen Ernstes und ganz real das in die Tat umzusetzen, was für mich bislang nie mehr als eines unserer verrückten Gedankenspiele war. Wir schafften es bis Straßburg. Dort mussten wir umsteigen, und weil ich vor Müdigkeit die Augen nicht mehr aufhalten konnte, suchten wir uns ein Zimmer.

»Monsieur et Madame de Reichenbach …«

Es klang falsch, und die Angst schlich sich wieder ein wie ein Dämon.

Ich schlief mehrere Stunden. Als ich aufwachte, sah ich im Dämmerlicht seine schmale Gestalt am geöffneten Fenster. Er rauchte.

Zum ersten Mal, seit ich den Hund durch die Luft fliegen sah, spürte ich wieder meine Gliedmaßen ordnungsgemäß. Der Kopf tat mir weh, saß aber da, wo er hingehörte, die Beine waren funktionstüchtig, die Arme auch, die Hirntätigkeit normalisierte sich ebenfalls wieder.

Ich dachte an das frische Blut auf der Wiese, das verkrustete Blut im Gesicht des Grafen. Ich sah uns auf der Flucht, sah meine unterentwickelte Fähigkeit zu vertrauen, sah all die Momente, in denen er mit seiner Macht über mich die Furcht unter meine Haut getrieben hatte, sah, dass er mit mir nie alles hinter sich lassen konnte, dass ich ihn immer an seine Vergangenheit erinnern würde, egal wie groß unser Verlangen nacheinander auch war. Der ganze Ballast, den wir mit uns herumschleppten, dass er als Irrer galt und ich seine Betreuerin war, erschien auf einmal wie ein unüberwindliches Gebirge. Ohne mich würde er es leichter haben. Viel leichter.

Obwohl ich keinen Laut von mir gab, nur Konrads Rücken betrachtete, musste er gemerkt haben, dass ich aufgewacht war.

Ohne sich umzuwenden, stellte er diese Frage: »Liebst du mich?«

Meine Antwort war: »Nicht genug.«

Nicht eine Sekunde hatte ich gezögert, was vielleicht das Schlimmste und Unverzeihlichste war, das ich ihm und mir und vor allem uns in dieser Situation antun konnte. Von hundert auf null mit zwei Wörtern.

Er lächelte sogar, als er seine Reisetasche schulterte und sich auf den Weg machte, ohne mich noch einmal anzusehen.

Allein blieb ich in dem Hotelzimmer zurück, aus dem ich meinen Geliebten vertrieben hatte, heulte wie ein Kleinkind, eine Nacht und einen Tag lang. Dann packte ich meine Sachen, legte Geld für das Zimmermädchen auf das feuchte Kopfkissen. An der Rezeption teilte man mir mit, das Zimmer sei bereits bezahlt.

Von der Hotellobby aus rief ich Carmen an, sagte, dass Konrad außer Landes sei und sie auch mit mir nicht mehr zu rechnen brauche.

12
Ende und Anfang

Heute Nacht habe ich ihn gesehen, er stand am Fenster in der Küche. Bei ihm war auch der Stein, auf dem er immer gesessen hatte, wenn er am Waldweg auf mich wartete. Ich wunderte mich nicht, dass er da stand, auch nicht über den Findling, der größer war, als ich ihn in Erinnerung hatte. Da merkte ich, dass der Stein wuchs. Der Felsblock wurde jedes Mal, wenn ich wieder hinblickte, ein Stückchen größer, veränderte sogar die Form, wölbte sich hoch, beulte sich an den Seiten aus. Dass er aufpassen solle mit seinem Stein, rief ich ihm zu, der nehme zu viel Platz weg in dieser Küche, das müsse er doch einsehen, warum er ihn überhaupt mitgebracht habe, er hätte auch auf einem der Stühle warten können. Er aber antwortete nicht, blickte nur fortgesetzt aus dem Fenster, obwohl der Stein schon bedenklich gewachsen war. Schließlich musste ich um den Felsen herumgehen, der jetzt die Wände hochkroch und mir die Sicht auf Konrad genommen hatte. Auf der anderen Seite war aber niemand, auch die Wand war nicht mehr da, stattdessen wehte mich der Nachtwind an, und die Hausmeisterfrau brüllte von unten zu mir herauf: »So geht es aber nicht, Fräulein Werner!«

Im Haus gegenüber winkte jemand, ich winkte zurück – und erkannte sein Gesicht. »Wie bist du so schnell dort hingekommen?«, schrie ich, er aber hielt sich lächelnd die Hand ans Ohr, gab mir zu verstehen, dass er mich nicht hören könne.

Ich war glücklich, ihn wiederzusehen, wollte ihm ein Zeichen geben, dass ich gleich bei ihm sein würde, aber er winkte noch einmal, dann verschwand er hinter dem Vorhang.

Ich trat einen Schritt vor, und weil da keine Hauswand mehr war und auch kein Boden, fiel ich. Aber das war gar nicht schlimm, denn inzwischen war es Sommer geworden. Und während ich fiel, strich warme Luft um meinen Körper. »Freier Fall!«, rief ich und fiel und fiel und fiel und hatte keine Angst.

Als ich aufwachte, dachte ich, dass das mehr ein Traum vom Fallen gewesen war als ein Traum von Konrad. Aber ich hatte sein Gesicht gesehen, von dem ich nicht einmal ein Foto besaß.

Ein Traumzeichen, so könnte man es deuten, glaubte man an solche Sachen.

Dass es auf Dauer nicht gegangen wäre, habe ich eigentlich von Beginn an gewusst.

Dass das, was wir hatten, mir niemand mehr wegnehmen kann, weiß ich seit heute.

»Du willst mich doch nicht etwa retten?«, hatte er mich eines Nachts unvermittelt bei einem unserer Spaziergänge gefragt.

»Wieso sollte ich das wollen?« Ich rang um einen lässigen Tonfall, weil mich seine Frage ebenso verärgerte wie verletzte.

»Weil du dich dazu imstande fühlst oder weil du dafür bezahlt wirst.«

»Für so fähig halte ich mich nicht, und noch viel weniger werde ich dafür bezahlt, jemanden zu retten. Es ist unfair, mir so etwas zu unterstellen. Oder was soll die Frage? Wünschst du dir das etwa heimlich? Gerettet zu werden?«

»Das wäre krank.«

»Eben.«

Wir haben dann darüber gescherzt, wie wenig es im Grunde um Rettung geht. Führe man sich die sogenannten Normalen vor Augen, könne man besser im Zustand der verlorenen Seele bleiben. Wir malten uns das immer weiter aus, bis mir der bittere Beigeschmack, der sich auch durch unser Herumalbern nicht verflüchtigte, zu viel wurde: »Hör zu, keiner von uns ist verloren. Niemand rettet niemanden.«

Es klingelt lange, bis sie ans Telefon geht.
»Carmen, du brauchst mir die Stelle nicht länger freizuhalten«, sage ich.
»Willst du dich weiter bei deiner Freundin verkriechen? Das ist keine Lösung, Katia!«
»Ich weiß.«
»Was willst du also tun?«
»Ich werde einen Job als Erzieherin bei einer Familie in Hamburg annehmen. Die Eltern suchen eine Betreuung für ihre beiden Kinder und sind bereit, eine nicht ganz anerkannte Fachkraft dafür gut zu bezahlen.«
»Das klingt doch wieder nach Flucht.«
»Nein, das klingt nach gewonnener Zeit zum Nachdenken.«
»Damit hast du jetzt schon fast vier Monate verbracht, was soll dabei noch herauskommen?«
»Ich habe fast vier Monate damit verbracht, zu trauern und mich für meine Feigheit zu hassen, das ist nicht dasselbe.«
»Und jetzt?«
»Jetzt werde ich mir viel Zeit damit lassen zu überlegen, ob ich einen bestimmten Brief schreibe.«
»An wen? Konrad?«
»Ja. Es müsste ein Brief sein, der genau das ausdrückt, was ich ihm sagen will. Das kann dauern.«

Mein Rucksack ist gepackt, das Taxi wird in wenigen Minuten hier sein. Vor mir liegen noch seine Zeichen auf dem Tisch. Die wortlos zu mir sprechende Karte, das Foto von der schutzbringenden Pest-Katze, die ihrer Befestigung verlustig gegangene Anklopf-Hand. Und die Zeichnungen: Sieben Bilder von seinem neuen Leben, die mir alles sagen, was ich wissen muss.

Es geht ihm gut ohne mich.

So soll es sein.

Nachbemerkung und Danksagung

Die Zeilen aus dem Gedicht »Das Karussell« wurden zitiert nach: Rainer Maria Rilke. Die Gedichte. Insel Verlag. Frankfurt am Main 1986.

Ein Sanatorium wie die Goldbachmühle existiert nicht, sämtliche darin lebenden Menschen sowie das Dorf Lennau und seine Bewohner sind frei erfunden.

Dieser Roman ist meinem viel zu früh gegangenen Freund Norbert Hentschel gewidmet, von dem ich lernen durfte, dass Norm und Wahn leicht zu verwechseln sind.

Dank an Jan für den Platz am Feuer und für die Anregung: »Schreib doch mal einen Liebesroman!«

Dank an Matthias D. für den fachkundigen Rat beim Erschießen eines rennenden Hundes.

Dank wie immer an C. und c. Ohne euch klappt sowieso nichts.

Das Meer in Gold und Grau

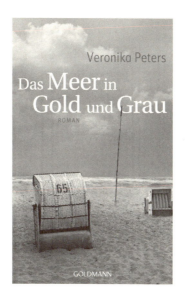

Wenn Ihnen
Die Liebe in Grenzen
gefallen hat und Sie erfahren möchten, wie es in
Katia Werners Leben weitergeht,
lesen Sie auf den nächsten Seiten weiter.

VERONIKA PETERS

Das Meer in Gold und Grau

Roman · 288 Seiten

Katia Werner steht kurz vor ihrem dreißigsten Geburtstag, als sie von einem auf den anderen Tag ihren Job samt Wohnung verliert und keinen Plan hat, wie es mit ihrem Leben weitergehen könnte. In dem Bedürfnis, alles hinter sich zu lassen, macht sie sich kurzerhand auf den Weg zu ihrer alten Tante – einer Halbschwester ihres Vaters, die sie bisher noch nicht kennt. Tante Ruth betreibt das malerisch gelegene »Strandhotel Palau« an der Ostsee, in dem die Zeit stehen geblieben zu sein scheint. Seine reichlich betagten Bewohner und vor allem die ebenso ruppige wie auf ihre ganz eigene Weise beeindruckende Tante sorgen dafür, dass aus dem spontanen Wochenendbesuch viele Monate werden. Nach chaotischen Beziehungen und zahllosen Fluchten lässt Katia sich zum ersten Mal auf das Wagnis des Bleibens ein – und ahnt doch nicht, dass sie damit die größte Herausforderung ihres Lebens annimmt.

1
Die Insel von Palau

Früher habe ich ohne zu zögern gesagt: Ich mag alte Leute. Ich habe ihnen die Türen aufgehalten, meinen Sitzplatz im Bus angeboten oder Einkaufstaschen in den vierten Stock getragen.

Meine Großeltern habe ich oft und unaufgefordert besucht. Sie waren lieb zu mir, manchmal geradezu rührend, vor allem wenn sie meinten, mich aufheitern zu müssen. Ich aß Kirschstreuselkuchen, hörte zu, wenn sie von Arztbesuchen, verstorbenen Nachbarn oder vergangenen Urlaubstagen am Comer See erzählten, und wurde dafür ein braves Mädchen genannt. Sie lebten in ihrer Welt, so wie ich in meiner, das bewahrte uns in Zuneigung und vor Missverständnissen. Ab und zu blieb ich für ein oder zwei Stunden, verschwand wieder, und alle waren zufrieden. Bis zu ihrem letzten Tag hat meine Großmutter mit mir den Neid ihrer vereinsamten Tischnachbarinnen geschürt. Ich war die Enkelin, die regelmäßig auftauchte, die auch mit anderen Heimbewohnern ein paar Worte wechselte, an Feiertagen eine Runde Canasta mitspielte. Das hätte ich auch gemacht, wenn nicht die immer gleiche Packung *Merci* mit dem Geldschein unter der Zellophanhülle auf der Kommode für mich bereitgelegen hätte. Ich war froh, dass die Alten mich mochten, und vermisste die Nachmittage, als Großmutter gestorben war. Sie waren so etwas wie ein Rückzugsraum gewesen, ein Platz, an dem ich nichts weiter tun musste als jung und zuvorkommend sein.

— LESEPROBE —

Dass ich aber mit Leuten über siebzig leben, arbeiten, sie zu Freunden haben könnte, so ein Gedanke wäre mir nie gekommen. Hätte mir jemand den Vorschlag unterbreitet, wäre, bei allem Respekt, die Antwort klar gewesen: »Danke, das nun doch nicht!«

»Zu kompliziert, zu anstrengend, zu umständlich für jemanden, der nicht zur Selbstaufgabe neigt«, hätte ich gesagt, »eine klare Trennung der Wohnbereiche und kein unnötiges Durcheinander, was mich und die ältere Generation angeht: Jeder lebt dort, wo er hingehört, das erhält die Freundschaft.«

Ein Glück, dass ich vorher nicht gefragt worden bin.

Was nicht heißen soll, dass das Zusammensein mit Tante Ruth und ihrem eigenartigen Hausstand keine Überforderung gewesen wäre, für alle Beteiligten. Es *war* kompliziert, anstrengend und umständlich, aber vor allem war es … Schwer zu sagen, wie es »vor allem« gewesen ist. Das Einzige, was mir einfällt, um es zu beschreiben, sind diese Wörter aus den Fernsehzeitungen für den Mittwochsfilm. Und damit hatte die Zeit dort nun wirklich gar nichts zu tun.

Jetzt sitze ich hier, beobachte, wie im Südosten Wolkenfelder aufziehen, die Sturm bedeuten können, und frage mich, wie am besten von Ruth zu erzählen ist. Knapp oder ausufernd, sorgfältig rekonstruiert oder als improvisierte Erinnerung? Wie ich es auch drehe: Ich werde ihr nicht gerecht werden. Nicht weil sie so großartig gewesen wäre, das war sie gar nicht. Sie war einfach und schwierig, geradlinig schräg und verlässlich launisch, Letzteres manchmal sehr, und ich kann mir bis heute keinen Reim auf sie machen.

Sie war meine alte Tante, eine, die mir einen Ort gegeben hat und Menschen, bei denen ich eine Zeit lang sein konnte; sie hat meine Sicht auf ein paar Dinge verändert, aber vielleicht trifft es auch das nicht genau. Sie hat eine Spur hinterlassen, von der ich gerne einen Gipsabdruck hätte. So ist das.

»Irgendwann ist alles Vergangenheit«, sagte sie oft, wenn die Nachrichten liefen, »c'est la vie.«

Ich habe ihr jedes Mal widersprochen. Ruth hielt es für Unsinn, sich dagegen aufzulehnen, wie es in der Welt zugeht. Menschen sterben, Häuser brennen ab, dagegen hatte sie im Großen und Ganzen nichts einzuwenden.

Ich schon.

Jetzt ist sie tot und das Palau ein Haufen Asche.

Ich kann ohne sie. Aber ich will nicht, dass sie verschwindet.

Ruth sagte: »Man wird nie jemandem gerecht.«

Wenn das stimmt, ist es mir egal.

»Was erzählt worden ist, bleibt.«

Noch so ein Spruch.

Dass man sich seine Verwandten nicht aussucht, trifft in unserem Fall nicht zu.

Als ich Ruth kennenlernte, war sie dreiundsiebzig, ich neunundzwanzig, eine Differenz von vierundvierzig Jahren. Es stand also reichlich Lebenszeit zwischen ihr und mir. Aber *ihr* bot man nicht ungestraft den Sitzplatz an, ihr hielt man die Tür besser nur dann auf, wenn sie keine Hand frei hatte, und man nahm ihr höchstens etwas ab, wenn sie ausdrücklich den Befehl dazu erteilt hatte.

Tante Ruth war eine Halbschwester meines Vaters, aus der ersten Ehe des Großvaters, und ich war überzeugt, dass niemand unseres Zweigs der Familie sie vorher kennengelernt hatte. Mein Vater wusste, dass sie existierte, seit Großvaters Tod auch, dass sie ein Hotel an der Ostsee betrieb. Bei der Hochzeit eines Vetters hatte er es mir nach dem siebten Glas Sekt erzählt. Nein, da war kein dunkles Geheimnis, versicherte er, nur ein blutjunger, ratloser Witwer, der sein Kind in die Obhut der Schwägerin gegeben hatte und später seine neue Familie nicht mit einem weiteren Mitglied belasten wollte. Dem Kind ging es gut dort, wo es war, es liebte seine Pflegeeltern, daran hatte der Großvater nicht rühren wollen und in eine Adoption eingewilligt. Fortan wurden die familiären Stränge in gegenseitigem Einvernehmen auseinandergehalten, auch finanziell. Das war alles.

Ob der Großvater es sich da nicht ein bisschen einfach gemacht habe, fragte ich meinen Vater, und ob er selbst nie neugierig gewesen sei auf die unbekannte Schwester, zumindest auf eine mögliche andere Version der Geschichte, aber er zuckte mit den Schultern, sagte nein, und das sei nur eine von Tausenden solcher Geschichten aus dieser Zeit. Ich kannte meinen Papa gut genug, um ihn nicht weiter zu bedrängen, und so nahm ich mir vor, der Sache irgendwann selbst nachzugehen, was ich aber bald wieder vergaß, weil ich mich verliebt hatte und glaubte, Wichtigeres herausfinden zu müssen.

Bis mir dann eines Tages wieder einfiel, dass es diese vergessene Tante gab, und ich mich auf den Weg machte, einfach so. Na ja. So einfach auch wieder nicht.

Es gefiel mir zu sagen: »Ich fahre zum Palau.«

Nicht dass mich jemand danach gefragt hätte. Ich erzählte es dem Bäcker, der Zeitungsfrau, meiner Freundin Manu, die ihr Gästezimmer anderweitig benötigte. »Macht mir nichts aus, dann fahre ich eben so lange ins Palau«, sagte ich und probierte den Satz noch ein, zwei Mal, bis ich ihn selbst glaubte. Es klang weit weg, und da wollte ich hin, auch wenn es nur ein Wochenende und bloß die Ostsee war. Zu diesem Zeitpunkt wäre ich überallhin gefahren, wo nicht Hamburg auf dem Ortsschild stand, am liebsten ans Meer, und für die Reise nach Halsung reichte mein Budget gerade noch. Eine Tante im Hotelgewerbe könnte interessant sein, unter Umständen eine Chance, dachte ich, Hauptsache, erst einmal weg von hier.

Ursprünglich war es vielleicht ein Mangel an Alternativen, eine Verlegenheitslösung, eine Laune, wenn man so will, aber trotzdem: Ich habe sie mir ausgesucht.

Ausgerechnet Palau. Vor der Abreise hatte ich in Manus Computer nachgeschaut und eine Unmenge von Einträgen gefunden. Ich schaute mir ungefähr die ersten fünfzig an, Texte, Bilder, Videos. Es war alles dabei: Amateurtaucherfilme, Palmenstrände, Wasserfall, Südseeidyll, Moosgrün auf Azur, hübsch anzusehen. Ein One-Way-Ticket nach Palau, Mikronesien, *Ende des Regenbogens,* kostete anderthalbtausend Euro. Abgesehen davon hätte ich mir mit Freude eins gebucht, auf der Stelle. Den gelben Sonnenball auf himmelblauer Flagge wehen sehen, im lauwarmen Türkis schnorcheln und Delphine vorbeigleiten lassen, dagegen hätte ich wirklich nichts gehabt. Ich verbrachte eine Stunde mit Südseefantasien, bis mir wieder einfiel, was ich eigentlich suchte.

Es gab aber keine Informationen über ein deutsches Hotel mit Namen Palau.

Warum sollte jemand, der nicht einmal über eine Homepage verfügte, sein Haus nach einem südpazifischen Inselstaat nennen, wenn es am Rand eines Fischerdorfs an der holsteinischen Ostseeküste lag? Andererseits: Warum nicht? Der Name wirkte: Palau. Ein Wort, das sich um die Zunge dreht, wenn man

— LESEPROBE —

es mehrmals hintereinander spricht: Palau, Palau, Palau, man kann kaum wieder damit aufhören.

Sie hatte es aus einem Gedichtband von Gottfried Benn: *Rot ist der Abend auf der Insel von Palau.*

In der Schule war meine Freundin Manu wegen der Weigerung, einen seiner Texte zu interpretieren, einmal beinahe nicht versetzt worden. »Mit jemandem, der sich von den Nazis vor den Karren spannen ließ, muss ich mich nicht beschäftigen!«, hatte Manu der Deutschlehrerin entgegengeschleudert.

Ruth hatte gelacht, als ich ihr davon erzählte, und gesagt: »Alles in einen Topf werfen und durcheinanderbringen ist vielleicht ein Vorrecht der Jugend, aber glaub mir: So erhält man kein Menü, und niemand wird satt!« Ich starrte sie verständnislos an, aber sie lachte schon wieder ihr unverwechselbares Ruth-Gelächter: Laut und anfallartig, eher ein Gebrüll. Elisabeth sagte, sie habe ein Holzhackerlachen, das traf es.

Sosehr mir Ruth auch gelegentlich auf die Nerven gegangen ist, es gibt vieles, das ich vermissen werde.

»*Die trunkenen Fluten fallen. Um die Insel von Palau*«, hatte sie ein anderes Mal Herrn Benn zitiert, nachdem lediglich die Frage nach dem Wetterbericht gestellt worden war. Erst vor kurzem habe ich auch dieses Gedicht gefunden, dank eines aus Franks Bücherstapelwald herausragenden Lesezeichens: *Die Fluten, die Flammen, die Fragen – und dann auf Asche sehn,* steht da, und es erschreckt mich ein wenig, wenn ich daran denke, dass nicht einmal die Erwähnung eines Grabspruchs fehlt. Aber: *Tu sais – du weißt,* die Zeile steht da auch, und das hätte Ruth bestimmt nicht von sich behauptet.

Am Ende sind es nicht die Fluten gewesen, derentwegen das Palau gefallen ist.

Der Tod, die Trauer und das Feuer sind gekommen, wenn

man es in Benn'scher Feierlichkeit sagen möchte, »bis auf die Grundmauern«, stand später in der Zeitung.

Und trotzdem: Es wird mehr bleiben als ein Haufen Erinnerungen, viel mehr als Zorn und Traurigkeit. Aus und vorbei sieht anders aus.

Ruth hätte gesagt: »Das liegt an dir.«

Eine Stunde Bahnfahrt bis Kiel, zwei weitere in diversen Bussen, den letzten verpasste ich in Halsung knapp.

Jetzt stand ich da im Aprilregen, den Rucksack geschultert, und fragte mich, was als Nächstes passieren würde. Schlimmstenfalls ein verregneter Tag am Meer mit Strandspaziergang, Fischbrötchen, frischer Luft. Das war auch nicht zu verachten. Zigaretten und Lesestoff hatte ich ausreichend. Der letzte Bus zurück fuhr um kurz nach sieben, mir blieb genug Zeit zu prüfen, ob die Tante eine sein wollte und mit welcher Form von Gastfreundschaft sie das zeigen würde. Vielleicht lebte sie gar nicht mehr dort. Die Informationen meines Vaters über sie waren etliche Jahre alt, da konnte einer Frau, die über zehn Jahre älter sein musste als er, alles Mögliche geschehen sein, aber daran hatte ich nicht gedacht, als ich losgefahren war. Über ihren Tod hätte man uns wahrscheinlich informiert. Längst jenseits des Rentenalters, konnte die Tante sich aber zur Ruhe gesetzt haben und vom Hotelbetrieb nur noch die monatlichen Überweisungen an das Seniorenheim zur Kenntnis nehmen, oder gar nichts mehr. Ich wusste nicht einmal, ob sie Kinder hatte.

Ein Motorengeräusch ertönte, um die Ecke bog ein grauer Lieferwagen, auf den fröhliche Obststücke in Rot und Grün gemalt waren. Eine Birne grinste schräg zu der Sprechblase über ihr: Lecker! Frisch! Saftig!

— LESEPROBE —

Mehr aus Gewohnheit hielt ich den Daumen raus.

»Ja, klar«, der Fahrer lachte, das Strandhotel kenne er, er liefere dort Montag und Donnerstag. »Steigen Sie ein.«

Die Art, wie er *Strand-ho-tel* betonte, musste nichts bedeuten, eine Eigenheit des hiesigen Dialekts vielleicht, oder er war schlicht ein launiger Typ oder das Anwesen seinem Geschmack nach zu protzig. Hauptsache, ich würde im Palau ankommen, noch heute, das mochte gut sein oder nicht, jedenfalls war ich nicht zum falschen Dorf unterwegs gewesen. Ich bedankte mich fürs Mitnehmen, wich der Frage, ob ich schon der erste Feriengast sei, mit einer Bemerkung übers Wetter aus und überlegte etwas zu lange, wie ich ihn unauffällig nach den Besitzern fragen könnte. Mitten auf der Landstraße stoppte der Wagen. Da Freitag sei, müsse er mich hier bei der Abzweigung rauslassen, es sei aber nicht mehr weit bis zum Hotel, immer der Nase nach, fünf Minuten maximal, viel Gepäck hätte ich ja nicht dabei, ich solle herzlich grüßen.

»Von wem denn?«

»Rufen Sie einfach in Richtung Küche: Grüße vom LFS. Die wissen dann schon.«

STRANDHOTEL PALAU 800 m, Pfeil nach rechts. Ich folgte ihm, ging auf einem asphaltierten Weg, mit dem der nicht allzu große Lieferwagen bei entgegenkommendem Verkehr seine Probleme gehabt hätte. Hier war nichts außer Weiden, vereinzelten Sträuchern, rechter Hand eine Baumgruppe, ein halb verfallener Schuppen, Hufspuren am Wegrand, feuchte Kälte, menschenleer.

Ein Aquarell im Haus meines Großvaters fiel mir ein, ich schob es beiseite. Landschaften wie diese gab es überall, ein begnadeter Aquarellist war der Großvater nie gewesen, und für Mutmaßungen oder Verschwörungstheorien hatte ich keine

Nerven. Was die Tatsache, dass ich gerade durch den Nieselregen irrte, um mir eine unbekannte Halbschwester meines Vaters anzusehen, nicht eben vernünftiger machte. Schnapsidee, dachte ich, aber wenn ich schon mal hier bin.

Hinter dem Deich wurde das Meer sichtbar. Grau und regenverhangen näherte es sich, die Grenze zwischen Wasser und Himmel verschwamm. Als ich um eine Kurve bog, blies mir der Wind hart ins Gesicht, wehte die Kapuze vom Kopf, machte das Anzünden einer Zigarette unmöglich.

Hinter einer weiteren Biegung entdeckte ich das Haus.

Das Erste, was ich dachte, war: klein. Sehr klein, wenn man ein stattliches Hotel erwartet hatte. Es begann mit einem Stück Reetdach, aus dem im Weitergehen Gauben wuchsen, blaue Fensterläden, weißgetünchte Mauern, ein kleiner Parkplatz, Büsche, Wildrosen, nirgends die Aufschrift STRANDHOTEL, auch nicht, als ich direkt davorstand. Aber weit und breit keine Alternative zu diesem Gebäude: Es musste sich um das Palau handeln. Aus einem der Fenster im oberen Stockwerk hing ein Federbett bedenklich weit herunter, eine Männerstimme sang: »Ich hab noch Sand in den Schuhen aus Hawaii.«

Was sich als Eingangstür anbot, schien mir arg unscheinbar für den Zugang zu etwas, das den Namen Lobby verdiente. Hinter den Butzenscheiben war kein Licht auszumachen, niemand zu sehen.

Drei Klingelknöpfe übereinander, eingedrungene Feuchtigkeit hatte die Beschriftung aufweichen lassen, nur auf dem untersten war etwas zu entziffern: *Von Kroix*, das war nicht ihr Name. Meine Tante hieß nach ihrem Adoptivvater, Schuhmann, das stand aber nirgends. Sie hatte das Hotel verkauft, auch das konnte sein, man würde mir vielleicht dennoch etwas über die Vorbesitzerin erzählen können.

— LESEPROBE —

Ganz in der Nähe bellte ein Hund, die Männerstimme schmetterte jetzt »Mit meiner Balalaika war ich der König auf Jamaika.«

Ich ging weiter um das Gebäude herum, hoffte, dass sich noch ein Flügel dahinter anschloss, ein Anbau mit Suiten oder Ferienwohnungen, auf deren Holzveranden man die Aussicht auf das Meer genießen konnte, in verlassenen Liegestühlen die Rückkehr fürsorglicher Tanten erwarten.

Büsche wucherten bis dicht ans Haus, ich hörte Geschirr klappern, jemand brüllte »Tür zu!«, eine Radiostimme verkündete Sturmwetter zwischen Kiel und Fehmarn. Weiter entfernt die Töne einer Klaviermelodie, durchsetzt von anbrandendem Meeresrauschen. An der Seitenwand lehnte ein altes, tomatenrot gestrichenes Fahrrad mit brüchigem Ledersattel, daneben eine Plastikkiste, gefüllt mit verstaubten Kakteen, Stapeln von Blumentöpfen, den Resten eines Ficus, der grob vernachlässigt worden war. Ich drängte mich daran vorbei, vermutete, auf dem Pfad zum Personaleingang zu sein, was mir nicht unpassend vorkam. »Personal« war ich bis vor einigen Tagen auch noch gewesen, jedenfalls war ich als solches von der Steuer abgesetzt worden, soweit man den Aussagen meiner Arbeitgeberin glauben mochte. Ex-Arbeitgeberin. Zugegeben, sie war nicht zu Unrecht wütend gewesen, als sie brüllte: »Mit einer vom Personal! Und ich zahle auch noch die Unfallversicherung!«

Aber fairerweise hätte ihr Zorn eher ihn treffen müssen und, was mich betraf, weniger herablassend ausfallen können. Selbst schuld und saublöd, das *Personal*, dachte ich, saublöd.

Der fiese Geruch einer Industriespülmaschine war der erste Hinweis, dass es sich tatsächlich um einen Hotelbetrieb handeln könnte, verwehte aber gleich wieder. Zwei Milchglasscheiben mit verschwommener Durchsicht auf eine Batterie Dosen und Flaschen sprachen dafür, dass ich die Außenwand der Küche passierte. Als ich erwartungsvoll um die Hausecke bog, befand sich dahinter kein weiterer Gebäudeteil, kein Seitenflügel, keine Ferienanlage. Hier war Palau zu Ende.

Auf einer grünen Rasenfläche standen zehn bis zwölf Strandkörbe vor weißen Plastiktischen, dazu war das gleiche Modell Gartenstuhl gruppiert, wie es von Kopenhagen bis Kairo in jedem zweiten Haushalt zu finden ist. Mittig lagerte ein kniehoher Felsblock, an den ein Blechschild gelehnt war: GESCHLOSSEN.

»Na super«, murmelte ich und ließ die Schultern hängen, bis mir mit einer Windböe die Aussicht entgegenschlug: ein riesiges flaches Halbrund Küste, in wabernden Schattierungen von Grau bis Silber, die ganze Bandbreite satte Ostsee, ein bisschen Gischt und jede Menge Panorama.

»Eigener Strandzugang« wäre untertrieben gewesen; ich stand, obwohl noch in buchstäblich greifbarer Nähe zum Haus, direkt am Meer. Das Rauschen übertönte alles, knallte mit dem Wind durch den Gehörgang direkt ins Hirn.

Das, dachte ich, das ist mal wirklich ein weiter Horizont! Für nicht einmal zwanzig Euro.

Wenige Meter hinter den Strandkörben befand sich die Uferböschung. Ein Wall aus Felsbrocken, durchsetzt von Wildrosensträuchern und Grasbüscheln, hielt die Wellen davon ab, die Sitzgruppen fortzuspülen, sich in die Fundamente des Hauses zu graben. Eine Treppe aus Felsplatten teilte den Wall, endete direkt im Wasser, das klatschte und spuckte und vor einer weiteren Annäherung warnte. Dies war das exakte Gegenteil von Südseeidyll.

Aber einer der besten Orte, an denen ich je gelandet war, und der angemessene Rahmen für meine reichlich angeschlagene Person. Ich atmete durch, nickte und war zufrieden wie lange nicht mehr, obwohl ich nicht wusste, warum.

Und plötzlich hatte ich keine Lust mehr, das zu gefährden.

Alte Tanten taugten als Grund für gar nichts, und der Scherbenhaufen der letzten Wochen musste auch nicht höher werden. Der Anblick des *Strandhotel Palau* ließ weder einen Wellnessbereich noch eine potenziell finanzkräftige Wohltäterin vermuten, und was hier umsonst zu kriegen war, hatte ich vermutlich bereits erhalten. Es hätte schlimmer kommen können. Ein oder zwei Stunden, so lange würde ich die Aussicht für die Wiederherstellung meiner Balance zu nutzen versuchen, Nässe, Wind und Kälte trotzen, mich dann auf die Suche nach einem geöffneten Café oder einer Imbissbude machen. Abends würde ich den Bus nehmen und weitersehen. Ich hätte einen Ausflugstag gehabt, an den ich gerne zurückdenken würde.

Ich ließ mich in einen der Strandkörbe fallen, zog den Schal fester um den Hals, holte mein Buch aus dem Rucksack, winkelte die Knie an und stellte erfreut fest, dass das Feuerzeug wieder mitarbeitete. Mir würde schon etwas einfallen, wo ich das Wochenende verbringen könnte, das hatte jetzt keine Eile, niemand würde mich hier vermuten, fürs Erste war ich so weit fort wie schon lange nicht mehr.

»Sie müssen die Fahne hissen!«

Der alte Mann war von den Knien an aufwärts zu sehen, er kam die Felstreppe herauf, als sei er den Wellen entstiegen. Das Wort »schaumgeboren« fiel mir ein, ich hatte Mühe, nicht zu grinsen.

»Wie bitte?«

— LESEPROBE —

Er fuchtelte wild mit einem Stock herum und schrie gegen die Brandung an, während er sich mir näherte: »Die Fahne! Sie müssen die Fahne hissen, wenn Sie etwas bestellen möchten. Da kommt sonst keiner.«

Ich sah mich um, ratlos, was der Alte meinen könnte, zuckte mit den Schultern, vielleicht ein Kriegstrauma.

»Sie befinden sich in einem Café«, fauchte er, inzwischen direkt vor mir. »Da können Sie nicht einfach herumsitzen und jemandem den Platz wegnehmen, ohne etwas zu konsumieren!« Er legte den Kopf schräg und schaute mit zusammengekniffenen Augen auf das Buch in meinem Schoß. »Na, immerhin lesen Sie.« Er räusperte sich. »Trotzdem!«

Nichts ist umsonst, dachte ich, nickte ergeben und deutete auf das Blechschild: »Tut mir leid, aber es ist geschlossen. Und außer mir ist hier doch keiner.«

Der Alte blickte von mir zu dem Felsblock und schüttelte den Kopf. »Immer dasselbe!« Er ging auf das Schild zu, klemmte es unter den Arm, schlurfte zum Haus, kramte einen alten Eisenschlüssel aus seiner Hosentasche und verschwand in einer Tür, die scheppernd hinter ihm zuschlug. Keine Minute später tauchte er wieder auf, das Schild unter dem anderen Arm, schlurfte zum Stein und lehnte es dagegen:

CAFÉ GEÖFFNET!

Er trat einen Schritt zurück, betrachtete sein Werk, rückte das Schild gerade und warf einen undefinierbaren Blick über die Schulter in meine Richtung, bevor er wieder zur Tür schritt.

»Hissen Sie die Fahne!«

Es schepperte noch einmal.

Ich schaute mich erneut um und sah einer großen Möwe bei der Landung auf dem Nachbarstrandkorb zu. Erst jetzt bemerkte ich, dass auf jedem der Körbe ein Rundholz angebracht war, antennenartig, mit einer Kordel versehen, die sich daran entlangspannte und durch ein kleines rechteckiges Stück Stoff gezogen war. Ein Wimpel in Blau-Weiß-Rot, mehr war es nicht, aber er ließ sich zweifellos mittels der Schnur hoch- und runterbewegen, »hissen« war also möglich. Nur wollte ich gar nicht, dass jemand kam.

Die Möwe sperrte ihren Schnabel auf, gab einen schrillen Laut von sich. »Hiss selber die Fahne, Vogelviech!« Sie legte den Kopf schief, dem Alten verblüffend ähnlich, und sah mich an, als würde sie vergeblich auf etwas warten, das sie sich von meiner Anwesenheit versprochen hatte. Ich seufzte, stand auf, schulterte meinen Rucksack, der Vogel erhob sich kreischend und verschwand.

Bei einem halb verfallenen Jägerzaun am Ende des Grundstücks sah ich ein weiteres Schild, kleiner, aber im gleichen Blau mit weißer Schrift gemalt wie die anderen beiden. Dieses war jedoch angeschraubt:

PRIVATWEG!
BETRETEN WIDERRUFLICH AUF EIGENE GEFAHR.
STEINE SAMMELN VERBOTEN!
DIE EIGENTÜMERIN.

Es las sich herrschaftlich-aristokratisch: »Die Eigentümerin«. Ihre Durchlaucht, Gräfin von und zu Kroix, gibt sich die Ehre, die Grenzen ihrer Besitztümer zu markieren: Hände weg von meinen Ländereien, hier gibt es nichts zu holen, die Steine werden täglich nachgezählt! Mir fiel ein, was Markieren im Tierreich bedeutete. Die Methode hier roch wenigstens nicht.

Der schmale Pfad drückte sich an der Uferböschung entlang, weiter hinten war eine kleine Ansammlung von Häusern zu erkennen, das Dorf, wie ich vermutete. Ich hob einen Kiesel mit zweifarbigen Einsprengseln auf. Er lag gut in der Hand.

Nach einigen hundert Metern passierte ich einen weiß-roten Schlagbaum, nahe dem ein Holzhaus, eigentlich mehr eine Hütte stand. Sie schien bewohnt zu sein. In den Fenstern standen Tontöpfe mit Kräutern, auf der Eingangsstufe lag, achtlos hingeworfen, ein Paar schmutzige Lederstiefel mit Schnalle am Schaft, wie man sie auf alten Motorrädern trug. Die Läden waren im gleichen Blauton gestrichen wie die vom Palau. Im Vorgarten lag ein hölzernes Ruderboot zwischen gepflegt aussehenden Gemüsebeeten. Hinter dem Schlagbaum wandelte sich der holprige Strandpfad in einen gepflasterten, säuberlich mit Randsteinen befestigten Weg. Ich wollte bis Halsung laufen, man konnte sich, das Meer zur Linken, nicht verirren, und Zeit hatte ich ja, mehr als mir lieb war.

Was, wenn ich einfach immer weiterliefe, über Halsung und seine Bushaltestelle hinaus, an Fehmarn vorbei, der Küste entlang, runter bis zur Lübecker Bucht? Anheuern, dachte ich, das wäre keine schlechte Idee. Die Hafengesellschaft würde schon jemanden zum Gemüseputzen brauchen, auf einem Frachter Richtung Helsinki, wo der dicke, gelbe Kümmelschnaps hilft, das Vergessen zu beschleunigen. Mein alter Traum von der Reise als Lebensform würde wahr werden, jetzt oder nie, stellte ich mir vor, ins immerwährende Verschwinden, ohne Erklärung, ohne Abschied, ohne Spur. Wenn schon Palau nicht ging, dann das. Wie lange bräuchte man für rund hundert Kilometer Fußmarsch bis zum Hafen, überlegte ich, vier, fünf Tage? An Bahnhöfen schlafen, mit niemandem sprechen, eine stumme Landstreicherin, auf dem Weg ins finnische Nirgendwo.

— LESEPROBE —

Lächerlich.

Ein trauriger *alter* Traum mit neunundzwanzig, wenn das kein Indiz war.

Mädchen, die mit mir zur Schule gegangen waren, verfügten inzwischen über akademische Abschlüsse, ein bis zwei Kinder, sie bewohnten Doppelhaushälften oder Altbauwohnungen mit Stuck, waren längst keine Mädchen mehr, hatten Träume verwirklicht und einige bereits aufgegeben, aber statt ihnen nachzutrauern, buchten sie tröstliche Flüge auf die Malediven, vom Urlaubsgeld, das hatten sie sich verdient, sie malochten und sparten und gingen planvoll mit ihren Finanzen um, *wir geben Ihrer Zukunft ein Zuhause*. Ihre Kinder waren süß, ihre Männer scharf: auf sie und nicht aufs Kindermädchen.

Man kann sagen, dass ich an diesem Tag in keiner optimistischen Grundstimmung war. Wie es aussah, würde ich an meinem dreißigsten Geburtstag arbeitslos, alleinstehend und auf Wohnungssuche sein und komplett selbst daran schuld.

Eine, die in der Abiturzeitung als »Katia, unser Kauz« bezeichnet worden war und in den folgenden zehn Jahren nichts dazu beigetragen hatte, diesen blödsinnigen Titel loszuwerden, im Gegenteil. Man würde beim silbernen Klassentreffen auf mein Foto zeigen, fragen: »Was ist aus der eigentlich geworden?« – »Ach, die Katia«, würde einer über den Rand seines Proseccoglases ätzen, »sie wurde zuletzt gesehen mit einem Rucksack am Skandinavienkai in Lübeck. Gab es damals nicht so eine Affäre?« Und alle würden schauen, als hätten sie es immer schon geahnt, dass diese Katia es nicht bringen würde.

Nach der Beerdigung habe ich Elisabeth von diesem ersten Tag an der Küste erzählt und dass ich eigentlich schon wieder weg war. Wir überlegten, wie Ruth meinen Wunsch nach einsam-obdachloser Wanderung ins Verschwinden kommentiert hätte. Ich vermutete, sie hätte nur »Papperlapapp!« geblafft, begleitet von der gleichen energischen Geste, mit der sie die großen Fenster im Frühstücksraum putzte, einmal hin, einmal her, wisch und weg, der Radius erstaunlich groß für eine so kleine Frau. »Alte Träume und Nirgendwo«, hätte sie geknurrt, »glaubste ja selber nicht, den Quatsch!« Sie hätte es mir noch nachträglich aus dem Kopf gegrantelt, ihre spitzen Fingerknochen auf meinen Schädel knallen lassen, »Herrgott, werd mal erwachsen, Hasenhirn«, und wir hätten uns gemeinsam über meine Albernheit amüsiert. »Ja«, sagte Elisabeth, »so wäre es gewesen.«

Eigentlich bin ich schon wieder weg gewesen, schätzungsweise einen Kilometer.

Ein schwarz-weißer Vogel mit leuchtend rotem Schnabel flog auf und gab einen schrillen Triller von sich, der mich erschreckte. Meine Jacke zeigte sich dem Wind nicht gewachsen, ließ mir die Kälte auf die Haut und darunter kriechen. Ich überlegte, wen ich zuerst anrufen könnte, stellte fest, dass mein Akku leer war und nicht mal mehr ein schwaches Aufleuchten zustande brachte. Ich nahm mir vor, mit dem Bus bis Kiel zu fahren, von da aus den Zug nach Berlin zu nehmen, zu meinem Vater, bevor ich mir auf der Wanderschaft noch eine Lungenentzündung holte, davon hatte auch niemand was.

Wie es dazu kam, dass ich an diesem Tag schließlich doch das Palau betrat, kann ich nicht genau erklären. Es wurde zunehmend kälter, der Regen hatte wieder eingesetzt, vielleicht war es die Aussicht auf einen Kaffee, für den ich meine Identität nicht unbedingt preisgeben müsste, oder der Gedanke an die

— LESEPROBE —

Erklärung, die ich meinem Vater schuldig wäre, wenn ich am späten Abend unangemeldet mit der Bitte um einen Schlafplatz bei ihm klingelte. Möglicherweise hatte ich auch bereits eine Ahnung von der Eigenartigkeit dieses Ortes und wollte schauen, was innerhalb der Mauern daraus wurde.

Veronika Peters

geboren 1966 in Gießen, verbrachte ihre Kindheit in Deutschland und Afrika. Im Alter von fünfzehn Jahren verließ sie ihr Elternhaus, schlug sich mit Gelegenheitsjobs durch und absolvierte eine Ausbildung zur Erzieherin. Sie arbeitete in einem psychiatrischen Jugendheim, bis sie 1987 in ein Kloster eintrat, wo sie beinahe zwölf Jahre verbrachte. Veronika Peters ist verheiratet, hat eine Tochter und lebt als freie Autorin in Berlin.

Mehr von Veronika Peters:

Was in zwei Koffer paßt. Klosterjahre

An Paris hat niemand gedacht. Roman
(🏴 nur als E-Book erhältlich)

Das Meer in Gold und Grau. Roman
(🏴 auch als E-Book erhältlich)

www.goldmann-verlag.de

Lucinda Riley
Der Engelsbaum

496 Seiten
ISBN 978-3-442-48135-4
auch als E-Book und
Hörbuch erhältlich

Dreißig Jahre sind vergangen, seit Greta Marchmont das Herrenhaus verließ, in dem sie einst eine Heimat gefunden hatte. Nun kehrt sie zurück nach Marchmont Hall in den verschneiten Bergen von Wales – doch sie hat keinerlei Erinnerung an ihre Vergangenheit, denn seit einem tragischen Unfall leidet sie an Amnesie. Bei einem Spaziergang durch die winterliche Landschaft macht sie aber eine verstörende Entdeckung: Sie stößt auf ein Grab im Wald, und die verwitterte Inschrift auf dem Kreuz verrät ihr, dass hier ein kleiner Junge begraben ist – ihr eigener Sohn! Greta ist zutiefst erschüttert und beginnt sich auf die Suche zu machen nach der Frau, die sie einmal war. Dabei kommt jedoch eine Wahrheit ans Licht, die so schockierend ist, dass Greta den größten Mut ihres Lebens braucht, um ihr ins Gesicht zu blicken ...

www.goldmann-verlag.de
www.facebook.com/goldmannverlag

Lucinda Riley
Das italienische Mädchen

496 Seiten
ISBN 978-3-442-48009-8
auch als E-Book und
Hörbuch erhältlich

Mit elf Jahren begegnet Rosanna Menici zum ersten Mal dem Mann, der ihr Schicksal bestimmen wird. Der junge Tenor Roberto Rossini ist in seiner Heimat Neapel bereits ein umschwärmter Star und schenkt dem schüchternen Mädchen, das bei einer Familienfeier singen soll, kaum Beachtung. Doch als die ersten Töne den Raum erfüllen, kann er seine Augen nicht mehr von Rosanna lösen, so rein und einzigartig ist diese Stimme. Sechs Jahre später treffen Rosanna und Roberto an der Mailänder Scala wieder aufeinander – und gemeinsam treten sie einen unvergleichlichen Siegeszug durch die Opernhäuser der Welt an. Doch ihre leidenschaftliche Liebe wird zu einer Obsession, die sie für alles um sie herum blind werden lässt …

www.goldmann-verlag.de
www.facebook.com/goldmannverlag

Constanze Wilken
Der Duft der Wildrose

416 Seiten
ISBN 978-3-442-47961-0
auch als E-Book erhältlich

Als ihre Tante Birdie sie um sofortiges Kommen bittet, macht sich die junge Caitlin Turner auf den Weg in das hübsche walisische Küstenstädtchen Portmeirion. Dort führt Birdie einen kleinen Porzellanladen, den Cait hüten soll, während sich ihre Tante einer Operation unterzieht. Kurz bevor Birdie ins Krankenhaus geht, deutet sie Cait an, in ihrer Familie gebe es ein dunkles Geheimnis – mehr verrät sie nicht. Dann lernt Cait den wortkargen Ranger Jake kennen – und schon bald kommen sich beide einander näher. Doch Jake ist einem Verbrechen im Snowdonia Nationalpark auf der Spur, und die Ereignisse drohen sich zu überstürzen ...

www.goldmann-verlag.de
www.facebook.com/goldmannverlag

GOLDMANN
Lesen erleben

Micaela Jary
Das Haus am Alsterufer

576 Seiten
ISBN 978-3-442-48028-9
auch als E-Book erhältlich

Hamburg 1911: Nur widerstrebend stimmt der verwitwete Reeder Victor Dornhain der Heirat seiner Tochter Lavinia mit dem Architekten Konrad Michaelis zu. Niemand in der Familie ahnt, dass Lavinias Schwester, die Malerin Nele, ihren Schwager liebt. Etwa zeitgleich wird die 16-jährige Klara Tießen als Hausmädchen bei Dornhains eingestellt. Nur Victor Dornhain und seine Mutter Charlotte wissen, dass Klara sein illegitimes Kind ist. Drei Jahre später bricht der Große Krieg aus und verändert alles: In der Tragödie erkennt Lavinia ihre wahre Bestimmung, Klara findet auf der Suche nach ihrer unbekannten Mutter den Mann ihres Lebens, und das Schicksal seiner Familie wird für den Reeder zu einer Frage der Ehre ...

www.goldmann-verlag.de
www.facebook.com/goldmannverlag

Um die ganze Welt der
Romantischen Mystery & Fantasy
bei GOLDMANN kennenzulernen,
besuchen Sie uns doch im Internet unter:

www.goldmann-verlag.de

Dort können Sie
nach weiteren interessanten Büchern *stöbern*,
Näheres über unsere *Autoren* erfahren,
in *Leseproben* blättern, alle *Termine* zu Lesungen und
Events finden und den *Newsletter* mit interessanten
Neuigkeiten, Gewinnspielen etc. abonnieren.

Ein *Gesamtverzeichnis* aller Goldmann Bücher finden
Sie dort ebenfalls.

Sehen Sie sich auch unsere *Videos* auf YouTube an und
werden Sie ein *Facebook*-Fan des Goldmann Verlags!

www.goldmann-verlag.de
www.facebook.com/goldmannverlag